KB142828

그들이 눈을 감는 시간에

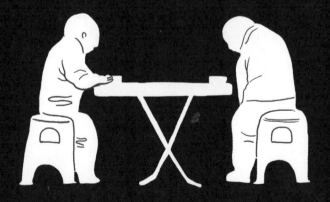

그들이 눈을 감는 시간에

차례

오늘

내 소원은 살 만큼 살다가 일이라도 안 하는 날에, 아무런 고통 없이 편안히 떠나는 것이에요. 햇별 따뜻하고 풀 냄새 맡으면서 바람 좀 부는 날이면 좋겠네.

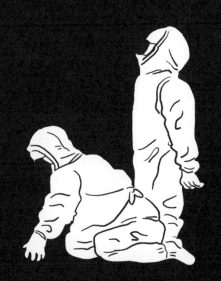

오늘은 등을 달러 가는 날이다.

아침에 일어나니 발등이 붓고 발톱이 부러져 있었다. 간밤에 벽과 책상을 때리면서 잔 듯했다. 책상은 나무 재질이라 멀쩡했지만 벽지는 발길에 차여서 조금 눌린 모습이었다. 나는 부어오른 발을 만지면서 방문 너머의 발소리를 들었다. 아침이 밝지 않았는데 장판을 디디는 소리는 무겁고 선명해서, 머리에 남아 있는 잠기를 지우고 짜증을 불러일으켰다.

창틀에 놓인 양말들을 손으로 집으니, 새벽에 비가 와서 습기가 찼는지 질감은 차고 눅눅했다. 억지로 양말을 발에 끼우다가 추위와 통증이 느껴져서 그만 우두커니 앉아만 있었다. 예전에 자취 생활을 할 때처럼 비좁은 방에서 잘 때면 온몸을 조이는 갑갑증이 일어서 주위에 발길질을 하는 버릇이 생겼다.

하루는 여자를 껴안고 자다가 하도 종아리를 때려서 새벽에 일어나 다투었던 적도 있었다. 여자는 내게 사과를 요구했고 나는 방이 좁아서 그랬다며 변명했다. 공간의 작음은 사람의 행동을 거칠게 한다는 말도 덧붙였던 듯했다. 발길질과 변명 때문에 헤어진 것은 아닐 테지만 우리는 사소한 일로 몇 번 더 싸우고 관계를 정리했다. 그제야 나는 내 잘못이 크다고 느꼈지만 그래도 나보다 방에 문제가 더 많다는 생각을 끝내 버리지 못했다. 그리고 교제를 이어서 했어도 우리 사이에 그다지 좋은 일이 생기지는 않았을 것이라고 생각했다.

모두들 씻으러 가는지 여러 사람의 발소리가 들려왔다. 샤워실과 화장실이 각각 두 개밖에 없어서 서둘러 걸음을 옮기는 듯했다. 나는 마른세수를 하고 일어나서 창밖을 보았다. 전날부터 비가 내려서 세상은 더럽고 축축해진 모습이었다. 타일로 마감을 한 복층 건물들이 검게 젖어서 반짝거렸고 가까이 보이는 철로로 기차가 통과해서 방 안까지 소리와 진동이 밀려들었다. 기차는 새벽에도 수시로 지나갔기에 잠시라도 방이 조용해진 적은 없었다. 나는 맞은편에 있는 빵집의 셔터가 올라가는 것을 보고서야 양말을 신고 바지와 상의를 입었다. 옷에도 누기가 남아 있어서 팔뚝에 소름이 내돋았다.

나는 방에서 나가려다가 벽에 귀를 붙이고 신경을 집중했다. 벽을 때리고 잤는데도 옆방의 고졸은 밤사이 아무런 반응이 없었다. 벽체가 얇아서 누군가의 코 고는 소리와 기침 소리, 창문 여는 소리와 책상 두드리는 소리가 각 방으로 넘나들었다. 나는 잠귀가 어두웠고 소리에도 둔감했으나 고졸은 귀가 예민해서 가끔은 내 방으로 와서, 옆방에 피해가 가는 행동을 조금만 줄여 달라고 요청했다. 머리칼이 굵고 피부가 유난히 검어서 남방의 흑인처럼 보이는 사람이었다. 나는 벽의 얄팍한 두께와, 이곳에 모여든 사람들의 수가 많다는 것이 문제라고 답했다. 고졸은 얼굴을 붉히면서 화를 내더니 방으로 돌아갔고 그 뒤로도 몇 번 더 내게 찾아왔다. 말투가 거칠고 팔뚝에 문신이 여러 개였지만 의외로 사납지는 않은 남자였다.

귀를 기울여도 소리는 들리지 않았다. 고졸은 지금의 방보다 더 넓고 편안한 곳으로 간 듯했고 반대로 더 좁고 불편한 곳으로 갔을 듯도 했다. 나는 벽에서 귀를 떼고 충전이 완료된 핸드폰을 바지 주머니에 넣었다.

사람들이 휴지와 바구니를 들고 복도에 있었다. 밤새워 공부를 하거나 새벽에 일하러 나가는 사람들이었다. 나는 복도에서 나와서 계단참으로 내려갔다. 건물 내 유일한 흡연 구역이라 사람들이 모여서 둘레가 희뿌예지도록 담배를 피우고 있었다. 나는 플라스틱 의자에 앉아서 담배를 물고 엄마에게 전화를 걸었다. 엄마도 출근하는 중이었는지 목소리에 졸음이 배어 있었고 호흡은 고르지 않았다.

나는 저녁 일곱 시에 역으로 가겠다고 말했다. 엄마는 오늘도 고모가 전화를 했다면서 뜬금없는 대답을 했다. 고모는 얼마 전에 사고로 아들을 잃은 뒤로는 엄마와 아버지에게 틈만 나면 전화를 걸었다. 전화가 오는 시간은 일정하지 않아서 아버지는 야간 운전을 하면서 누이를 위로해야 했고 엄마는 단잠을 자다가 벨 소리를 들어야 했다. 고모는 전업주부였고, 고모부는 산부인과 의사였다.

도대체 나보고 어쩌라는 거니. 먹고 살 만한 사람이 왜 그래.

엄마는 전화를 끊었다. 나는 주위에 가득한 연기를 빼려고 창문을 더 열었다. 실내의 매캐한 냄새와 비 내린 이후의 비릿한 냄새가 섞여서 어딘지 기분을 편안하게 하는 향이 만들어졌다. 나는 저녁에 먹을 음식을 생각했다. 오늘은 그들의 서른다섯 번째 결혼기념일이어서 선물과 고기가 필요했다. 나는 핏물과 육즙이 떨어지는 소고기를 생각하다가 명치에 통증을 느끼며 담뱃불을 껐다.

오늘도 신트림이 목젖으로 올라왔다.

출구가 하나밖에 없는 역에서 내리니 하늘은 해가 떠올라서 밝았다. 공장은 버스가 다니지도 않는 후미진 지역에 있어서 한동안 걸어가야 했다. 나는 역 앞 편의점에서 탄산수 한 병을 사고 묵정밭이 보이는 쪽으로 걸었다.

포장하지 않아서 먼지가 이는 흙길을 지나자 조립식 패널로 지은 공장이 나타났다. 트럭이 없는 것으로 보아서 사장도 기사도 오지 않은 듯했다. 나는 각목과 서포트 위에 덮인 때투성이 플렉스 천에 앉아서 탄산수를 마셨다. 이마에 맺혔던 땀이 마르자 참새가 지저귀는 소리가 들렸고, 그 소리가 땅으로 떨어지는 얕은 빗소리 같아서 졸음이 밀려왔다. 간밤에 잠을 설쳐서 졸음은 깊었고 발톱이 더 갈라지고 있는지 통증이 느껴졌다. 피가 어느새 발가락 사이로 고이고 있었다. 나는 천 가장자리에 등을 대고 탄산수 병으로 머리를 받쳤다. 두 눈을 감으니 메마른 빗소리가 몸속을 채우는 듯했다.

차들이 몰려오는 소리가 들렸다. 눈꺼풀을 올리니 카고 트럭과 티코가 공장 앞으로 들어오고 있었다. 사장이 트럭에서 내렸는데 왼손에 깁스를 한 모습이었다. 일주일 전에 이곳으로 이사를 하던 중에 짐을 나르다가 손을 다쳤다고 했다. 나는 사장에게 인사를 하고 티코에서 내린 기사에게 허리를 숙였다. 사장은 나에게 아버지의 안부를 묻고 오늘 할 일을 배정했다. 기사는 전선과 전구를 구하러 시내에 나가야 했고, 나와 사장은 연꽃등을 얻으러 사찰에 들러야 했다.

우리는 인스턴트커피를 마시고 차에 올라탔다. 사장의 손이 불편했기 때문에 트럭 운전은 내 몫이었다. 티코가 먼저 출발하자 나는 내비게이션을 켜고 기어의 단수를 높였다. 사장은 라디오 음량을 높이고 깁스가 둘러진 손으로 천장과 차문을 수차례 때렸다. 앞창에 눈길을 옮기자 하늘은 눈이 부시도록 파랬고, 바람이 부는 듯했으나 기온은 따뜻해 보였다. 무언가가 싹을 틔우고 양분을 받아서 조금씩 붇고 자라날 듯한 여름 직전의 날씨였다.

절은 산속이 아니라 대학병원 옆쪽에 있었다. 경사가 가파른 시멘트 길을 올라가자 전신주와 담벼락마다 석탄일을 알리는 현수막이 붙어 있었다. 절이라는 공간에 어울리지 않는 호화스러운 현수막이었다. 조금 더 위로 올라가서, 양옆에 기둥이 세워진 입구에 다다르자 검붉은 색상의 이 층짜리 법당과 청동으로 빚은 동상이 보였다.

나는 동상 앞에 트럭을 세우고 비질을 하고 있던 아주머니와 만났다. 아주머니는 우리를 보자마자 별다른 말 없이 요사채 뒤에 있는 창고로 안내했다. 법당은 화려했으나 창고는 벽에 검댕이 들러붙고 이끼 낀 함석을 지붕으로 얹은 낡은 건물이었다.

아주머니는 열쇠들을 하나씩 꺼내어 자물쇠를 풀려고 했다. 나는 코끝에 감기는 연기의 냄새를 맡고 주위를 둘러보았다. 색색의 종이를 붙여 놓은 다층탑 아래에서 중이 목탁을 두드렸고, 그의 앞에는 다갈색 장작들이 타들어 가면서 불길을 피우고 있었다. 장작 둘레에는 양복을 입은 중년 남자와 검은색 한복을 입은 여자가 있었는데 둘 다 낯빛이 창백해서 유령들이 옷만 걸치고 둥둥 떠 있는 것 같았다. 장작 위에서 누린내를 풍기는 것은 교복과 책가방, 줄무늬 운동화와 발목 양말과 만화책이었다. 염불 외는 소리가 울려 퍼졌고 연기는 먼 데까지 피어올라서 탑 뒤로 보이는, 녹음과 어둠이 반반씩 고인 듯한 나무숲으로 흘러갔다. 그러한 모습은 영혼이 나선을 그리듯이 회전을 하다가, 마침내 지하 세계로 빨려 들어가는 것처럼 보였다.

경첩이 삐걱대는 소리를 내면서 문이 열렸다. 실내는

혼란스러웠다. 천장 곳곳마다 거미줄이 드리워진 모습이었고 사찰을 짓는 데 쓰다가 남은 것으로 보이는 철근과 각 파이프가 바닥에 뒹굴고 있었다. 먼지내와 쇳내가 코를 찔렀고 눈앞에 검은 먼지가 가득해서 눈을 뜨기가 힘들었다.

창가 아래에는 더께가 앉은 상자들과 속이 불룩한 마대들이 있었다. 나는 마대 주둥이를 묶은 삼끈을 풀고 안을 확인했다. 윗부분에 철사가 달린 등들은 납작하게 압축된 모습이었다. 등 속에 손을 넣어서 안쪽을 부풀리자, 만(卍)이라는 글씨와 빛바랜 부처 그림이 표면에 나타났다. 상자를 뒤져서 남은 것들을 살펴보니 철사가 떨어진 것들과 구멍이 난 것들이 많았다. 사장은 물건들을 보고 이마에 주름을 잡았다. 아주머니는 신도 수가 적어서 예산이 모자라는 데다가 절을 돌보는 사람도 지금은 자기뿐이라고 볼멘 투로 말했다. 커다란 현수막과 어울리지 않는 군색한 답이었다.

나는 상자와 마대에 들어 있는 나머지 등들의 상태를 확인한 뒤 옮기기 시작했다. 등들은 무겁지 않았으나 먼지내가 심했던 탓에 아침에 먹었던 탄산수가 속에서 올라왔다. 나는 토기를 참으려고 담배를 물고 상자와 마대를 트럭 뒤에 실었다. 그동안 목탁 두드리는 소리는 끊이지 않고 들려왔고, 한복을 입은 여자는 손으로 입을 막고 울음을 터트렸다. 토기를 잠시간 잊게 할 정도로 커다란 울음소리였다. 남자는 여자의 어깨를 손으로 감싸고 다른 손으로는 눈가를 비볐다. 그의 눈도 붉어져 있었다. 나는 그들을 흘긋거리면서 운전하는 도중에 적재물이 흐트러지지 않게끔 상자와 마대 위에 고무 바를 쳤다. 탑 밑에서 피어오르던 불길은 사위고 있었고 물건들은 재로 변한 상태였다.

아주머니는 사장과 얘기를 하다가 줄 것이 있다면서 요사채 안으로 들어갔다. 주위에는 후각을 마비시킬 정도의 탄내가 가득했고, 먼지내가 콧속에 남아 있어서 머리가 아팠다. 나는 속이 빈 마대를 바닥에 깔고 앉아서 머리를 식혔다. 한참이 지나서 아주머니는 골판지 상자를 들고 바깥으로 나왔다. 부피는 크지만 무게는 가벼워 보이는 상자였다. 사장이 상자를 열었고 안에는 나무젓가락 길이의 노란색 띠들이 가득했다. 띠들은 연등보다 빛깔이 좋고 상태도 깨끗했다. 아주머니가 말했다.

시주님들 부탁이니 등마다 띠를 달아 줘요.

나는 골판지 상자를 앞좌석에 싣고 시동을 걸었다.

아주머니는 창고 문을 잠그고 빗자루로 재티가 날리고 있는 경내를 쓸었다. 사장은 부가 노동을 하는데도 절에서 돈을 더 주지 않는다며 신경질을 냈다.

기사는 우리보다 먼저 공장에 도착해 있었다. 사장은 공장 문을 열었고 나와 기사는 가져온 물건들을 안으로 들여놓았다. 건물은 북쪽 방향으로 지어져 있어서 전체적으로 어두웠고 비릿한 냄새가 어디선가 나는 듯했다. 얼마 전까지는 공장이 아니라 개들을 모아서 도축하고 삶고 팔던 곳이었다. 사장의 말로는 장사가 신통치 않았던 데다가, 버려진 개들을 마구잡이로 잡아서 도축하는 바람에 단속반에 걸려서 영업을 정지당했다고 했다. 나는 지금도 공장 구석에 조금씩 남아 있는 검정색 노란색 하얀색 개털들을 스쳐보았다. 살아날 확률이 없는 개들이 녹물이 든 창살에 머리를 찧으며 우는 모습이 생각났다. 두 눈은 겁에 질려 있었고 입가에서는 게거품이 끓어서 턱까지 흘러내렸다.

기사는 사장에게 카드와 영수증을 주었다. 사장은 드럼통을 개조해서 만든 난로에 연탄을 채우고 집게로 쑤셨다. 오늘도 감자나 고구마를 구워서 간식을 준비할 모양인 듯했다. 나는 기사가 가져온 상자들을 하나씩 풀었다. 어떤 상자에는 네모난 갑에 포장된 220볼트짜리 알전구가 들어 있었고, 어떤 상자에는 소켓이 달린 긴 전선들이 들어 있었다.

나는 화장실에 가서 마른걸레 두 장을 가져왔다. 기사는 상자에 들어 있는 것들을 작업대 위에 쏟아서 왼쪽에는 등을, 오른쪽에는 전선과 전구를 놓았다. 전구를 소켓에 끼우고 등을 닦는 일은 점심 전까지 마쳐야 했다.

나는 전구를 소켓에 끼우다가 지나치게 힘을 주어서 유리를 깨뜨렸다. 자잘한 파편들이 손바닥을 찌르면서 피가 나왔다. 왼쪽에 있는 컨테이너로 들어가서 연고와 붕대를 찾았으나 베니어판에 붙박인 연장들만 눈에 띄었고 구급품이라고 할 만한 것들은 하나도 보이지 않았다. 손이 아팠고 입에서 쓴웃음이 나왔다. 여기가 아니라 다른 공장에 가더라도 그러한 것들을 갖추었던 경우는 없었다.

사장은 약국에 다녀오겠다는 이유로 밖으로 나갔다. 기사는 조끼 주머니에서 은빛 핀셋을 꺼냈다. 그의 주머니 안에는 비상시에 필요한 물품들이 많았다. 그는 나를 의자에 앉히고 손에 박힌 파편들을 하나씩 뽑았다. 눈이 감기면서 이가 다물렸고 다리에 힘이 들어갔다. 발톱이 부러져서 생긴 통증도 살아나고 있었다. 기사는 파편을 다 뽑고 굴색 손수건으로 피를 닦고 손을 동여매 주었다. 고소한 냄새를 풍기며 익던 감자들이 서서히 타는 냄새를 퍼뜨리고 있었다.

정신 단단히 차리래이.

기사는 사투리 억양이 묻어나는 높지도 낮지도 않은 목소리로 말하고 그을린 감자를 작업대에 놓았다. 그는 껍질도 벗기지 않은 감자를 한 입에 넣고 전구를 소켓에 끼웠다. 속도는 빨랐고 나처럼 억지로 손에 힘을 주려고 하지도 않았다. 노동에 어지간히 숙달된, 먹성 좋은 사람이었다.

나는 피가 얼마큼 멎자 걸레를 들고 등을 닦았다. 마대 하나 분량의 등을 닦으니 트럭이 들어오는 소리가 들렸다. 사장은 약봉지를 들고 안으로 들어와서 응급치료를 했다. 연고를 바른 손이 끈적거렸고, 붕대를 두르니 다한증이 심해져서 땀이 나왔다. 사장은 집으로 가라고 했지만 나는 괜찮다고 말했다. 저녁에는 부모와 만나야 했고 그들에게 줄 선물이 필요했다. 사장은 겉이 탄 감자를 베물고 기사를 돕기 시작했다. 해가 하늘 한가운데로 떠

오를 때여서 모두의 손길은 바빠졌지만 능률이 오르지
는 않았다.

나는 다 닦은 등들을 상자에 넣다가 새가 지저귀는
소리를 들었다. 아침에 들었던 소리보다 작은 지저귐이었
다. 나는 느슨해진 붕대를 조이고 발치에서 맴도는 아기
참새를 보았다. 눈을 다쳤는지 피가 말라붙은 왼눈이 감
겨져 있었고 한쪽 다리가 부러져서 다른 쪽 다리로 섰다
가 넘어지기를 반복했다. 아마도 공장 처마에 있던 둥지
에서 떨어진 듯했다. 주위를 둘러보았으나 처마에 닿을
정도로 높직한 사다리는 없었고, 원래는 트럭에 실려 있
던 고가 사다리도 보이지 않았다. 나는 참새를 의자에 올
려놓고 감자 껍질을 주었다. 참새는 부리로 껍질을 건드
리다가 고개를 들고 삐익, 삐익, 소리를 냈다. 기사와 사장
은 의자에 눈길을 주었으나 눈빛의 느낌은 연민보다 무
심에 가까웠다. 참새는 한참 동안 울다가 나중에는 미동
도 없이 가만히 있었다.

나는 등을 상자에 넣고 테이프로 봉했다.

닦아야 할 등들은 아직도 많았다.

작업을 끝마친 시각은 한 시 반이었다. 나는 상자와

마대를 트럭 짐칸에 싣고 시청으로 차를 몰았다. 우리의 손에는 편의점에서 산 팥빵과 사이다가 들려 있었다. 사장은 날이 저물기 전에는 마무리를 지어야 한다고 했으나 기사는 어렵다고 했다. 나는 음악을 들으면서 단맛이 진한 빵을 입 속에 넣었다. 인도와 차도로 봄볕이 쏟아졌고 나들이 차림인 사람들이 미소 띤 얼굴로 걷고 있었다.

시청이 위치한 곳은 네거리의 한가운데였다. 청사 지붕은 둥글고 파랬으며 앞벽에는 '사람을 위하고 섬기는 복지 도시'라고 쓰인 구릿빛 현판이 내걸려 있었다. 트럭을 인도 가까이에 세우고 나는 시청 앞을 돌아다보았다. 차도를 지나는 차는 드물었고 두 개의 인도에는 초록빛 잎들을 가지에 단 관상수들이 늘어서 있었다.

기사는 전선 상자를, 나는 마대와 노란색 띠들이 담겨 있는 상자를 바닥에 놓았다. 사장과 기사는 소형 사다리에 오르내리면서 관상수들 사이로 전선을 이었다. 나는 두 사람을 따라다니면서 전구가 매달린 부분에 연등을 걸었다. 전구가 밖으로 보이지 않도록, 전선과 연등이 맞닿게 철사로 연결하고 매듭을 지었다. 그러고는 연등 아래로 늘어진 긴 끈에 노란색 띠를 묶었다.

다섯 시가 넘어서 우리는 시청 앞 작업을 마쳤다. 날이 저무는 때여서 하늘에는 오렌지빛이 감돌았다. 사장은 외투와 남방을 벗어서 허리에 감았다. 나와 기사는 갓돌에 앉아서 담배를 피우다가 무리를 지어서 걷는 사람들을 보았다. 그들의 손에는 피켓과 현수막이 들려 있었고 옷차림은 무채색 계열이었다. 실사로 찍은 현수막에는 '사람들을 구하자, 사람들을 구하자, 사람들을 구하자'라는 문구가 가로로 쓰여 있었다. 그들은 회색빛 벽돌로 쌓은 담까지 다다르자 일제히 현수막에 쓰인 문구를 여러 번 외쳤다. 그들의 외침은 해 질 무렵의 평온과 고요를 지워낼 정도로 드높았다. 기사는 가래침을 뱉고 그다지 타지도 않은 담배와 노란색 띠를 하수구에 버렸다. 나는 다시금 손발에 치미는 통증을 감지하며 진저리를 쳤다. 사장이 더위에 지친 목소리로 말했다.

저딴 거 신경 쓰지 말고 어서 일하자고.

우리는 트럭에 올라탔다. 사람들은 소리를 지르던 행위를 그만두고 오른쪽으로 몰려갔다. 시청 오른쪽에는 잔디가 자라나고 있는 타원형 광장이 있었다. 시청 앞은 조용해졌고 바람이 불어서 연등들이 출렁거렸다.

트럭이 시청 왼편으로 들어섰을 때 사장의 핸드폰이

울렸다. 사장은 사이다를 마시며 전화를 받다가 나중에는 억양을 높였다. 상대는 남자인 듯했고 전화기 밖으로 울려 나오는 음성은 둔중했다. 사장은 작업 일정을 늦추면서, 견적서에 추가 비용을 더해도 좋다는 답을 받고서야 전화를 끊었다. 하루에 일을 마치지 못하면 이튿날에도 사람을 구해야 해서 누군가에게 일당으로 줄 돈이 그에게 더 필요했다. 사장은 음료수 캔을 구기고 입술을 맞물었다. 나는 사장의 지시로 트럭을 다시 시청 앞으로 몰았다. 그는 턱으로 전선을 가리켰다.

노란 거, 저거 다 떼란다.

나와 기사는 차에서 내렸다. 끈을 떼는 이유를 자세히 묻지는 않았다. 사장은 창문을 닫더니 의자를 뒤로 젖히고 라디오를 틀었다. 내가 묶은 띠들은 대체로 느슨했지만 기사가 묶은 띠들은 꽉 짜여 있어서 잘 풀리지 않았다. 나는 주머니에 들어 있던 커터를 꺼내서 끈을 잘랐다. 끈들은 대부분 내 주머니로 들어갔고 몇 개는 바람에 날려서 콘크리트 바닥이나 하수구에 떨어졌다. 리본을 자르는 작업은 등을 달 때보다 속도가 느렸고 그다지 의욕이 나지 않는 일이었다.

기사는 음료를 가져오겠다는 이유로 자리를 뜨더니

시간이 지나도 돌아오지 않았다. 나는 청사를 건너보았다. 주말이어서 경비를 제외하고 아무도 나오지 않은 것 같았다. 그리고 주말이 지나도 그곳에서 누군가가 나올 것 같지는 않았다.

우리는 저녁 여섯 시에 공장으로 돌아왔다. 기사는 사장에게 일당을 받자마자 뒤도 돌아보지 않고 공장을 떠났다.

사장은 컨테이너에 들어가서 러닝 차림으로 바닥에 누웠고, 나는 뒤처리를 하기 시작했다. 부피가 늘어나게끔 종량제 봉투 안에 플렉스 천을 두르고 죽은 참새와 찢어진 마대들을 넣었다. 그러고는 분무기에 물을 채워서 바닥에 뿌리고, 물기에 젖어서 엉긴 모래와 먼지를 쓸어서 공장 문 밖으로 밀어냈다. 사장은 내가 상자들을 쌓아서 끈으로 묶는 것까지 보고서야 몸을 일으켰다. 그가 준 돈은 십만 원으로 약속한 일당보다 만 오천 원이 많았다. 치료비로 웃돈을 얹은 것인지, 친구의 기념일이어서 선심을 쓴 것인지 나로서는 알기 어려웠다.

자네는 언제 보아도 바지런해서 마음에 들어. 요즘에는 자기가 부당 대우를 받는다고, 제대로 일도 안 하고 돈이나 뜯는 새끼들이 많잖아. 다 빨갱이 새끼들이야.

네.

내일도 나올 수 있지?

나는 상처에 연고를 바르고 새 붕대를 손에 감았다. 돈벌이는 중요했지만 상처가 도질 것이라는 예감이 들었고 일요일에는 오랜만에 교회에 가고 싶었다. 교회에 다니는 사람을 좋아하지는 않았으나 잠깐이라도 조용한 공간에 들어가서 머리를 식히며 이런저런 생각도 하면 기분이 밝아질 듯했다.

나는 붕대와 연고를 약봉지에 넣고 내일도 공장에 오겠다고 말했다. 사장이 내 어깨를 쓸어 주었다.

그들의 선물로 무엇을 사야 할지 생각했다. 케이크나 꽃은 쓸모가 없을 것 같았고 옷이 가장 무난하기는 했으나 부모는 언제나 단벌을 고집했다. 그들이 누군가에게 과시할 목적으로 옷을 입고 다녔던 적은 없었다. 나는 역에서 내려서 넥타이와 스카프 따위를 파는 매장에 들렀다. 실내는 더웠지만 붕대로 감은 손이 직원의 눈에 띨까봐, 왼손을 주머니에 넣고 있었다. 직원은 눈웃음을 치면서 물방울무늬가 그려진 넥타이와 리넨 스카프를 보여 주었다. 그것들 가격은 오늘 받은 일당의 절반이었다.

역 앞 차도에는 택시가 주차되어 있었다. 앞좌석에는 엄마와 아버지가 앉아서 얘기를 나누는 중이었다. 아버지는 차갑게 느껴질 만큼 무덤덤한 태도를 보였고 엄마는 나를 따뜻하게 맞아 주었다. 냉탕과 온탕을 번갈아 들어가는 듯한 이 느낌은 그리 나쁘지 않았고 도리어 정답고 익숙하게 느껴졌다. 나는 분위기가 근사한 곳으로 가자고 했으나 아버지는 갈빗집으로 택시를 몰았다. 엄마는 왜 옷에 때가 묻었는지, 손은 어쩌다가 다쳤는지, 평소에 밥은 먹고 다니는지 물었다. 나는 오늘은 등 다는 일을 했고, 전구를 끼우다가 손을 다쳤다고 했으며, 마지막 질문에는 답하지 않았다.

아버지는 고개를 뒤로 돌려서 붕대에 시선을 주었다. 그의 입에서 자그마한 한숨이 나왔다. 나는 사장이 부부의 기념일을 축하하는 뜻에서 일당에 웃돈까지 주었다고 말했다.

식당 안에는 연기가 자욱했고 고기를 먹는 사람들로 붐볐다. 우리는 번호표를 뽑고 문 앞에 있는 대기석에 앉았다. 배가 고팠고, 초대를 받지도 못했는데 불청객으로 온 듯한 느낌이 들었다. 우리는 장소를 다른 곳으로 옮기

려다가 결국 티브이 맞은편에 있는 자리에 앉았다. 식탁
은 기름과 국물이 제대로 닦이지 않아서 더러웠고, 티브
이 음향이 높아서 귀가 멍멍했다. 나는 음식을 나르는 아
주머니에게 소고기 등심 부위를 말했으나 아버지는 삼겹
살을 시켰다. 핏기는 드물고 비계가 많은 고기와 소주 두
병이 식탁에 올라왔다. 엄마는 익은 고기를 잘라서 양파
와 소스가 담겨 있는 앞접시에 놓았다.

아버지는 소주 한 병을 비우자 긴장이 풀렸는지 수다
를 늘어놓았다. 사납금을 갚지 못했다는 얘기와 새벽에
졸음운전을 하다가 덤프트럭에 받칠 뻔한 얘기, 삼십오
년 전에 엄마와 만나서 결혼한 얘기 등등. 그는 오래전에
공돌이였고, 엄마는 공순이였다. 두 사람은 오월 중순에
결혼했고 동쪽에 있는 산간 지역으로 신혼여행을 갔다.
그 해에는 나라의 남쪽에서 인민 봉기가 일어났고 정부
는 군인들까지 동원해서 그들을 진압했다. 아버지는 소
주 한 병을 더 시키며 말했다.

만약에라도 거기로 신혼여행 갔으면 큰일 날 뻔했지.
운이 좋았어.

석쇠를 새것으로 바꾸자 티브이에서 뉴스가 나왔다.
앵커는 차분한 어조로 방금 올라온 속보를 알려 주고 있

었다. 바다색이었던 배경이 칠흑색으로 바뀌면서 네모난 건물이 불기둥을 뿜어 올리며 폭발하는 광경과, 건물이 무너져서 콘크리트 골조만 남은 모습이 차례로 나왔다. 건물은 폐수를 담은 저장조를 보관하는 곳이었다. 그런데 외주 노동자가 폐수 배출구에 용접하던 중에 밀폐된 가스와 용접 열이 닿아서 참사가 났다고 했다. 사망자와 부상자는 백 명이 넘었고, 경찰과 소방관은 현장에 소수만 도착한 상황이었다. 공단은 오래전부터 노후화가 한참 진행된 곳이어서 교통편이 나빴고 인근에는 경찰서와 소방서도 없다고 했다. 소방복을 입은 이들이 콘크리트 덩어리들을 들추며 생존자들을 찾았으나 대부분 온몸이 피범벅인 몰골로 죽어 있었다. 일손은 부족해 보였고, 혼란한 상황을 정리할 만한 질서는 없는 것 같았다.

엄마는 고기를 자르던 손길을 늦추고 고개를 들었다. 눈이 커지면서 입가로 탄식이 나왔다. 나는 가위를 들어서 겉면이 그슬리기 시작한 고기를 잘랐다. 속보가 끝나자 조만간 다가올 여름이 여느 해보다 무더울 것이라는 소식이 나왔다. 사람들은 눈길을 티브이에서 불판으로 옮겼고 젓가락질이 바빠졌다. 그들이 좀 전에 느꼈던 흥미와 두려움과 경멸은 무관심 속으로 녹아들었다. 아버지가 소주를 마시고 말했다.

그러게 사람은 운이 좋아야 해. 운이.

불판에 남은 마지막 고기가 사라지자 얼음을 띄운 냉면이 나왔다. 아버지는 고혈압이어서 과식을 금해야 했으나 건강에 신경을 쓰는 모습은 아니었다. 나는 잇새를 쑤시다가 언제쯤 집으로 돌아올 것이냐는 엄마의 물음에 이쑤시개를 분질렀다. 가능한 한 혼자서 지내고 싶었고, 집으로 가면 매일매일 부모의 눈치를 볼 것만 같았다.

나는 당분간 취업할 생각이 없었고 공부를 한다거나 이성과 교제할 마음도 없었다. 집에 있으면 방에서 컴퓨터만 하거나, 방문을 닫고 이불을 덮어쓰고 잠만 잤다. 가끔은 창밖에 얼굴을 내밀고 구름 흘러가는 모습과 모르타르가 닳고 있는 주변의 벽돌집을 바라볼 때도 있었다. 그렇게 하루하루를 보내면서 아침이면 야간 운행을 마치고 와서 뻗은 아버지와, 저녁 무렵이면 일하다가 온 엄마를 보는 것은 쉽지가 않았다. 나는 집에서 나왔고 그 뒤로 부모와 연락을 한 적은 드물었다.

나는 엄마의 질문에 대답하지 않았다.

아버지는 벨트를 풀고 화장실에 갔다. 나는 스포츠 뉴스를 보다가 일어나서 카운터로 향했다. 주인은 이미 계산이 끝났다고 하더니 연녹색 사탕을 나에게 주었다. 윤기가 흐르는 포도 맛 사탕이었다.

나는 사탕을 어금니로 씹으며 밖으로 나와서 담배를 피웠다. 흡연을 마치자 부모가 나왔는데 둘 다 걸음이 불편했고 입술을 당겨서 헤프게 웃었다. 나는 두 사람을 뒷좌석에 태우고 운전대를 잡았다. 운전을 하는 동안 창틈으로 바람이 흘러들어서 머리를 적셨고 라디오에서는 봄 느낌이 우러나는 피아노곡이 나왔다. 유명한 피아니스트가 연주하는 곡 같았는데 제목은 떠오르지 않았다. 기분이 좋지도 그다지 나쁘지도 않았지만 더 이상 나빠지지 않는다는 것이 다행스럽게 여겨졌다. 어느 때부턴가 기쁨을 얻으려는 마음보다는 불쾌를 피하려는 마음이 더 커진 듯했다.

차들이 모여든 국도로 나오자 아버지의 핸드폰이 울렸다. 엄마가 전화를 받았는데 상대는 고모부였다. 엄마는 음성을 낮추고 통화를 하다가 갑자기 손으로 핸드백을 뒤적거렸다. 필기를 하려고 볼펜과 종이를 찾는 것 같아서 나는 차 실내등을 켰다. 엄마는 수첩을 허벅지 위에 올려놓고 글씨를 적었다. 엄마의 입에서 병원 주소와 전화번호, 병실 위치와 고모의 몸 상태에 대한 말이 나왔다.

고모는 아침에 홀로 모텔에 들어가서 다량의 수면제를 복용한 다음, 물 채운 욕조에 들어가서 잠자고 있었다고 했다. 욕조 주위에는 조개와 모래와 흩어져 있어서 바닷가 풍경과 닮았다는 말도 나왔다. 그녀는 의식이 사라진 가사(假死) 상태에 이르려고 했지만 다행히 치명적인 해를 입지는 않았다. 고모부는 경찰까지 동원해서 찾아낸 고모를 병원에 입원시켰다. 그는 내 부모의 도움을 간절히 바라고 있었다.

엄마는 전화를 끊고 아버지를 흔들었다. 아버지는 고모부의 사정을 듣고 이마를 차창에 기댔다. 나는 차를 세우고 두 사람이 나누는 말을 들었다. 병원은 차로 두 시간을 가야 할 정도로 먼 곳에 위치해 있었다. 고모는 의식을 잃기는 했어도 생명에는 지장이 없었다. 무엇보다 고모가 수면제를 먹고 물 채운 욕조 안으로 들어가는 행동을 한 것은 이번이 처음이 아니었다. 부모는 몇 번은 금일봉을 들고 병원으로 찾아갔으나 더는 방문할 여유를 내기가 빠듯했다. 그곳에 가려면 그들은 밤잠을 줄이면서 지갑에 들어 있는 돈을 얼마큼 내놓아야 했다.

엄마는 불을 끄고 수첩을 핸드백에 넣었다. 아버지는 일요일이면 할증이 풀리는 아침 시간대에 나가야 한다고

말했다. 나는 고모부에게 전화를 걸어서 부모는 내일이
아니라, 월요일에 병원에 갈 것 같다고 말했다.

역 앞에 도착하자 아버지가 운전대를 잡았다. 나는
엄마에게 선물을 주고 택시에서 내렸다. 엄마는 내려서
내 손을 잡았다. 손에 닿는 촉감은 따뜻했으나 집으로 가
면 이 느낌이 사라질 듯했다. 어떤 온기는 서로 간에 적당
한 거리가 유지될 때에만 생길 수 있었고, 나는 정이나 교
감보다 그러한 거리를 더 원했다.

자정 무렵이면 건물 둘레에는 술 먹고 떠드는 사람들
이 모여서 북적거렸다.

나는 편의점에서 담배와 맥주를 사고 파라솔 아래에
자리를 잡았다. 주머니 사정이 괜찮은 사람들은 호프나
국밥집 안에서 술을 마셨으나 나로서는 그만한 여유를
내기가 어려웠다. 어디선가 싸움이 났는지 맥주잔 깨지
는 소리와 플라스틱 탁자를 뒤엎는 소리, 고함과 비명이
간헐적으로 들려왔다. 손님과 손님이 뒤엉켜서 싸우기도
했고, 손님과 직원이 서로의 멱살을 붙잡고 으르렁거리기
도 했다. 그들 중에는 피부가 가맣거나, 앞니가 입술 바깥
으로 뻐드러져서 이국적인 느낌을 자아내는 사람도 있었

다. 이곳에서 살면 어디서나 볼 법한 광경이어서 두려움도 흥미도 느껴지지 않았고 다만 그들이 내일 아침에 일어나서 느낄 멀미의 무게만 짐작될 뿐이었다.

나는 사람들이 싸우는 모습을 보다가 한 달 전 이곳에서 고졸과 소주를 마셨던 것을 떠올렸다. 그날은 호프집 유리창이 의자에 맞아서 박살이 났고, 누군가가 쇠파이프로 자판기 두 대를 부숴서 그 안에 있던 콘돔과 껌을 들고 도망쳤다.

우리는 부대 단위로 출동한 경찰들을 파라솔 아래에서 보았다. 주위에 파편들이 튀고 소음이 넘나들었지만 별다른 동요 없이 술을 마시며 통조림에 있는 고등어를 먹었다. 고졸은 물류 창고에서 일하다가 왔다고 했고, 나는 예식장에서 유리벽 선팅을 하고 온 참이었다. 그는 지방에서 올라온 사람이었는데 이곳 생활에 적응하지 못하는 듯했다. 그가 살았던 곳에서는 대게가 특산물이라는 것과, 여자애들이 고등학생만 되면 대부분 엄마가 된다는 얘기는 하나도 재미가 없었다.

우리는 소주와 안주를 다 먹고 가만히 앉아만 있었다. 춥고 혼란한 밤이었다. 고졸은 이곳은 일거리가 부족하기에 조만간 나라의 남쪽으로 내려갈 예정이라고 했다.

친척을 따라다니면서 용접 일을 할 것이라고 했는데 보수는 괜찮은 듯했다. 나는 달비계를 타고 고공에서 선팅을 하는 정도가 아니라면, 세상에서 그다지 위험한 일은 없을 것이라고 생각했다.

고졸은 편의점으로 들어가서 소주와 아몬드를 샀다. 나는 고졸이 끊어 온 영수증을 보고 약간의 지폐와 동전을 내밀며 말했다.

그렇게 일만 구하고, 하다가 죽으면?

고졸은 모두가 들으라는 듯이 머리를 젖히며 웃었다. 유리가 깨지는 소리보다 자극적인 웃음소리였다. 호프집 주인과 차에 오르려던 경찰이 우리를 보았다. 바닥에 흩어진 파편들이 가로등 불빛을 받아서 반짝였다. 고졸은 종이컵을 탁자 아래에 버리고 소주를 병째로 마셨다. 그는 영원히 해소할 수 없는 갈증을 가진 사람으로 보였다. 그의 팔뚝에 나 있는 화살 문신이 땀에 젖어서 번들거렸다.

나 같은 사람한테 위험은 늘 가까우니 죽으면 죽는 거지요 뭐. 나는 그런 거 겁 안 내요.

고졸은 손으로 입을 훔쳤고 팔뚝 땀도 닦았다.

그래도 건설 현장이나 소각장, 쓰레기장 같은 곳에서

뒈지고 싶지는 않아요. 그건 좀 무섭네. 내 소원은 살 만큼 살다가 일이라도 안 하는 날에, 아무런 고통 없이 편안히 떠나는 것이에요. 햇볕 따뜻하고 풀 냄새 맡으면서 바람 좀 부는 날이면 좋겠네. 당신만큼 예의가 아주 없지는 않은 사람이 내 곁에 있으면 더 괜찮을 것 같고.

그의 손이 떨리고 있었다.

씨발, 그것만으로도 충분하지 뭐.

나는 맥주를 바닥에 쏟았다. 불에 타서 골조만 남아 있는 건물이 생각났다. 화면에 나왔던 콘크리트 덩어리들은 두꺼워 보였고, 온몸이 으깨져서 모자이크된 모습으로 들것에 실렸던 시신들 중에는 아저씨들뿐만 아니라 젊은 사람도 있었던 것 같았다. 나는 핸드폰을 켜서 인터넷에 접속했다. 사망자와 부상자 수는 정확히 집계되지 않았고 현장에 출동한 대원들의 수는 백 명 미만이었다. 구조 작업은 여전히 이어지는 중이었지만 언제까지 이어질지는 누구도 알 수가 없었다.

손과 발에서 통증이 느껴졌다. 단순히 저리거나 쑤시는 느낌이 아니라 온몸에 마비감이 들면서, 숨 쉬기가 거북할 정도로 견디기가 힘든 통증이었다. 나는 팔걸이를 붙잡고 힘들게 일어났다. 싸움은 아직도 이어지고 있어서 컵과 병이 깨져서 바닥에 조각으로 남았고, 덩치 큰 남자들이 서로 얼굴에 피멍이 들도록 주먹질을 하고 있었다. 나날이 싸움이 일어나는 지역이어서 오늘은 경찰도 출동하지 않는 듯했다. 그리고 그들이 온다고 하더라도 상황이 제대로 정리된 적은 드물었다. 나는 심호흡을 하면서 걷다가 전신주 상단에 붙어 있는 검은색 물체를 올려보았다.

며칠 전에 새로이 설치된 카메라였다.

건물에 들어오자 통증은 줄어들었으나 몸에서 한기가 느껴졌다. 셔츠와 속옷이 땀에 젖어 있어서 얼음이 떠 있는 물속에 잠시나마 다녀온 느낌이었다. 나는 실내에서 조심히, 더디게 걸어야 한다는 내규도 잊고 발에 힘을 주면서 걸었다. 힘을 주지 않았다가는 앞이나 뒤로 쓰러져서 일어나지 못할 듯했다. 나는 문을 열고 주위가 어두운 상태에서 침대에 앉았다. 시간은 열두 시 반이었고 창가로 가로등 불빛이 흘러들어서 책상과 침대 끝을 비추었다. 조등(弔燈) 같은 불빛이었다. 붕대를 풀고 양말을 벗으니 손발이 벌겋게 부어서, 바늘로 찌르면 피를 뿜으면서 그대로 터질 듯한 몰골이었다.

나는 입었던 옷들을 정리하고 침대에 누웠다. 잠은 오지 않았고 의식은 맑았다. 나는 이불을 덮어쓰고 끙끙거리다가 주먹으로 벽을 때렸다. 다른 방에도 울릴 만한 소리였으나 아무런 응답도, 날이 선 항의도 없었다. 모든 방들이 뼛가루만 남은 관 속같이 느껴졌다. 몇 번 더 벽을 두드리니 앞쪽 방에서 사람이 찾아왔다. 목이 굵고 아래턱에 수염이 무성한 사람이었다. 소리가 모든 방들을 가로질러 들려서 모두의 귓가에 자극으로 남은 듯했다. 나는 상대를 뚫어지게 보다가 무언가에 굴복하는 느낌으로 사과를 했다. 상대는 사과를 받고도 돌아가지 않고 한참을 씩씩거리다가 벽이 울리도록 방문을 닫았다.

창가에 비치던 가로등 불빛이 엷어지자 방 안 어둠은 짙어졌고 어디선가 금속성 같은 고함이 들려왔다. 나는 잠을 자려고 이불을 머리끝까지 덮었다가 아주 어렸을 적 기억을 떠올렸다.

여섯 살인가 일곱 살 무렵이었다. 나는 시골의 냇가에서 고기를 잡으며 놀다가 깊은 물속까지 들어간 적이 있었다. 호기심 때문이었는지 용기 때문이었는지는 제대로 기억나지 않았다. 나는 수영할 줄 몰랐고 물속을 위험한 곳이라고 여기지 않았던 듯했다. 콧속에 물이 들어오고 발밑에 더 이상 닿는 것이 없었으나 나는 더 밑으로 내려갔고 서서히 숨이 막히는 것을 느꼈다. 민물 특유의 냄새가 시취처럼 느껴졌고 입에도 물이 들어와서 이와 혀를 적셨다. 나는 비명을 질렀지만 소리는 반투명한 기포로 바뀌어서 햇볕 부서지고 있는 수면으로 떠올랐다. 물속을 헤젓던 손짓과 발짓이 느려졌고 배 속에 물이 차올랐다.

눈을 떴을 때, 나는 자갈돌이 깔린 곳에 누워 있었다. 누군가가 나를 구해 준 것인지 의식이 흐려지는 중에도 온 힘을 다해서 이리로 올라온 것인지는 알 수 없었다. 주위에는 사람이 한 명도 없었고 햇볕이 정수리를 쪼고 있었다. 나는 속이 메슥거려서 위액이 나올 때까지 자갈돌에 먹은 것을 토했다. 속을 비우니 코에서 콧물이 흘렀고 양손이 떨렸다. 나는 주변 공기가 울릴 정도로 소리를 질렀다. 물가를 거슬러 올라가면 외갓집을 비롯한 시골집들이 여러 채 있었지만 내 소리를 듣고 반응하는 사람은 아무도 없었다. 가을볕이 머리를 두드렸고 눈앞에서는 잠자리 두세 마리가 꼬리를 흔들며 무한(∞)의 기호를 그리듯 떠다녔다.

엉덩이가 배겨서 바지 주머니를 뒤적거렸다. 작업할

때 모았던 노란색 띠들이 손에 잡혔다. 내일도 아침부터 일해야 했기에 저녁이 되어도 교회에 들르지는 못할 듯했다. 나는 띠들을 휴지통에 버리고 침대에 누웠다. 어둑한 천장을 들여다보니 시간이 지날수록 방이 압축되고 있는 듯한 느낌이 들었다. 나는 어제처럼 벽을 때리고 잘 듯했고, 그래도 옆방의 고졸이 내 방으로 찾아오지는 않을 것이라는 예감이 들었다.

오늘은.
오늘은 등을 달러 가는 날이다.

묻혀 있는 것들

거리에는 어둠이 앉아 있었고 바닥은 눈이 얼어붙어서 미끄러
웠다. 인력 소개소들 앞에는 파카나 점퍼를 입고 가방을 메고
있는 남자들이 몰려들어서 수선스러웠다.

그들은 공장에 도착했다.

앞으로 더 이상 공장으로 쓰이지 않을 곳이었다.

고졸은 장갑을 끼고 트럭에서 내렸다. 늦겨울 햇볕이
조립식 패널 건물의 지붕에 쏟아졌다. 눈 쌓인 남빛 차양
에 달려 있는 카메라는 망가져 있었고 개집에 덮여 있던
이불이 밀쳐지면서 마른 누렁이가 나와서 꼬리를 흔들었
다. 피부병이 생겨서 몸빛이 얼룩덜룩하고 갈비뼈가 살갗
에 비치는 개였다. 그는 누렁이와 눈을 마주치지 않고 외
벽에 붙어 있는 두 장의 현수막을 쳐다보았다.

CCTV 녹화 중, 임대.

사장은 출입문을 열었다. 햇빛이 밀려와서 먼지가 풀
썩거리는 바닥과 천장에 매달려 있는 열 개의 갓등을 비
추었다. 공장의 왼쪽 벽을 따라서 아연을 입힌 각관과 은
회색 파이프, 가운데와 끄트머리에 곰팡이가 핀 각목들
이 있었고 오른쪽 벽 앞에는 베니어 선반과 철제 작업대
가 있었다. 온도계에 표시된 수은주 기둥은 영도(零度) 아
래로 낮아져 있었고 토기를 불러일으키는 냄새가 두 사람
코끝에 닿았다. 방향제를 뿌려서 지우려고 해도 조금은
엷어지되 완전히 사라지지는 않는 냄새, 돼지 냄새였다.

공장 한구석에는 컨테이너가 있었다. 문에는 녹색 페인트가 묻었고 문고리가 있어야 하는 자리에 구멍만 있는 컨테이너, **고추 건조기 야적장 사다리차 연합 단기 렌털 미니 굴삭기**라고 쓰인 스티커들이 벽면 곳곳을 차지하고 있는 컨테이너였다. 사장은 구멍에 손을 넣어서 문을 열었다. 컨테이너 안의 온도는 바깥보다는 높았으나 피부에 온기를 더할 만큼 따뜻하지는 않았다. 모노륨 장판은 흠투성이였고 방풍 비닐을 붙인 창문 옆에는 시트지와 커팅기, 이동식 스탠드가 먼지를 덮어쓴 모습으로 햇볕 몇 조각을 받았다.

기사는 전기장판에 누워서 솜이불을 덮은 채 코골이를 했다. 그는 사장의 만류에도 차비와 방값을 아껴야 한다는 이유를 대면서 전날 작업을 마치고 이곳에서 잠들었다. 장판 왼쪽에는 도시락 용기와 꽁치 통조림과 술병이 있었는데 음식은 많았으나 술은 없었다. 사장은 혀 차는 소리를 내면서 이불을 젖히고 기사를 흔들어 깨웠다. 거칠지는 않으나 조심성이 느껴지지도 않는 손길이 얼굴이 말상인 남자의 잠기를 흩뜨렸다.

기사는 일어나서 담배를 피웠고 다른 두 사람도 흡연을 했다. 모두들 공복이었으나 배가 고프다고 내색하는 사람은 없었고 정수기에 있던 찬물만 종이컵에 따라서 마셨다. 고졸은 갈증이 생겨서 물을 두 컵이나 마시다가 가려움증을 느꼈다. 가려움은 항문에서 시작되어서 불알과 허벅지까지 올라오고 있었다. 밤에는 자다가 긁었고 낮에는 사람들이 없는 곳에서 긁어서 살갗은 짓물렀고 손톱 끝에는 피가 묻었다. 몸속에 벌레들이 사는 듯했으나 몇 마리가 사는지 가늠이 되지 않았다.

그는 두 번째 담배에 불을 붙이면서 연기를 몸속으로 빨아들였다. 손발에 한기가 들면서 기분이 나아질 것이라는 생각은 엷어졌다. 몸속 세포와 벌레들이 사라지면서, 몸무게와 혈액의 양이 줄어드는 느낌도 들었다.

통증을 예고하는 느낌이 아주 나쁘지는 않게 여겨졌다.

세 사람은 전날 끝내지 못했던 작업을 재개했다.

사장은 트럭을 공장 안으로 들여서 컨테이너 앞에 세웠다. 기사는 짐칸에 올라갔고 고졸은 접이식 사다리를 일자로 펴서 컨테이너 벽에 맞붙였다. 사다리를 타고 컨테이너 위로 올라가자 코끝에 먼지내가 끼쳤다. 컨테이너 위에는 자르지 않은 아크릴과 먼지투성이 매트 묶음, 죽은 쥐들과 죽지는 않은 것으로 보이는 벌레들이 있었다. 그는 매트를 한 장씩 들어서 트럭으로 던졌고 기사는 그 것을 받아서 짐칸 바닥에 쌓았다.

마지막으로 남아 있는 매트를 들추자 쥐가 모습을 드러냈다. 꼬리가 길고 수염 가닥이 굵은 한겨울임에도 아직은 생명이 붙어 있는 쥐였다.

쥐는 소리를 내면서 고졸의 두 다리 사이로 지나갔다. 그는 놀라서 옆걸음을 하다가 컨테이너 가장자리까지 발길이 닿았다. 컨테이너 높이는 이 점 오 미터였고 바닥에는 곰팡이가 핀 각목들이 깔려 있었다. 몇몇 각목에는 못이 튀어나와 있었고 그것의 끝은 뾰족했다. 추락의 경험이 입체적으로 떠오르자 등허리가 시큰거렸고 입속에 고여 있는 담배 냄새가 역해졌다. 잠시나마 몸을 움직일 수 없었다.

컨테이너 위는 비었다. 고졸은 아래로 내려와서 기사와 함께 작업대 위를 정리했다. 망치와 스패너 같은 연장들은 에어캡을 깐 골판지 상자에 담겼고 그보다 큰 물건은 짐칸 가녘에 실렸다. 고졸은 코팅 장갑과 면장갑이 들어 있는 봉지를 치우던 중에 나무 달비계를 발견했다. 네 귀에 겉은 부드러우나 속은 튼튼한 밧줄이 연결되어 있고, 앉는 자리에는 솜 빠진 방석이 고정된 직사각형 나무 판이었다.

고졸은 달비계를 타고 빌딩 통유리에 선팅을 한 적이 있었다. 기사는 고소 공포증이 있었고, 사장의 나이는 쉰 여덟 살이었다. 크레인을 빌리기에는 시간이 촉박했고 그 만한 비용이 들었다. 목숨과 안전은 무엇보다 소중한 것 이었으나 제한적인 시간 내에서 그 의미는 희미해지거나, 사라질 때가 있었다. 그는 눈을 아래로 내리지 못하고 심 호흡을 했다. 공중에 떠 있고 싶지 않았으나 그의 나이는 다른 두 사람보다 어렸고 체력은 조금 나았으나 아주 좋 다고 말하기 어려웠다.

하늘에 구름이 많아서 사방이 끄무레했고 어디선가 찻내 나는 바람이 불었다. 그는 달비계를 타고 밑으로 내 려와서 분무기로 창에 비눗물을 뿌린 뒤 그 위에 안갯빛 시트지를 덮었다. 그다음 밀대로 시트지를 위에서 아래 로 밀면서 유리에 번졌던 물기를 닦고 라이터 불꽃으로 기포가 생긴 부분들을 하나씩 지웠다. 유리창 면적은 넓 었고 붙여야 하는 시트지는 열 장이었으며 심장 고동치 는 소리가 높아졌다.

창 안에 있는 사람들이 허공에 있는 사람에게 눈길을

보냈다. 누군가는 스쳐보았고, 누군가는 눈여겨보았으며, 누군가는 노려보았다. 고졸은 눈길에 묻어나고 있는 그들의 생각을 알아낼 수 없었고 다만 자신이 보이는 대상이 되었다는 것만을 알 수 있었다. 입고 있던 옷이 사라지고 손톱과 발톱의 크기가 커지면서 온몸에 털이 뒤덮이는 듯했다. 그 순간 원시적인 풍경의 어느 부분이 된 느낌이었다.

작업이 끝나자 고졸의 어깨는 추적거렸고 라이터에 불을 댕길 힘조차 없었다. 그는 로프를 위쪽으로 당기라는 신호를 휘파람으로 보냈다. 두 사람은 담배를 입술에 문 채 로프를 잡아당겼고 그의 몸은 공중에서 벗어났다. 그는 화강석 난간에 두 발을 옮기면서 처음으로 시선을 아래로 내렸다. 몇십 개의 건물들과 몇백 그루의 나무들과 수를 짐작하기 어려운 이파리와 빗방울이 보였다.

자신이 저기에 곤두박질쳐도 누군가의 눈에는 사람이 아니라 빗방울 하나, 이파리 하나로 보일 듯싶었다.

짐칸에 갖가지 짐들이 쌓였다. 사장은 바닥에 널브러져 있는 각관에 손을 대려다가 기사에게 제지당했다. 트럭이 속도를 내어서 달리거나 과속 방지 턱을 지나면 로

프로 고정을 해도 적재물이 무너져 내리는 경우가 있었다. 기사는 현수막 천으로 적재물을 덮고 그 위에 로프를 겹겹으로 쳤다.

하늘에서 눈이 내리고 있었다. 나이 든 여자가 얼굴을 목도리로 싸매고 텅 빈 리어카를 끌면서 눈길을 걸었다. 몸의 절반 이상이 희어진 모습이었고 간신히 움직이고는 있었으나 운동감이 느껴지지는 않았다. 그녀의 목적지는 공장이었고 외벽 앞에는 바인더 끈으로 묶은 상자 더미가 있었다. 예전에는 아크릴, 갈바륨, 스티로폼, 전구, 송판, 실리콘, 브래킷을 담았던 상자들이었다.

그녀의 반대편에서 영 점 오 톤 트럭이 다가오고 있었다. 상자들을 먼저 발견한 사람은 나이 든 여자였으나 상자에 누구보다 먼저 손을 댄 사람은 트럭에서 내린 남자였다. 그는 얼굴에 검버섯이 많았고 잇몸에 틀니를 끼고 있어서 발음이 정확하지 않았다. 나이 든 여자의 음성은 컸으나 남자의 완력은 그녀보다 셌고 틀니가 부딪칠 때마다 나오는 소리는 위협적이었다. 그녀는 울먹였고, 그는 상자들을 짐칸에 실었다. 세 명의 남자들은 그의 행동을 보면서 표정을 찡그렸으나 막아서지 않았다. 누렁이만 낯선 남자를 보면서 짖어댔는데 몸이 마른 탓인지 소리는 작았다.

　리어카가 떠났고, 트럭도 떠났다.

　고졸은 운전을 하면서 좌우를 살폈다. 눈이 내려앉은 회백색 밭이 보이다가 여러 개의 곁길이 나오는 자리에서부터 슬래브 주택과 조립식 패널 건물이 나타났다. 주택들 일부는 식당과 찻집이었고 조립식 건물들은 공장이었다.

　몇 달 전까지는 주택 언저리로 냉동 트럭들이 붐볐고 조립식 건물들 앞에도 트럭들이 모여들어서 분위기는 부산스러웠다. 냉동 트럭에는 고기와 채소와 과일과 음료 등이 보관되어 있었고 짐칸에 덮개를 씌운 트럭에는 철판이나 목재와 같은 작업에 필요한 자재들이 실려 있었다. 밤낮으로 주택과 공장 창문에는 조도가 높은 불빛이 고여서 반짝였고 거리에는 조리한 음식에서 나온 냄새가 풍겼다.

　와이퍼가 반복적으로 창을 닦고 있었다. 유리는 부옜고 한낮의 눈발을 스치고 지나가는 빛은 전조등 말고는 없었다.

　고가 도로 아래에는 고물상이 있었다. 회색 펜스로

울타리를 두르고 출입구 앞에는 집게차와 지게차가 서 있으며 한밤이 되어도 차들이 지나가는 소리가 끊이지 않고 들리는 자리였다. 고졸은 트럭을 고물상 안으로 몰았다. 펜스를 따라서 고철, 알루미늄, 플라스틱, 타이어, 골판지, 목재, 전선 등이 구획별로 적재되어 있었다. 고물들 위에 가리개로 설치한 슬레이트 지붕은 눈의 무게와 바람의 강도를 견디면서 휘어진 모습이었다.

고물상 주인이 속이 빈 플라스틱 상자를 쌓다가 고개를 들었다. 얼굴은 길둥글고 콧방울이 넓은 오십 대 초중반으로 보이는 남자였다. 사장은 차에서 내려 고물상 주인과 매매 가격을 흥정했다. 그는 콧구멍을 벌름거리면서 로프를 풀고 눈 덮인 현수막 천을 걷었다. 그러고는 짐칸에 실린 물건들을 살펴보다가 전날처럼 오른손 엄지를 내리고 고개를 저었다. 고물상 한쪽에는 목공용 집진기와 초대형 프레스, 보일러와 선풍기와 에어컨, 다열 레인지와 환풍기와 냉장고, 의자와 식탁과 협탁이 있었다. 대부분 문을 닫은 공장과 식당에서 가져온 물건들이었다.

사장과 기사와 고졸은 슬레이트 지붕 아래에서 커피를 마시며 담배를 피웠다. 사장의 입에서 끈기가 느껴지는 한숨이 나왔다. 고물상 주인은 집게차를 운전해서 안으로 들었다. 차체에 달린 두 개의 아우트리거가 바닥에 고정되자 녹이 슨 집게가 여기저기 흩어져 있는 깡통과 캔을 모았다. 고철들은 한곳에 모였고 집게의 압력을 받더니 부피를 잃고 우그러졌다. 집게는 우그러진 것들을 모아서 고물상 왼쪽 구역에 떨어뜨린 뒤 같은 작업을 되풀이했다.

해가 지면서 공장 안은 휑했다. 남아 있는 물건은 작업대와 베니어 선반과 분쇄기, 연탄 오십여 장이었다.

고졸과 기사는 연탄들을 짐칸에 싣고 그 위에 비닐을 덮었다. 사장은 도시에 살았으나 연탄보일러를 때고 있었다. 그는 고졸과 기사에게 일당을 주고 트럭에 올라탔다. 트럭 조수석에는 온몸에 눈이 묻은 누렁이가 앉아 있었다. 녀석은 눈 묻은 꼬리를 흔들었으나 사장의 눈길은 무심했다.

작업은 이틀 만에 마무리되었다. 공장 문이 닫혔고, 트럭은 북쪽으로 떠났다. 고졸과 기사는 트럭이 이동했던 반대 방향으로 한참을 걸어서 정류장에 도착했다. 두 사람은 덮개가 없는 부스에 들어와서 통증이 올라오는 팔과 다리를 주무르면서 버스를 기다렸다. 그들의 상의와

하의는 축축했고 신발은 흙투성이었다.

버스는 둘의 옷깃과 소매에 얼음 가루들이 생겨날 때쯤 도착했다. 몇 달 전에는 수시로 버스가 지나다녔으나 이곳에서 일하는 사람이 적어지면서 배차 간격은 늘어났다. 기사는 짐 가방을 들고 버스에 탔고 고졸이 그 뒤를 따랐다. 차내에 히터가 가동되고 있어서 두 사람의 몸은 녹았고 옷깃과 소매에 물기가 맺혔다. 라디오에서는 〈황폐지가 있는 곳〉이라는 노래가 나오고 있었다. 고졸은 등받이에 기대서 잠이 들었고 올무와 수갑이 떨어져 있는 가시밭길 풍경을 꿈속에서 보았다.

버스의 종점은 역전이었다. 그곳에는 저마다 번호가 다른 버스들 수십여 대가 차도에서 경적을 울리고 있었다. 고졸과 기사는 차에서 내려서 큰길을 향해서 걸었다. 큰길 입구에는 '우리들의 마을'이라는 글씨가 돋을새김된 반물색 기둥이 세워져 있었다. 길을 지나는 사람들의 살색과 안구 색은 저마다 달랐고 여러 건물들 간판마다 써 있는 글씨들의 국적도 제각각이었다. 건물들 앞에는 파라솔들이 설치되어 있었고 신발, 가방, 주방용품, 옷가지, 과일, 생선, 고기, 빵, 밑반찬 따위를 파는 노점이 즐비했다.

큰길은 일자로 이어지다가 중간에 이르면 양쪽으로 두 개의 옆길이 생겼다. 왼쪽 길에는 은행과 안마 시술소와 핸드폰 대리점이 있었고 오른쪽 길에는 방범대와 인력 소개소 들이 있었다. 근로자 파견, 용역 전문, 주급제, 일당제, 차량 보유자 우대라고 적힌 몇 개의 간판들을 지나면 청고 벽돌로 지은 건물이 나왔다. 일 층에는 밥과 분식을 파는 가게와 오리구이 전문점이 입주해 있었고 이 층과 삼 층은 각각 사우나와 고시원이었다.

고졸은 불에 구운 오리가 그려진 아크릴 간판을 보았다. 연초에 입맛과 기력이 없어서 혼자서 오리구이를 먹으러 간 적이 있었다. 탁자 위에는 땅콩과 밀전병, 오이와 양파가 올라왔고 뒤이어 윤기가 흐르는 오리 껍질들과 흙빛이 감도는 살점이 나왔다. 그는 밀전병에 껍질과 채소를 싸서 겨자에 찍어서 먹었다. 첫맛은 진하고 느끼했으며 뒷맛에서도 기대한 만큼의 쾌감을 얻지 못했다. 그럼에도 요리를 사는 데 들어간 돈을 생각하자 조금은 맛이 있다고 느껴졌고, 나중에는 맛이 있다는 믿음을 가져야만 기분이 상하지 않을 것이라고 생각했다. 그날은 냉정한 자기 인식보다 미지근한 자기기만이 필요한 날이었다.

두 사람은 머뭇거리다가 밥과 분식을 파는 가게에 들

어와서 음식을 시켰다. 비계에 털이 붙은 돼지고기구이와 조개를 넣어서 끓인 국이 상 위에 올라왔다. 둘은 뉴스를 보면서 삼십여 분 동안 식사를 했다. 기사는 나이가 들면서 잇몸에 남아 있는 치아가 줄어들었고 고졸은 위장병을 앓은 적이 있어서 식사 속도가 느렸다. 하루는 공장에 일감이 밀어닥친 날이었음에도 둘은 평소의 속도로 점심을 먹어서 사장에게 한소리를 들어야 했다. 십 분 내로 식사를 하려면 누군가는 치통을 참고, 누군가는 위통(胃痛)을 견디어야 했다. 일은 그들이 각자의 통증을 감수해야 할 만큼 가치가 있지도, 고귀한 것도 아니었다.

두 사람의 식사가 끝날 즈음 일기 예보가 나왔다. 다음 날 기온은 영하 팔 도였고 오후부터 눈이 내릴 예정이었다. 금일에 나왔던 보도와 그다지 다르지 않은 예보였고, 조만간 모레에도 이어질 법한 내용이었다.

기사는 고시원으로 올라갔다.

고졸은 약국에서 구충제를 사고 사우나로 갔다. 주머니 사정이 괜찮으면 고시원에서 지냈고 사정이 나쁘면 큰길의 끝머리에 있는 만화방이나 다방으로 갔다. 사정이 어중간하면 사우나에서 일주일 단위로 투숙하며 돈을 벌 때마다 한 주씩 기간을 늘렸다. 이날은 일당을 받은 날이었고 사정은 한동안 어중간함에서 유지할 수 있을 듯했다.

여주인은 카운터에서 수건을 개고 있었다. 고졸은 그녀에게 목욕 표를 건네고 새벽에 맡겼던 사물함 열쇠를 돌려받았다. 남자 탈의실에 들어오자 알몸이거나 반라인 남자들이 평상에 앉아서 티브이에 시선을 주었다. 미모의 남녀가 사랑을 나누는 장면이 나오는 드라마였는데 거기에 관심을 보이는 사람은 없었다. 그들은 단지 무언가를 보고 시간을 때우면서 작게나마 위안을 얻는 듯했다.

고졸은 구충제를 먹고 사물함을 열었다. 안에는 륙색과 세면도구, 반팔과 반바지, 러닝과 팬티가 있었다. 그는 축축해진 옷들을 벗어서 사물함에 넣고 욕탕으로 갔다. 그날의 일을 끝마친 남자들이 온탕에 몸을 담근 채 눈을 감고 있었다. 온수에서 올라온 공기가 피부에 닿자 가슴에서 번열이 일었다. 언젠가 용접을 할 때에도 몸에서 열이 나고 가슴이 답답해진 적이 있었다. 일을 그만하고 싶었으나 열이 난다는 이유로 업무에서 벗어날 수는 없었다. 그는 감기 기운이 있음에도 샤워를 마치고 냉탕에 몸을 담갔다. 번열 증세는 가셨으나 한기가 몸속으로 파고들자 눈에서 눈물이 났다.

목욕을 마친 시각은 열 시였다. 고졸은 반팔과 반바지를 입고 아래층에 있는 수면실로 갔다. 사람들이 많아서 발 디딜 공간이 충분치 않았고 그들의 몸에서 여러 소리가 나왔다. 코 고는 소리, 숨 쉬는 소리, 이 가는 소리, 살 긁는 소리, 엄마를 찾는 소리, 다른 나라의 말로 이루어진 소리. 그는 목침을 들고 구석 자리를 찾았다. 매트에 눕자 등허리가 차가웠고 곁에서 술 냄새가 풍겼다. 눈꺼풀을 닫자 피로감이 깊어지면서 다음 날 오후에 눈이 올 것이라는 예보가 생각났다.

누군가의 손길이 고졸의 허리에 닿았다. 그는 서둘러 일어나서 손에 주먹을 쥐었다. 머리가 벗어진 남자가 왼팔을 뻗은 채 잠자고 있었다. 얼굴이 벌겋고 입가에 침이 말라붙어 있는 남자였다.

한 달 전에는 피부가 황갈색인 남자가 옆에서 자고 있던 고졸을 더듬거렸다. 무의식적인 손길이 아니라 욕망을 눌러 담은 손놀림으로. 손이 허리를 거쳐서 가슴과 아랫배로 내려오자 잠이 깼다. 그는 일어나서 상대의 멱살을 잡았다. 황갈색 남자는 그보다 키가 컸고 팔뚝이 굵었으며 손등에 털이 많았다. 그리고 그와는 다른 나라의 말을 썼기에 소통을 할 수도 없었다. 고졸은 상대의 주먹에 맞아서 코피를 흘리자 달려들어서 팔뚝을 깨물었다. 피를 부르는 싸움이 벌어지자 투숙객들은 눈을 뜨고 싸움을 구경했다. 싸움은 사우나 사장이 수면실로 오기 전까지 이어졌다.

자정이었고, 두 사람은 사우나에서 쫓겨났다. 황갈색 남자는 고졸과 더 싸우려다가 전과는 분위기가 달라진 것을 깨닫고 다른 곳으로 가 버렸다. 고졸의 바지 뒷주머니 안에는 커터가 있었고 륙색 안에도 커터가 있었다. 사람을 죽였던 적은 없었으나 누군가의 몸에 상처를 주었던 경험이 없지는 않았다. 어느 때부턴가 타인의 살이나, 자신의 살에서 피가 흘러나오는 것을 심하게 두려워한 적은 없었다. 몸이 맨땅에 떨어져서 으깨지는 것보다는 차라리 살이 찔리거나 베이는 것이 나았다. 그는 날붙이를 꺼내지 않고 방범대 앞에 있는 벤치에 앉았다. '우리들의 마을'은 야간 범죄율이 다른 지역보다는 상대적으로 높은 곳이라는 소문이 돌아서 밤늦게 혼자서 돌아다니는 일은 가급적 삼가야 했다. 그 역시 야간 범죄를 저지를 수 있는 인물이기도 했다.

고졸은 피시방으로 들어왔다. 휴지로 콧구멍을 막았지만 피는 멈추지 않았다. 그는 손님들이 없는 구석에 앉아서 아침이 될 때까지 사람을 사살하는 게임을 했다. 때로는 허공과 건물을 향해 총알을 난사했고, 때로는 같은 편을 죽여서 방에서 퇴장을 당했다. 졸음이 느껴졌으나 등을 기댈 자리만 있었고 누울 만한 공간은 없었다.

두어 시간이 지나자 게임 창이 닫혔다. 모니터에는 화면 보호기로 설정된 비눗방울들이 밑에서 올라오는 장면만 반복적으로 나왔다. 그는 비눗방울들이 떠오르고, 부풀고, 터지는 모습을 눈여겨보다가 윗니와 아랫니로 아랫입술을 깨물었다. 입술에서 약간의 피가 나왔다. 고졸의 입에서 신음이 나오자 남자 직원이 뛰어와서 그의 상태를 확인했다. 그는 곁에 오려는 직원을 옆으로 밀치고 눈을 부릅떴다.

그의 바지 주머니에는 커터가 있었다.

새벽 네 시 반이었다.

수면실에서 잠자던 사람들은 오 분의 일로 줄어들어 있었다. 고졸은 피 묻은 허벅지를 긁으며 허리를 곧추세웠다가 시간을 확인하고 잠자리를 정리했다.

거리에는 어둠이 앉아 있었고 바닥은 눈이 얼어붙어서 미끄러웠다. 인력 소개소들 앞에는 파카나 점퍼를 입고 가방을 메고 있는 남자들이 몰려들어서 수선스러웠다. 그들 중 일부는 수면실에서 잠자던 사람들이었다. 유리벽 안에는 난로와 캐비닛, 책상과 파티션이 있었고 소장이 전화기를 잡고 서류에 글씨를 적는 중이었다.

고졸은 드럼통 근처에서 불을 쬐었다. 드럼통 안에서 각목과 널빤지가 불길을 피우며 타들어 갔다. 불길에 두 손을 모으자 열기가 피부로 건너와서 간지럼이 일었고 빛이 손톱을 비추었다. 피가 말라붙은 손톱이었다. 그는 바닥에 널브러진 나뭇개비들을 모아서 드럼통에 넣고 방범대 너머로 눈길을 돌렸다. 방범대 뒤에는 광장이 있었고, 광장을 지나면 인력 소개소들이 몇 곳 있었다. 그곳에는 다른 나라에서 온 사람들이 모여서 그날의 일당을 구하려고 했다. 사람들은 불을 쬐다가도 어느 순간이면 광장을 향하여 시선을 보냈다. 미움이나 두려움, 불안감이나 긴장감과 같은 여러 가지 감정을 담아서. 그리고 몇몇은 아무런 감정도 담지 않은 건조한 눈으로.

소장은 전화를 끊고 밖으로 나와서 먼저 온 사람들을 불렀다. 기능공의 숙련을 요하는 일은 좀처럼 없었고 단순노동에 가까운 일들이 대부분이었다. 호명을 받은 이들은 신분증을 소개소에 맡기고 현장으로 가는 승합차에 탔다. 소개소 앞은 갈수록 인파로 북적였고 땔감으로 쓸 만한 목재는 바닥을 드러내고 있었다. 소장이 나와서 누군가의 이름을 부르는 횟수는 줄어들었다.

두 대의 밥차가 옆길로 들어오고 있었다. 사흘에 한 번씩 '우리들의 마을'에 찾아오는 종교 단체에 소속된 차들이었다.

첫 번째 밥차에서 내린 남자는 차문을 열어서 보온 물통 두 개와 종이컵 묶음, 녹차 티백이 담겨 있는 상자를 꺼냈다. 소개소 앞에 모여든 사람들은 컵과 티백을 챙기고 물통에 들어 있는 온수를 받고자 줄을 섰다. 그들은 연둣빛 가루가 우러난 찻물을 마시며 피부에 스며든 한기의 무게를 줄이려고 했다.

밥차 앞에는 탁자와 의자가 차려졌다. 밥차는 트럭을 개조해서 만든 것이었고 짐칸에는 선반과 환풍기, 지붕과 쪽문이 설치되어 있었으며 바닥에 놓여 있는 국통과 밥통에서 연기가 피어올랐다. 이마에 수건을 동여맨 여자들이 밥이 수북한 그릇에 국물을 부어서 선반에 놓왔다. 네 명의 남자 봉사자들이 돌아다니면서 자리에 앉아 있는 이들에게 그릇을 나누어 주었다. 사람들은 가급적 김이 나오는 밥차와 가까운 자리에서 밥을 먹으려고 했다. 시간이 지나서 연기는 광장 너머까지 퍼졌고 밥차 근처로 찾아오는 사람들도 있었다. 어느샌가 피부색이 다르고, 사용하는 언어가 다른 사람들이 모여서 밥을 먹었고 그들의 몸과 그릇에서 피어나는 김 때문에 주위는 자욱해졌다.

고졸은 유리벽 너머에 눈길을 주었다. 소장은 캐비닛 안을 정리하고 있었고 전화는 더 이상 울리지 않았다. 그는 널빤지에 앉았다. 주변에 연기와 냄새가 퍼져도 그처럼 밥차 주위에 가지 않는 사람들도 있었다.

옆길로 캠핑카가 들어오고 있었다. 차에서 내린 남자는 어깨에 카메라를 받치고 있었고 여자는 마이크를 쥔 채 탁자들 사이로 지나갔다. 그녀는 밥을 먹는 사람들에게 물었다. 어디에서 왔는지, 아픈 곳은 없는지, 어떠한 일을 하는지, 일주일에 며칠 동안 일하는지, 한 달에 얼마나 버는지, 요즈음 일거리가 적지는 않은지 등등. 밥을 먹는 이들의 표정과 음색과 손짓이 카메라에 담겼다. 그들은 움직이고 있었으나 어딘가 정물적인 풍경으로 보였다. 그녀는 김이 닿은 얼굴을 손수건으로 문지르고 유리벽 앞까지 왔다. 고졸은 앞코에 리본이 달려 있는 남색 방한화를 보았다. 일주일 전에도, 이 주일 전에도, 한 달 전에도 보았던 신발이었다. 방송국 차량과 기자들은 한 달에 서너 번씩 '우리들의 마을'에 방문했고 사람들에게 매 차례 비슷한 질문을 던졌다.

고졸은 고개를 들었다. 카메라를 어깨에 받친 남자가 그를 보았고, 마이크를 들고 있는 여자가 그를 보았으며, 짐칸에서 배식을 하는 여자도 멀리서 그를 보았다. 말을 붙이는 사람은 없었으나 그다지 하고 싶은 말도 없었다. 그는 허공에 있을 때처럼 사람들의 시선을 받고, 받고, 또 받았다.

여자는 나이가 많은 봉사자 한 명을 데려와서 인터뷰를 했다. 종교 단체의 대표라고 하는 머리가 하얀 목사였다. 그는 사흘에 한 번씩 새벽마다 밥과 반찬을 준비해서 '우리들의 마을'에 나온다고 말했다. 그러한 대답은 일주일 전에도, 이 주일 전에도, 한 달 전에도 나온 것이었다. 카메라를 어깨에 받친 남자는 목사의 마지막 소감을 촬영하는 것을 끝으로 할 일을 마쳤다. 그들은 캠핑카에 오르자 서둘러 차문을 닫고 떠났다.

두 대의 밥차도 '우리들의 마을'에서 떠났다.

날이 밝고 있었다. 소장은 책상에 있던 서류를 정리하고 유리벽에 다갈색 블라인드를 내렸다. 미화원 두 명이 눈이 흩날리는 거리에서 비질을 하기 시작했다. 바닥에는 꽁초와 가래가 떨어져 있었고 의자와 탁자를 놓았던 자리에는 음식물 찌꺼기들이 햇빛을 받아서 반짝였다. 고졸은 미화원들이 떠나는 것을 보고 자리를 털고 일어났다. 거리에 남아 있는 사람은 열 명 정도였다.

고졸은 사우나가 있는 건물로 돌아왔다. 밥과 분식을 파는 가게는 아침 영업을 하고 있었으나 손님은 한 명도 없었다. 그는 안으로 들어와서 전날과 똑같은 음식을 시켰다. 얼마 지나지 않아서 조개를 넣어서 끓인 국과 반찬 그릇들이 상 위에 올라왔다. 그는 조갯살을 씹었고 해감이 덜 되어서 조개껍질에 붙어 있는 모래도 씹었다.

고졸은 식사를 마치고 카페에서 오후 세 시까지 눈을 붙였다. 창문에 비치는 햇볕과 실내에 흐르는 온풍기 바람이 잠기를 북돋워서 수면 시간은 예상한 것보다 길어졌다. 한참을 자고 일어나자 가슴이 뻐근했고 탁자에 있던 커피는 차가워져 있었다. 검남색 셔츠를 입은 직원이 곁으로 다가왔고 밭은기침을 하면서 바닥에 걸레질을 했다. 손님이 장시간 자리를 차지하고 있으면 직원들은 이따금 바닥을 닦았다.

커피를 마시자 속이 차가워지면서 걷고 싶은 욕구가 생겼다. 고졸은 카페에서 나와서 반물색 기둥이 서 있는 곳까지 걸었다. 역전에 서 있는 버스의 숫자는 적었고, 사람들은 많았다. 몇몇은 인력 소개소 앞에서 있던 사람들이었다. 그들은 흡연이 금지된 구역에서 손을 떨면서 담배를 피웠다. 그도 담배를 피우면서 시간을 보내다가 버스에 올라탔다. 라디오에서는 〈황무지가 있는 곳〉이라는 노래가 나왔다. 그는 눈꺼풀을 닫았고 잠들지 않은 상태에서 푸나무가 불타고 있는 숲의 풍경을 떠올렸다.

버스 양옆으로 눈 덮인 밭과 불 꺼진 건물들이 나타났다. 차문이 열렸고 눈 섞인 바람이 버스 안으로 들이쳤다. 고졸은 차에서 내려서 한동안 걸었다. 산책은 눈이나 비가 오더라도 일 없는 날이면 하는 일과였다.

눈 바닥을 걷고 있으니 아침에 졸면서 출근하던 때와, 저녁 무렵까지 공장 안팎을 오가면서 일하던 무렵이 생각났다. 고졸과 기사가 맡았던 일은 간판 제작과 선팅, 도색과 용접과 디자인이었다. 처음에는 일이 많아서 피곤을 느꼈으나 나중에는 일이 없어서 손 놓고 앉아만 있는 시간이 길어졌다. 사장의 얼굴에 그늘이 비끼던 횟수도 늘어났고 땅 주인에게 월세를 내는 날이면 쩔쩔맸다. 쩔쩔매는 시간이 갈수록 늘어나게 되면서 고졸은 공장을 떠났고 나중에는 기사도 떠나야 했다.

신발에 물이 차서 양말이 젖었다. 고졸은 신발을 벗어서 물을 빼고 공장을 건너다보았다. 출입문 앞에는 카고 크레인과 작업대, 분쇄기와 베니어 선반이 있었다. 그가 허공에 떠 있을 때는 보지 못했던 크레인이었다.

사장은 크레인 옆에서 리모컨 버튼을 눌렀다. 크레인 화물칸에 고정되어 있던 붐이 반 바퀴 돌면서 그 끝에 매달린 후크가 분쇄기 위로 내려왔다. 분쇄기는 와이어로프로 겹겹이 둘러져 있었다. 그는 분쇄기 곁으로 다가가서 후크를 로프 매듭에 연결했다. 붐이 들리자 분쇄기가 떠올라서 화물칸 안으로 옮겨졌다. 그는 화물칸 위로 올라가서 와이어로프를 풀었다. 맨손에 닿는 로프의 감촉이 거칠어서 손바닥에 자국이 났다.

고졸은 도와줄 일이 있는지 사장에게 물었다. 도우려는 마음은 조금도 없었으나 빈말이라도 던져야 한다는 생각이 들어서였다. 사장은 아무런 말 없이 외벽에 사다리를 붙이고 위로 올라가서 바람에 나부끼고 있는 현수막 두 장을 뜯었다. 현수막들은 화물칸 안으로 들어갔고, 다른 물상들도 로프에 묶인 채 후크에 들려서 화물칸에 실렸다. 고졸은 물상들 위에 현수막을 덮었고 그 위에 밧줄을 쳤다. CCTV **녹화 중, 임대**라고 쓰인 글씨에 눈송이 몇 개가 떨어졌고, 녹았다.

고졸은 이곳에 처음으로 왔던 무렵을 떠올렸다. 작년 봄이었고 구제역이 퍼져서 가축 살처분 작업이 벌어지고 있었다.

회색 방역복을 입은 남자들이 축사 안으로 들어가서 돼지들을 밖으로 끌어냈다. 돼지들 우짖는 소리가 봄의 공기를 뒤흔들고 있었다. 방역복 남자들이 넉가래와 전자 충격기를 사용해서 돼지들을 구덩이가 있는 쪽으로 몰았다. 구덩이는 깊었고 바닥에는 반투명 비닐이 깔려 있었다. 구덩이 옆에 있던 굴삭기가 삽으로 돼지들을 퍼서 밑으로 던졌다. 돼지들은 평지에 올라오려고 했으나 비닐은 미끌미끌했고 구덩이 둘레에는 넉가래를 든 남자들이 있었다. 그들은 비닐을 타고 올라온 돼지들 얼굴이나 몸통을 넉가래로 후려갈겼다. 삼백여 마리의 돼지들은 구덩이 안에서 나오지 못했고 동물들 몸에는 석회가 뿌려졌다. 구덩이는 흙이 덮이면서 평평해졌고 세상은 아무 일도 없었던 것처럼 고요해졌다.

여름이 되었고 축사가 있던 자리에는 공장이 생겼다. 기사와 고졸은 방화문 공장의 외벽에 붙일 간판에 페인트를 칠하고 있었다. 불볕이 내리는 날이었고 페인트에 푼 시너 냄새가 콧속에 닿자 두 사람은 현기증을 느꼈다. 저만치 보이는 평지에서도 냄새가 올라오고 있었다. 바람이 몇 차례 불어서 냄새가 공장 마당까지 건너오자 둘은 구역질을 했으며 평소에 얌전했던 누렁이는 고개를 쳐들고 소리 높여서 짖었다. 공장 안에서 흐르는 냄새보다 몇천 배는 지독한 짐승의 살과 뼈가 분해되어서 생기는 악취였다.

사장은 어디로 갔는지 보이지 않았고, 고졸은 발밑으로 울림을 느꼈다. 지진이 일어나려는 조짐인지, 어디에선가 침출수가 나올 기미인지 알 수 없었으나 가슴이 조마조마했다. 한번은 공장 인근에서 썩은 물이 분출되어서 두 사람은 바람을 타고 흘러드는 냄새에 시달리느라 하루가 지나도록 음식을 먹지 못했다.

안전을 도모할 수 있는 방법은 어디에도 없었고 주어

진 일은 두 시간 내로 무조건 끝내야 했다.

공장 문이 닫혔다.

앞으로 공장으로 쓰이지 않을 곳의 문이 닫혔다.

사장은 크레인에 시동을 걸었다. 고졸은 조수석에 앉았고 소매를 걷어서 문신이 새겨진 팔뚝을 긁었다. 차는 화물칸에 쌓여 있는 짐들이 무너지지 않도록 서행했다. 눈발이 굵어지고 찰기가 생기면서 와이퍼로 얼룩을 닦아도 차창은 금세 부예져서 나중에는 앞이 보이지 않았다. 그는 크레인을 도로에 세우고 눈발이 잦아들 때까지 기다렸다. 고졸은 사이드 브레이크 옆에 있던 사탕을 입안에 넣고 사장의 얼굴을 보았다. 살빛이 탁했고 수염이 코밑을 덮고 있었으며 이마에 켈로이드와 잔주름이 많았다. 썩은 물이 흘러나오던 날에 보이지 않던 얼굴이었고, 그럼에도 야위어진 얼굴이었다.

고졸은 열기가 올라오고 있는 가슴을 문지르며 크레인 대여 비용이 어디서 났는지 물었다. 사장은 이마에 주름을 더 잡기는 했으나 화난 것 같지는 않았다. 고졸이 예상치 못했던 무심한 답변이 돌아왔다.

오늘 아침에 누렁이를 팔았다고.

마르긴 했으나 근수가 제법 나가서 꽤 받았다고.

크레인이 고물상에 도착했다. 고물상 안에서 회색빛 연기가 피어올랐고 후각을 자극하는 냄새가 풍겼다. 고물상 주인이 운전하는 집게차가 보일러들을 부수고 있었다. 기사는 부서진 보일러에 붙박여 있는 나사를 스패너로 풀어서 노란색 바구니에 담았다. 모자와 색안경을 쓰고 입가에는 마스크를 착용한 모습이었다. 그는 보일러 안에 있던 금속들을 꺼낸 뒤 산소 용접기로 구리를 지져서 구멍을 뚫었다. 구멍에서 물과 연기가 솟았다. 그는 방화 장갑을 낀 손으로 구리를 집어서 파란색 바구니에 담았다. 안경은 땀에 젖어서 축축했고 바지와 신발에는 구멍이 생겨 있었다.

보일러들이 모조리 해체되자 집게차가 움직임을 멈추었다. 사장은 크레인 화물칸에 실린 물건들을 고물상 주인에게 보여 주었다. 고물상 주인은 콧구멍을 벌름거리다가 전날처럼 오른손 엄지를 아래로 내리고 고개를 저었다.

기사는 모자와 안경과 장갑을 벗었다. 얼굴에는 땀이 흥건했고 손은 상처투성이였다. 그는 입술에 담배를 물었고, 고졸은 사탕을 내밀었다. 두 사람은 사탕을 씹으면서 흡연을 했다. 기사의 머리에서 증기가 피어올라서 담배 연기와 뒤섞였다. 기사는 새벽 세 시에 일어나서 소개소 앞으로 나왔다고 말했다.

영 점 오 톤 트럭이 고물상 입구에 들어섰다. 짐칸에 상자와 의자와 탁자, 냉장고와 식기세척기와 다열 레인지를 실은 트럭이었다. 트럭에서 얼굴에 검버섯이 피고 잇몸에 틀니를 낀 남자가 내렸다. 그는 물건들을 고가에 처분하려고 했으나 이번에도 고물상 주인은 오른손 엄지를 내렸다. 고물상 한쪽 구석에는 트럭에 실린 물건들과 비슷한 종류의 고물들이 높은 더미를 이루고 있었다. 그는 손을 비비면서 말을 했는데 틀니가 부딪혀서 생기는 소리는 위협적으로 들리지 않았다. 물건은 하나도 내려지지 못했고 트럭에 다시 시동이 걸렸다. 그는 눈가를 붉혔으나 전날 아침에 누군가를 울렸던 일을, 마른 누렁이가 짖었던 것을 기억하지 못하는 듯했다.

두 사람은 '우리들의 마을'에 돌아왔다.

소개소 안에는 새벽에 일을 구했던 사람들이 모여서 신분증을 받고 있었다. 기사는 끝줄에서 기다리다가 십 퍼센트의 수수료를 제한 일당과 비닐이 찢어진 신분증을 받았다.

두 사람은 걸었다. 고시원 건물에 다다르자 경찰들 예 닐곱 명과 경찰차와 구급차가 눈에 띄었다. 밥과 분식을 파는 가게의 간판은 어두웠고 바닥에는 유리 파편들과 혈흔이 가득했다. 가게 안 탁자와 의자는 바닥에 널브러 져 있었고 주방에서 일하던 여자들이 겁에 질려서 몸을 떨었다.

문이 열리면서 상반신이 피투성이인 남자가 들것에 실려서 나왔다. 피투성이 남자는 입을 벌려서 중얼거렸 는데 기사와 고졸은 그의 말을 알아들을 수 없었다. 그것 은 다른 나라에서 쓰는 말이었다. 구급차는 환자를 싣고 서둘러 출발했다. 사이렌 소리가 거리를 흔들었고 고졸 은 수십, 수백 개의 파편들이 쏟아지는 환각을 보았다.

경찰들이 장발인 남자의 팔을 붙잡고 유리문 밖으로 나왔다. 그는 덩치가 우람했고 앞머리가 길어서 눈을 가 렸으며 손목에는 은빛 수갑이 채워져 있었다. 아래로 내 려뜨린 양손은 피범벅이었고 바지와 운동화에도 혈흔이 낭자했다. 그는 말없이 붙들려 나가다가 갑자기 몸을 뒤 틀며 악을 쓰기 시작했다. 그것은 피투성이 남자가 중얼 거리던 것과는 다른 말이었고, 고졸과 기사가 이해할 수 있는, 저주와 혐오의 정서가 깃든 말이었다. 주방에 있던 여자들이 소리에 놀라서 서로를 껴안았다. 경찰들이 그의 머리를 붙잡아서 강제로 차 안으로 밀어넣었다. 경찰차가 떠나자 거리는 조용해졌고 주방 여자들은 몸을 떨면서도 청소를 하기 시작했다. 바닥에 있던 파편들은 봉지에 담겼으나 수차례 물을 흩뿌리고 비질을 해도 혈흔은 완전히 지워지지 않았다.

오리구이 전문점의 아크릴 간판은 환했다.

기사와 고졸이 탁자에 자리를 잡자 밑반찬이 차려졌고 뒤이어 반 마리 분량의 오리구이와 오리 뼈를 고아서 만든 탕이 나왔다. 고졸은 고기와 국물을 차례로 먹었고 이번에도 특별한 맛을 느끼지 못했다. 그럼에도 배 속에 온기와 포만감이 전해지자 마음의 무게는 가벼워졌고 미지근한 자기기만을 떠올렸다. 차가움도, 뜨거움도 아닌 미지근함을 생각하는 시간은 점점 많아지고 있었다.

기사는 맥주를 마시고 취했다. 고졸은 기사가 남긴 맥주를 마시다가 언젠가 '우리들의 마을'에서 읽었던 무가지를 떠올렸다. 갱지에는 흐릿한 글씨들이 적혀 있었고 분량은 열네 장이었다. 그는 벤치에 앉아서 무가지를 읽었다. 그날은 일요일이었고 광장에서는 문화제가 열리고 있었다. 시에서 주최한, 여러 나라에서 온 사람들의 화합과 친목을 도모한다는 행사였다. 광장 곳곳에는 천막이 세워져 있었고 저마다 다른 언어를 쓰고, 다른 옷을 입은 사람들이 모여서 웅성웅성했다. 광장 중앙에는 지름이 삼 미터에 달하는 솥이 있었고 안에는 닭 백여 마리를 고아서 만든 국물이 그득했다.

국물이 불기운에 데워지면서 냄새가 사방에 퍼졌다. 문화제에 참석한 사람들은 솥 근처에 있는 의자에 앉아서 플라스틱 용기에 담은 고기와 국물을 먹었다. 소고기를 기피하거나, 돼지고기를 거부하는 사람은 있었으나 닭고기를 먹지 못하는 사람은 한 명도 없었다. 닭고기 백여 마리가 사람들 입으로 들어갔고, 그날 공기는 포근했다. 고졸은 신문을 쥐고 있다가 일어나서 옆길로 들어오는 캠핑카를 보았다. 카메라를 어깨에 받친 남자와 남색 방한화를 신은 여자가 차에서 내려서 광장에 모여든 사람들을 촬영했다. 한데에서 새벽밥을 먹는 사람들을 찍을 때처럼.

냄비와 접시에는 뼈만 남았고 맥주병은 비어 있었다. 기사는 고시원 방의 비좁음과 바닥재의 약함, 그곳에서 풍기는 갖가지 냄새를 말했다. 곰팡이 냄새와 혼자서 사는 남자들의 체취와 땀이나 용변에서 풍길 법한 냄새를. 방문과 벽체가 얇아서 다른 방과 복도에서 나오는 소리가 수시로 방으로 건너온다고도 했다. 귀마개를 하고 이불을 머리까지 덮어도, 다른 나라의 말들이 귓가에 넘어와서 잠기를 지우고 마음에 불안을 준다는 말이 이어졌다.

기사는 밥값의 삼분의 이를 내놓았다. 고졸은 나머지 삼분의 일을 지불하고 먼저 바깥으로 나와서 밤공기를 쐬었다. 여느 때와 다르지 않은 공기였으나 비린내가 코밑에 닿는 듯한 기분이 들었다. 방범대 앞에는 은회색 점퍼에 야광 조끼를 입은 사람들이 모여 있었다. 며칠 전보다 두 배는 늘어난 숫자였다. 그는 닭국의 냄새와 무가지의 마지막 장에 써 있던 문장들을 기억했다.

조만간 이곳에 경찰 인력과 방범대 인력을 추가한다는 것이었다.

여주인은 카운터에서 고개를 끄덕이며 졸고 있었다. 고졸은 마지막으로 남아 있던 목욕 표를 여주인에게 건넸다. 그녀는 고졸의 얼굴을 훑어보고 일주일 치의 목욕

표를 더 살 것인지 물었다. 일주일 치를 몰아서 사면 낱장을 사는 것보다 가격이 저렴했다. 그는 대답하지 않고 탈의실에 들어갔다. 알몸이거나 반라인 남자들이 피부를 긁으며 평상에 앉아서 티브이를 보고 있었다. 전날과 장소와 배우들만 달라진, 미모의 남녀가 사랑을 나누는 장면이 나오는 드라마였다.

고졸은 사물함을 열어서 소지품을 정리했다. 며칠 동안 입었던 옷들을 류색에 넣으니 부피가 늘어났다. 그는 욕실에 들어가서 양치와 샤워만 하고 수건으로 몸을 닦았다. 가슴에서 번열이 일었고 피딱지가 붙은 허벅지가 가려웠다. 손톱을 세워서 소리가 나도록, 몇몇 사람들의 시선이 쏠릴 때까지 긁었으나 가려움증은 가라앉지 않았고 피딱지가 뜯어지면서 아물던 상처에서 피가 나왔다. 그것을 보던 사람들의 얼굴이 굳어졌다. 그는 수건으로 피를 닦으며 방충망이 뜯어져서 너덜거리는 창문을 보았다. 바깥은 어둑어둑했고 불을 켠 간판들이 빛나고 있었다. 그가 이해하고 공감할 수 있는 말들은 적었고 가슴이 메마르는 듯했다.

침상에는 두 명의 남자들만 앉아 있었고 티브이에서는 햄버거 광고가 나왔다. 고졸은 침상 가두리에 옆으로 누웠다. 누군가의 체취가 남아 있었지만 사람이 머물던 자리여서 맨살에 닿는 기운은 미적지근했다. 그가 어느 때부터인가 좋아하는 촉감이었다. 반쯤 닫은 눈꺼풀 속으로 불빛이 비치자 긴장이 풀리면서 잠이 쏟아졌다. 숙면을 이루지 못하면 꿈에서 가시밭이나 덤불숲을 보았고 잠들지 못하더라도 불붙어서 연기가 올라오는 숲의 풍경이 눈꺼풀 안쪽에 그려졌다.

고졸은 기분이 좋았던 순간을 생각하려고 했으나 그러한 기억은 없었고 주위에 더 이상 큰 위험은 없었던 때가 생각났다. 눈에 띄는 위험이 있지는 않으나 보이지 않는 불안의 기미가 피부로 느껴지던 때, 고공에서의 선팅을 마치고 저녁밥을 기다리던 때였다. 그곳은 생선 맑은 국을 파는 가게였다.

사장과 기사와 고졸은 진갈색 나무로 지어진 단층 주택 테라스에서 담배를 피우며 손님이 빠지기만을 기다렸다. 채찍비가 내리고 있어서 마당에 깔려 있는 자갈돌들이 젖었고 트럭 짐칸에 놓았던 달비계도 젖었으며 여분으로 가져온 선팅지들도 젖었다. 사장은 제때에 수금을 받을 수 있을지 걱정했고, 기사는 식사를 끝마쳤음에도 밖으로 나오지 않는 사람들을 욕했다. 고졸은 허공에서 느꼈던 기분을 말하고 싶었으나 입을 다물고 있었다. 그들이 그 기분을 이해하지 못할 것이라는 생각이 들었고 이해를 하더라도 다시금 허공에서 빗방울 하나, 이파리 하나로 비칠 사람은 자신일 터였기에 말문이 열리지 않았다.

셋은 몇 개비의 담배를 커피 알갱이가 바닥에 남아 있는 종이컵에 넣고, 나중에는 눈을 내리깐 채 시간을 보냈다. 그럼에도 손님들은 좀체 나오지 않았고 빗소리가 높아지면서 그들은 지붕이 두꺼운 테라스에 서 있음에도 물속에 갇힌 듯한 느낌을 받았다.

회상이 끝나자 잠기는 엷어졌다.

고졸은 일어나서 사물함으로 다가갔고 문을 열었다. 그는 속으로 다짐하며 옷을 꺼내다가 언젠가 편의점 앞에서 받았던 질문을 되짚었다. 질문자는 나이가 이십 대 중반이었고 고시원에서 지냈으며 그와는 비슷한 처지에 있던 남자였다. 고졸은 그의 말을 떠올리면서 소리는 내지 않고 입술만 벙긋거렸다.

그렇게 일만 구하고, 하다가 죽으면 어떻게 되는 거냐고.

고졸은 그 당시 근처에 있던 사람들이 자신을 쳐다볼 정도로 소리 내어 웃었다. 갈증과 광기와 결핍감이 뒤섞인 듯한 웃음소리였다. 그는 한참이 지나서 웃음을 그치더니 술을 병째로 마시고 손을 떨면서 대답했다. 나 같은 사람은 위험과 언제나 가까이 있기에 죽음 자체가 겁나지는 않으나 죽는 장소가 나쁘다면 그것은 겁날 것 같다고, 햇볕이 내리고 바람이 불며 주위에 풀 냄새와 최소한의 예의를 갖춘 사람이 있으면 좋을 것 같다고.

그것만으로도 충분하지 않겠느냐고.

질문자와 그 뒤로 만났던 적은 없었다. 고졸은 그때처럼 떨리는 손으로 옷을 입으며 오늘 밤 나라의 남쪽으로 내려가기로 마음을 정했다.

그곳이 이곳보다 안전하기를 바라는 심정으로.

그들이 눈을 감는 시간에

그는 빵을 뜯었다. 항바이러스 부작용도, 가금류로 만든 음식도, 오리 모가지를 비틀던 촉감도, 발이 시커맸던 시신도, 방에서 이야기를 듣던 순간도 잊을 수 있었다.

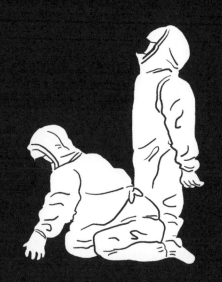

0.

부부는 수술대에 누웠다.

한 사람은 오월 오일에, 다른 한 사람은 오월 팔일에.

아내는 의사가 내놓은 종이를 읽었다. 서약서였고 문장과 문단이 길었으나 요지는 간단했다. 수술 뒤 문제가 발생할 시에는 병원 측 책임은 적으며 환자의 책임은 많다는 것. 적음과 많음은 전무(全無)와 전부라는 의미와 다르지 않았고 다른 선택지는 없었다. 그녀는 서명했고 남편은 접수처에서 병원비를 계산했다. 카드 결제는 허용되지 않았고 기본적인 수술비 외에도 자궁 유착을 방지하는 데 쓰는 주사 비용, 산모의 체내에 들어가야 하는 항생제 영양제 비용도 추가적으로 내야 했다. 수술비 이외의 비용을 치르는 것은 선택 사항이었으나 다른 선택지는 없었다.

아내는 수술대에 누웠다. 그녀의 몸은 차가웠고 손발에 진땀이 맺히고 있었다. 그녀는 울음을 터트렸고 수술을 받지 않겠다고 했다. 중년 간호사가 울음을 그치지 않으면 마취 효과가 낮아져서 수술 뒤 통증이 심해질 것이라고 했다. 간호사의 목소리는 낮았고 그녀의 말에는 오류가 없어 보였다. 그녀의 몸속에 마취제가 투여되면서 정신은 혼몽해졌고 무영등(無影燈)에서 빛이 쏟아졌다.

아내는 회복실에서 눈을 떴다. 남편은 벽창에 이마를 대고 밑을 내려다보고 있었다. 그는 울상이었으나 눈물을 보이지는 않았다. 그녀는 말을 하려다가 아랫배에서 올라오는 통증을 느꼈다. 이제껏 한 번도 느낀 적이 없었던 격통이었고 입에서 진통제를 가져오라는 소리가 나왔다. 그는 접수처에 가서 간호사를 데려왔다. 중년 간호사는 이미 과량의 약물이 체내에 들어가서 더 이상 맞으면 내성이 생기므로 투여가 어렵다고 했다. 그녀의 목소리는 침착해서 틀리지 않는 말처럼 들렸다.

해가 지고 있었다. 아내는 기저귀를 차고 남편과 함께 병원에서 나왔다. 계절은 봄이었으나 어슬녘 공기는 쓸쓸했다. 남편은 병원에 들어오기 전에 점찍었던 죽집을 찾았지만 가게는 닫혀 있었다.

아내는 남편과 죽집 주인이 나누던 대화를 상기했다. 남편은 저녁에 장사를 하는지 물어보았는데 돌아오는 답은 정확하지 않았다. 주인은 보통은 오후 일곱 시면 영업을 끝냈으나 몸이 아프거나 재료가 떨어지면 조기에 문을 닫는다고 했다. 오른쪽 눈이 사시인 여자였고 그날 벌이의 높낮음을 민감하게 여기지 않는 얼굴색이었다. 남편은 아내의 처지를 말하지 못하고 믿겠다는 말만 반복했다.

가게 안은 어스름했고 문이 열릴 조짐은 없었다. 건물 외벽에는 모범 음식점이라고 쓰인 나무패가 내걸려 있었다.

부부는 다른 쪽으로 걸었으나 죽집을 발견하지 못했다. 주변에는 고기를 파는 식당이 많았는데 그들은 되도록 육식을 즐기지 않았다. 아내는 편의점 앞에 있는 파라솔 아래에 자리를 잡았다. 팔다리에 힘이 없었고 기저귀에 핏덩어리가 쌓이고 있었다. 화장실에 가고 싶었으나 보이지 않았고 눈에 뜨인다고 해도 청결도가 낮을 것이라는 생각이 들었다. 남편은 편의점으로 들어가서 전자레인지에 데운 야채죽과 팥죽을 들고 바깥으로 나왔다. 지근거리에서 구할 수 있는 육기가 들어가지 않은 음식은 그것뿐이었다.

아내는 팥죽을 먹었고 남편은 야채죽에 손대려다가 입을 다물었다. 그녀가 식사를 하는 동안에도 하혈은 이어졌다. 팥죽 용기는 절반쯤 비워졌고, 야채죽은 바람에 식었다. 그는 주머니를 뒤져서 담배와 라이터를 꺼냈다. 하루가 저물면 담배를 무는 습관은 아내의 잔소리를 들어도 고쳐지지 않았다. 그는 담배를 입술에 물었다가 그제야 분위기 파악을 하고 라이터를 주머니에 넣었다. 그녀는 입가를 닦고 저음으로 말했다. 임신 테스터기에 나타난 두 개의 선을 확인하던 때처럼.

조심스럽지 못한 사람.

부부는 집으로 돌아왔다. 아내는 화장실에서 기저귀를 갈았고 남편은 먹을거리를 더 구하려고 외출했다. 그는 요리를 하려는 의욕이 있었으나 능력은 요리치에서 벗어나지 못했다. 그녀는 새 기저귀를 차고 소파에 누웠다. 잠들고 싶었지만 통증이 심해서 눈이 감기지 않았고 기저귀에는 핏덩이가 쌓이고 있었다. 그녀는 끙끙거리다가 혼잣말을 했다.

죄도 없고 구원도 없으며 그저 원인과 결과가 있을 뿐이라고.

남편은 오전에 비뇨기과에 방문했다.

비뇨기과 의사는 남자의 생식기관이 그려진 걸그림을 막대로 가리키면서 설명했다. 정관 수술이란 정자가 지나는 통로인 정관을 차단하는 수술법이다. 수술 시간은 이십여 분 정도이고 통증은 심하지 않으며 고환의 주름을 따라서 절개하므로 흉터도 찾아보기 어렵다. 수술 뒤 성관계는 일주일이 지나면 가능하지만 정낭에 있는 정자들이 사라질 때까지 피임은 필수이고 앞으로 삼 개월 동안 몇 번은 정액 검사를 받아야 한다.

비뇨기과 의사는 결혼 여부와 아이가 있는지 물었다. 남편은 아내는 있으나 아이는 없다고 대답하려다가 하나가 있다고 말했다.

올해 두 살인 건강한 남자애가 있다고.

수술은 이십오 분 만에 끝났다. 예상보다는 통증이 심했으나 아내의 극통에 비하면 이것은 약과라는 생각이 들었고 비용은 낙태 수술비의 오분의 일 정도였으며 카드로 결제하는 것도 가능했다.

남편은 병원에서 나와서 엘리베이터에 탔다. 왼쪽 벽의 절반은 거울이었고 오른쪽 벽에는 층마다 입점한 가게들의 상호가 적혀 있었다. 죽집과 국숫집을 찾아보려고 했지만 보이지 않았고 맨 위에는 십자가 문양과 교회 이름이 자리를 차지했다. 다른 층에는 여러 가게들이 입점해 있었으나 교회만은 한 층 전체를 사용하는 것으로 보였다. 그는 십자가 밑에 있는 문장을 읽었다.

생육하고 번성하여 땅에 충만하라.[1]

사람들이 건물 앞에서 전단지를 나누어 주고 있었다. 하늘색 조끼를 입고 초록빛 어깨띠를 두른 낯빛이 해사한 사람들이었다. 남편은 고개를 떨구고 걷다가 눈결에 벤치가 보여서 거기에 앉았다. 그의 불알에는 테이프가 감겨 있었고 속옷은 삼각팬티였다. 의사의 말로는 삼각팬티 외의 속옷을 입으면 불알이 충격을 받는 빈도수가 늘기에 부작용이 생길 수 있다고 했다. 그의 막대가 가리킨 자리에는 관리를 소홀히 한 탓에 땡땡해진 불알 그림이 있었다.

남편은 담배를 입술에 물고 핸드폰을 열었다. 수도권이나 지방에서 가축 전염병이 도는지 인터넷을 검색했으나 눈에 띄는 소식은 없었다. 손끝이 떨리면서 그의 눈앞에 당구공 크기만큼 부풀고 주름 개수가 늘어난 불알이 나타났다. 그림이 아니라 한 장의 원색 사진 같은 모습으로.

누군가가 남편 얼굴에 그늘을 드리웠다. 그는 고개를 쳐들어서 초록빛 조끼를 입은 체격이 다부진 단속반을

---

1   창세기 1장 28절

보았다. 그곳은 금연 구역이었고 누구라도 담배를 피우면 벌금을 내야 했다. 벌금은 비뇨기과에서 한 번의 정액 검사를 받을 때마다 치르는 비용과 비길 만했다. 돈이 아까웠고, 손이 떨렸으며, 조끼를 입은 단속반의 모습은 비호감이었다. 전단지를 주는 사람들과 같은 부류로 느껴졌기 때문이었다.

남편이 벌금을 내자 단속반은 떠났다. 그는 조심스럽지 못한 자신을 책망하며 눈을 감았다.

단두대가 보였고 피 묻은 남자가 나무판에 누워 있었다.

1.

유월 오일이었고 환경의 날이었다.

정육점에는 돼지가 들어오는 날이었고 우사(牛舍)에 있는 고기소를 거래자에게 보내는 날이었다.

새벽 다섯 시였고 닭 우는 소리가 방에 들렸다. 부부가 사는 빌라 뒤에는 고등학교가 있었다. 화단과 농구장과 주차장이 있고 예닐곱 개의 동상들도 있으나 재학생 숫자는 갈수록 줄어드는 학교. 그곳에는 얼마 전부터 학교 방호원이 기르는 암탉이 살기 시작했다. 암탉은 하늘이 밝아지기 전부터 홰를 치면서 울었는데 그 소리는 끽 뀨우, 라고 들렸다.

아내는 끽뀨우, 라는 소리를 들으며 일어나서 모기향을 껐다. 방 안 공기가 매웠으나 창틈으로 들어온 새벽바람이 서늘했다. 그녀는 창문을 닫으려다가 은행나무 아래에 서 있는 암탉을 보았다. 보통은 우리에서 지내는 날이 많았으나 방호원이 이른아침부터 산책을 시키는 때가 있었다. 남편과도 아는 사이인 키가 작고 얼굴이 얽은 쉰아홉 살의 남자였다. 그의 모습은 눈에 띄지 않았고 암탉 곁에는 병아리가 있었다. 온몸이 하얗고 감은빛 두 눈이 인상적인 병아리였다. 그것이 내는 소리는 창가까지 닿지는 않았으나 왠지 무언가를 들은 것처럼 느껴졌고 몸에 약간의 기운이 생겼다.

식탁에는 세 개의 그릇이 있었다. 분홍색 그릇에는 토스트 네 조각이 있었고 노란색 그릇에는 말린 귤 조각이 있었으며, 한가운데 우윳빛 접시에 있던 것은 닭죽이었다.

아내는 남편과 함께 한의원에 간 적이 있었다. 오월 중순이었고 기저귀 착용을 그만둔 날이었다. 한의사는 맥을 짚으면서 출산 여부를 물었고 남편은 애가 배 속에서 사산되었다고 답했다. 그녀는 혀를 차는 한의사 눈에서 순간적으로 경멸의 기미를 읽었다. 자신이 느낀 바가 정확한지는 알 수 없었으나 누군가가 자신을 한심스럽게 여기고 있다는 어림짐작은 엷어지지 않았다.

한의사는 자궁 내막의 상처를 치료하고 환자의 원기를 회복하려면 보허제(補虛劑)를 먹는 것이 좋다고 했다. 보허제에는 인삼, 백출, 황기, 진피와 같은 약초들이 들어가는데 여기에 녹용을 더하면 회복 속도가 빨라지고 면역력이 높아지면서 산후풍 예방에도 효과가 있다는 말이 이어졌다.

남편은 녹용이 들어간 약을 지으려고 했으나 아내는 손사래를 했다. 보허제는 녹용이 들어가면 가격이 배로 뛰었다. 그는 그녀의 몸 상태를 걱정했으나 그녀는 재정적인 여력이 적다는 것을 에둘러 말했다. 부부는 며칠 동안 평소의 네 달 치 생활비를 병원에 지불했다. 그는 건강이 무엇보다 중요하다는 이유를 내세웠고 그녀는 반대하면서도 자신의 뜻이 눌리기를 바랐다. 녹용을 넣어서 약을 짓는다면 남편의 선택을, 계좌 잔고의 가벼워짐을 탓할 자신을 알면서도 그가 고집을 부리기를 바랐다. 그리고 남편은 그녀의 예상대로 고집을 꺾었다.

아내는 빵과 과일은 먹었으나 닭죽을 먹지는 않았다. 기력이 좀처럼 회복되지 않았던 탓에 남편의 권유로 유월부터 고기를 조금씩 먹고 있었다. 소와 돼지는 식탁에 올라올 수 없었고 그나마 닭고기가 입에 맞았다. 그녀는 우윳빛 접시를 만지다가 눈을 감았다. 여물을 먹고 있는 암소의 눈이 떠오르다가 창가에서 보았던 감은빛 두 눈이 나타났다. 그녀의 입에서 소리가 나왔다.

끽끄우.

우윳빛 접시를 뺀 나머지 그릇들은 깨끗해졌다. 아내는 식기들을 개수대에 넣고 보허제를 데웠다. 하루에 세 번씩 식후에 약을 먹었으나 몸 상태가 크게 나아지고 있다는 느낌을 받지 못했다. 녹용이 들어간 약을 먹었다면 하루에도 수차례 느끼는 몸의 통증도 없어지거나 약해졌을 것이라는 생각이 들었다. 그녀는 남편을 말렸던 자신을 후회했고 그의 약한 마음이 아쉽게 느껴졌으며, 언제부터인가 그를 탓하기만 하려는 자신의 태도를 생각하자 눈물이 났다. 눈을 감은 채 하루 종일 누워만 있고 싶었으나 그만한 여유는 없었다.

전자레인지가 작동을 멈추었다. 아내는 약을 입에 머금었다가 개수대에 뱉었다. 더 이상 먹고 싶지가 않았으나 한낮이 되면 통증이 생생해질 것이라는 예감이 들었다. 몸속에 생긴 구토감과, 앞으로 몸속에 생길 통증을 생각하니 헛구역질을 하면서도 머그컵을 놓지 못했다.

삼 분쯤 지나서 머그컵은 깨끗해졌다.

일곱 시가 되었다. 아내는 운동화를 신으려다가 현관문 상단에 걸어 놓은 봉지를 보았다. 봉지 안에는 가위가 있었는데 집주인이 일주일 전에 주고 간 것이었다.

한 달 동안 부부의 집으로 찾아온 이들은 많았으나 이곳을 향후 거주지로 삼으려는 사람은 없었다. 빌라의 위치는 북향이어서 여름에는 시원했으나 겨울에는 추웠고 채광이 좋지 않았다. 거실 벽지에는 곰팡이가 피어 있었고 빨래 마르는 속도가 느렸으며 부부의 몸 어딘가에는 습진이 나 있었다. 집이 팔릴 기미를 보이지 않자 집주인은 예고도 없이 한밤중에 빌라에 찾아와서 철제 가위를 주었다. 가위를 현관문 상단에 걸면 조만간 집이 팔릴 것이라는 이유를 대면서.

그날 남편은 집에 없었고 과거에 참전 용사였다는 집주인의 몸에서 술내가 났으며 그녀는 잠옷 차림이었다.

2.

아침이었고 작업지에 도착한 남자들은 소독을 마쳤다. 하얀색 방역복을 입고 장화를 신은 얼굴에 마스크와 보안경을 쓴 사람들이었다.

마을 길목에는 출입 통제선과 표시판이 있었다. 농장에 전염병이 발생했기에 관계자 외에는 사람과 차량의 통제를 엄금한다는 뜻이었다. 차도와 인도에는 석회가 뿌려져 있었고 밭에서는 건초가 타고 있어서 회백색 연기가 피어올랐다. 두 대의 굴삭기가 농장과 저만치 떨어진 곳에서 땅을 파고 있었다. 병 걸린 가축들과, 병증은 없어도 죽어야 하는 가축들이 묻힐 자리였다. 구덩이 폭이 넓어질 때마다 이십 톤 무게의 저장조가 하나씩 안으로 옮겨졌다.

남편은 작업지에 오기 전부터 두통과 토기를 느꼈다. 항바이러스제를 먹으면 몸에서 일어나는 증상이었다. 작업을 하려면 속이 든든해야 했으나 약 부작용이 심해서 토할 수 있었기에 허기를 느끼지 않을 정도로만 먹었다. 운이 좋아서 약 부작용이 없거나 덜한 날에도 작업지에는 분진과 냇내가 가득했고 농장에는 죽여야 하는 가축들이 많아서, 두통과 토기는 찾아왔다.

남편은 거위침을 삼키던 중에 방역복을 입지 않은 남자를 보았다. 그는 줄무늬 남방과 헐렁한 칠부바지를 입고 있었으나 그의 행색을 탓하는 사람은 없었다. 안색이 초췌했고 인중이 콧물로 젖어 있었으며 눈은 흐리터분했다. 남편은 그 남자가 누구인지 짐작이 갔다. 조각이나 부분이 아니라 불시에 전체를 잃은 사람, 다시금 노력해서 예전보다는 작은 전체를 지었으나 일시에 그것을 또 잃은 사람이었다. 그는 고개를 돌려서 주변을 살폈다. 굴삭기 너머에는 플라스틱 관들이 설치된 공터가 있었다.

언젠가 수만 마리의 오리가 묻힌 곳이었다.

하얀색 방역복을 입은 남자들은 출입 통제선 안쪽으로 걷다가 손팻말을 들고 있는 사람들을 보았다. 환경단체에서 나온 것으로 보이는 검은색 방역복을 입은 사람들이었다. 남편의 옆에서 걷던 남자가 눈매를 좁히고 바닥에 가래침을 뱉었다. 손팻말에 쓰인 내용은 대충 이러했다. *행정 편의식 살처분과 야만적인 생매장을 즉각 중단하고 동물 복지정책을 추진할 것.* 하얀색 방역복을 입은 남자들이 이 일을 하면서 나날이 보았던 내용이었고 원론적으로 틀리지는 않으나 그들이 맞닿고 있는 어려움과 거리가 먼 말이었다.

축사는 모두 두 동이었다. 하나는 태어난 지 한 달이 넘은 오리들이 머무는 곳이었고, 다른 하나는 새끼 오리들이 지내는 공간이었다.

남자들은 비닐을 끌면서 새끼 오리들이 있는 축사에 들어왔다. 바닥에는 왕겨와 모래가 깔려 있었고 머리와 배 부분이 노랗고 날개는 까만 오리들이 공장 가녘에 몰려들어 있었다. 남자들 몇 명은 비닐을 끌지 못하고 머무적거리다가 남편에게 질책을 들었다. 살처분 작업에 적응치 못했거나, 일의 요령을 깨우쳐도 여전히 죄책감을 느끼는 이들이었다. 남편은 선두에서 비닐을 끌면서 오리들이 모이지 않은 축사 가운데 다다랐다. 그는 비닐을 펴다가 작업 중에 도망간 어떤 남자의 말을 기억했다.

지랄같이 독한 인간.

남편은 살면서 네 번째로 가축을 죽이던 날을 생각했다. 그날은 우사에 있던 소들을 땅속에 묻었던 날이었다.

그날 오전이었다. 수의사는 암소 몸속에 근이완제를 넣었다. 짧게는 십여 초, 길게는 일 분 내로 소를 죽이는 약이었다. 암소의 눈빛이 흐려질 즈음 송아지 한 마리가 어미 곁으로 다가왔다. 암소는 다리를 떨었으나 쓰러지지는 않았고 삼 분쯤 시간이 지났다. 송아지가 곁에서 물

러나자 암소는 고꾸라졌다. 수의사의 눈시울이 발개졌고
소 주인도 눈물을 감추지 못했으나 남편은 울지 않았다.[2]

그날 오후였다. 수의사는 기둥에 묶여 있는 암소에게
약물을 주입하려다가 부상을 당했다. 기둥에 매여 있던
줄은 튼튼하지 못했고 암소가 목숨을 잃지 않으려고 안
간힘을 쓰는 바람에 끊어졌다. 수의사는 소에게 들이받
혀 늑골이 부러졌고 동강 난 뼈들이 폐를 찔렀다. 사람들
이 서둘러 소를 붙잡아 그 자리에서 즉사는 면했으나 그
이는 들것에 실려서 인근 병원으로 후송되었다. 남편은
그날의 작업을 마친 뒤에도 수의사의 용태를 전해 듣지
못했고 구태여 알려고 하지도 않았다.

남편은 기교적인 발놀림으로 비닐 위에 오리를 몰았
다. 다른 사람들도 남편과 똑같이 움직이고 있었다. 새끼
오리들이 짹짹거리면서 비닐 안쪽으로 모였다. 그는 눈
을 감고 칼날을 떠올리며 혼잣말을 했다.

죄도 없고 구원도 없으며 원인과 결과만 있을 뿐이라
고.

---

2 본 문단은 2011년 1월 18일 《국민일보》에 실린 기사 「살
처분 당하는 어미소, 죽어 가며 새끼 젖 물려」에 있는 내용
을 참고했다.

3.

아내는 역사에서 나왔다. 그곳은 A시였고 얼마 전에는 A군으로 불렸던 지역이었다.

일더위가 끓는 날씨였다. 역 앞에 있는 정자에는 팔토시를 찬 남자들이 앉아서 담배를 피우고 있었다. 그 반대편에서 노인들이 과일과 채소를 돗자리에 깔며 고시랑거렸다. 역사 위쪽에는 농지와 슬레이트집이 있었고 아래쪽은 상가 지역이었는데 얼마 전부터 공사지가 많아져서 역사 앞까지 공기가 탁했다.

아내는 귓속에 손가락을 넣었다. 아침에 샤워를 하면서 귀 청소를 했으나 이곳에 오면 귓속이 간질간질했다. 펜스 너머에서 중장비들이 가동하고 있어서 고건물과 땅이 부서지는 소리가 들렸다. 시의 촌티를 지우면서 앞으로 무언가가 세워지고, 탄생하며, 변화할 것임을 알리는 소리였다.

길가에 있는 밥집들은 아침부터 손님들로 웅성거렸고 가게 앞마다 평상이 마련되어 있었다. 작업복 입은 남자들이 거기에 앉아서 담배를 피우며 커피를 마셨다. 살색은 햇볕에 그을려서 모두들 비슷했으나 국적이 달라서 사용하는 말은 저마다 상이했다. 아내가 이해할 수 있는 말은 적었고 모르거나, 알아도 오해할 법한 말은 많았다.

그녀는 혼란감을 느끼며 평상 앞을 지나던 중에 안에서 식탁을 치우는 여자를 보았다. 키가 크고 볼에는 기미가 많으며 손목과 발목이 굵은 여자였다.

아내는 그녀를 키다리라고 불렀고, 아내의 사촌 언니는 쌍년이라고 불렀다.

정육점 앞에는 트럭이 있었다. 아내는 차문에 기대어서 담배를 피우고 있는 남자를 보았다. 여러 정육점마다 돼지고기를 납품하는 아내의 사촌 언니가 쌍놈이라고 부르는 업자였다. 그녀는 문틈에 끼워진 보수 일간지를 빼고 가게문을 열었다. 업자는 냉동고에 들어가서 몸통에 도장이 찍힌 반으로 갈라진 돼지를 걸머메고 나왔다. 발목에 갈고리가 꿰인 돼지는 정육점의 양쪽 벽을 가로지르는 철봉에 걸렸다. 철봉에 걸리는 살덩이들은 네 개였고, 마릿수로 치면 두 마리였다.

업자는 운반을 마치자 모노륨 장판을 덮어씌운 의자에 앉았다. 돼지 값을 달라는 뜻이었다. 정육점 주인은 아내의 사촌 언니였고 진열장 뒤에 있는 돈통은 비어 있었으며 그녀의 지갑은 가벼웠다.

아내는 앞치마를 두르고 발골에 쓰이는 칼로 돼지를 세 등분으로 나누었다. 은어로는 '각치기'라고 부르는 앞다리 몸통 뒷다리 순으로. 원래는 사촌 언니의 남편이 정육점을 운영했으나 친구의 문상을 마치고 돌아오던 중에 교통사고로 길 위에서 죽었다. 사촌 언니는 정육점을 운영하는 법을 몰랐고 고기의 부위별 명칭도 알지 못했으며 정형 작업에 대해서도 문외한이었다. 아내는 사촌 언니에게 돈을 받으면서 고기를 바르는 기술을 초로의 정형사로부터 배웠다. 작업의 세부를 찬찬히 배우는 방식이 아니라 정형사가 설명도 없이 발골을 시작하면 기술과 요령을 어깨너머에서 익히는 식으로.

아내는 앞다리를 도마에 놓고 도끼로 목뼈 부분을 내리쳤다. 그다음 도끼 자국이 생긴 자리에 칼을 넣어서 연골과 살점을 끊었다. 살덩이를 도마에 내리치는 소리와 칼로 살점을 가르는 소리가 들렸고 갈비, 목살, 족발, 항정살 등이 한쪽에 놓였다. 그렇게 앞다리 발골 작업을 마치자 몸에서 통증이 느껴졌다. 수술 이후 조금씩 강도가 낮아졌지만 끊이지 않는 통증, 남자라는 종(種)이 조심스럽지 못하면 여자의 몸에 생기는 통증이었다.

업자는 눈을 내리깐 채 의자에 앉아서 시간을 보냈다. 냉동고에는 금일까지 배달해야 하는 고기들이 있었으나 그는 움직이지 않았다. 그렇다고 말로 으르거나 험상을 지으면서 발골을 방해하지도 않았다. 그는 두 손을 무릎에 올려놓고 앉아만 있었다. 그저 무정물 같은 모습으로.

사촌 언니가 문을 열었다가 미간을 찌푸렸다. 그녀는 정육점에 오래 있지는 않았으나 외부인이 여기서 시간을 보내는 것을 싫어했다. 업자는 일어나지 않고 고개만 숙였다. 그녀는 딸아이를 가겟방으로 들여보내고 바깥으로 나갔다. 업자는 그대로 앉아만 있었고, 아내는 삼겹살에 붙어 있는 지방을 뜯었다. 그녀는 십 분쯤 지나서 돌아왔고 봉투를 업자에게 들이밀었다. 업자가 봉투를 받고 가게에서 나가자 그녀는 욕을 퍼부었다.

지랄같이 독한 쌍놈이라고.

딸아이가 가겟방에서 나왔다. 사촌 언니의 음색은 달라졌고 아이 손을 잡은 채 가게를 나서는 얼굴에 희색이 돌았다. 딸아이는 학교에 갈 것이었고 그녀는 사우나에 들러서 몸을 녹인 뒤 마사지 숍에 방문할 것이었다.

아내는 뒷다리 아킬레스건을 끊으려다가 손힘이 약해져서 칼을 놓쳤다. 머리가 쑤셨고 허벅지에 바늘이 꽂히는 듯한 느낌이 들었다. 그녀는 면장갑을 벗고 진열장 맞은편에 있는 의자에 앉았다. 업자가 앉았던 자리였고 한 줌의 온기가 하반신으로 전해지자 눈이 감기면서, 울고 싶어졌다.

4.

새끼 오리들은 비닐 안에 있었다. 오리들은 비좁은 공간에 몰려 있어서 움직임이 느릿해졌고 꽥꽥대는 소리가 날카로웠다. 하얀색 방역복을 입은 남자들 중에서 일부는 고개를 돌렸고 누군가는 코를 훌쩍였다.

비닐 안으로 이산화탄소가 들어갔다. 새끼 오리들이 일제히 날갯짓을 했고 가스가 들어차기 전까지 따로따로 놀던 몸뚱이들이 한데 엉켰으며 비닐 바닥에는 검거나 노란 깃털들이 쌓였다. 비닐이 부풀었고 오리들 우는 소리도 커졌다. 오 분쯤 지나자 오리들 움직임은 사라졌고 속삭임에 가까운 소리가 없지 않았으나 비명은 들리지 않았다.

남자들은 죽은 오리들을 마대에 담았다. 구 할은 죽어 있었으나 나머지는 살아 있었다. 몇몇은 오리를 잡았다가 목숨이 끊기지 않은 모습을 보면서 기겁했다. 자기 손으로 죽이자니 두려웠고 질식사를 시도하려면 다시금 이산화탄소를 비닐에 넣어야 했는데 그들에게 주어진 작업 시간은 짧았다. *빠르게, 더 빠르게, 더욱 빠르게.* 사장은 속도의 중요성을 강조했기에 그들은 시간적인 여유를 가지고 작업했던 적이 없었다. 단시간 내에 죽이고, 파묻어야 했다.

남편은 산 것과 죽은 것을 가리지 않고 마대에 처넣었다. 축사 바깥에서 사람들이 외치는 소리가 들렸는데 내용은 손팻말과 다르지 않았고 하나의 사실이 더 추가되었다.

금일은 환경의 날이라는 것.

남편은 속이 불룩해진 마대를 축사 바깥으로 던졌다. 마대가 바닥에 떨어지는 순간 옆구리가 움직이면서 오리 우는 소리가 들렸다. 살려고 내는 소리가 아니라 죽기 전에 느끼는 마지막 고통을 알려 주는 듯한 소리였다. 그는 그 소리를 듣지 못했으나 바깥에 있던 사람들은 그것을 들었다. 검은색 방역복을 입은 여자가 눈을 홉뜨고 축사에 들어왔다. 그녀는 마대를 내던진 사람을 찾았고 그는 고개를 쳐들었다. 이마와 목덜미에 흐르는 땀 때문에 생겼던 짜증이 더욱 커지고 있었다. 그녀는 동물을 산 채로 저장조에 집어넣는 것은 가혹 행위라며 항의했다.

남편은 입을 열지 않았다. 그는 논리적인 사람이 아니

었고 말발도 좋지 않았으나 마음속 생각을 정리할 수만 있다면, 이렇게 말하고 싶었다.

오리는 당장 죽지 않아도 오늘 안으로 죽으며 관용을 베풀어서 살려 주어도 다른 짐승에게 언젠가 피해를 입힐 것이었다. 이 세상에서 전염병에 걸린 오리를 받아들일 사람은 없었다. 오리는 이산화탄소를 치사량만큼 쏘이지 않더라도, 저장조 안에 집어넣지 않더라도, 결국에는 죽어야 했다. 오리가 반려견이나 반려묘로 태어났다면 이렇게 죽을 가능성은 적거나 없었다. 성격이 다른 동물들의 죽음에는 차등과 차별이 있었고, 그것이 현실이었다. 그는 이런 말들을 하지 못하고 다르게 말했다.

그러면 당신이 이 불쌍한 오리를 가져가지 않겠느냐고.

검은색 방역복을 입은 여자는 답하지 않았다. 남편은 상대의 얼굴빛에서 가난의 흔적을 읽었다. 동물의 처지와 복지를 예민하게 여기는 사람, 동물의 생명을 구하지는 못해도 그만의 신념을 포기하지 않고 관심을 기울이는 사람, 그럼에도 자신의 집에 반려동물을 들일 형편조차 안 되는 사람.

남편은 이산화탄소를 주입할 것이니 돌아가라고 부

탁했다. 조롱기나 흥분기 같은 것이 느껴지지 않는 무덤 덤한 어조로.

여자는 얼굴을 붉히다가 말없이 나갔다. 그는 마대를 거꾸로 뒤집었다. 죽은 오리들이 바닥에 깔렸고 목숨이 붙어 있는 것은 다섯 마리였다. 그가 오리의 모가지를 하나씩 잡아서 비틀자 몇몇 사람들이 경악했다. 오래전에는 가금류를 죽이는 작업을 할 때면 몸에 소름이 돋았으나 어느 때부턴가 그런 신체적인 반응은 나타나지 않았다. 종이를 찢거나 가지를 분지르는 듯한 감촉이 손에서 느껴질 뿐이었다.

굴삭기로 구덩이 파는 작업이 끝났다. 축사 앞에는 백여 개의 자루들이 쌓여 있었다. 검은색 방역복을 입은 사람들이 돌아다니면서 자루들을 확인했는데 축사 안으로 들어왔던 여자는 보이지 않았다.

5.

사촌 언니는 정오가 되어서 추도식에 쓰일 물품들을 가지고 정육점으로 들어왔다. 그 시각 도마와 갈고리는 깨끗했고 잘린 고기들은 냉동고와 진열장에 있었다. 아내는 봉지를 받아서 물품들을 살펴보았다. 사과와 배와

감, 술과 녹차가 전부였고 불에 가열해야 하는 재료는 더 없었다.

사촌 언니는 평소에 요리를 거의 하지 않았고 딸아이가 바라는 음식이 있으면 백화점이나 마트에서 샀다. 아이도 엄마의 요리 실력을 알았기에 매식에 불만을 보이지 않았다. 원래는 추도식도 하지 않으려고 했으나 고인의 아버지가 살아 있었고, 정육점 사업자 명의는 그이의 이름으로 되어 있었다. 그리고 정육점이 있는 건물의 소유주도 그였다.

아내는 냉동고를 열고 플라스틱 용기를 꺼냈다. 용기에는 그녀가 전날 맛간장과 매실청을 넣고 재운 우둔살세 장이 있었다. 사촌 언니는 양념한 고기를 좋아하지 않았으나 그녀의 시아버지는 좋아했다. 그녀는 고기 상태를 확인하고 시아버지를 헐뜯기 시작했다. 그와의 관계는 결혼하기 전부터 좋지 않았는데 장례식 이후로 최악이 되었다. 그들은 따로 살았으나 시아버지는 그녀의 아파트에 수시로 찾아왔다. 세 가족만 살았을 때는 좀처럼 없던 일이었다. 첫 번째 이유는 손녀가 보고 싶다는 것이었고 그다음 이유는 당신이 이 집을 장만했다는 것이었다.

시아버지가 방문하는 날이면 사촌 언니는 요리를 해

야 했다. 노인은 음식 투정을 하지는 않았으나 반찬의 종류와 양에 관계없이 언제나 술을 곁들였고 취기가 오르면 손녀를 불러서 옆자리에 앉혔다. 그의 손에는 담뱃진이 배어 있었고 가끔가다 눈물을 흘리면서 손녀의 머리를 쓰다듬었다. 그의 입에서는 애기, 강아지, 순둥이, 내 새끼와 같은 말들이 나왔다.

한번은 담배 냄새가 묻어나는 입술을 아이의 볼에 붙이려고 했던 적이 있었다. 그의 입장에서는 사랑을 담은 행동이었으나 곁사람 눈에는 추행처럼 보이는 입놀림이었다. 사촌 언니는 질겁해서 딸아이를 시아버지의 품에서 빼앗았다. 그의 표정이 대번에 흐려지면서 볼멘소리가 나왔다.

이래서 애초에 여자를 잘 들여야 했다고.

너 아니었으면 우리 아들이 죽지는 않았을 것이라고.

사촌 언니는 말하는 쪽이었고 아내는 듣는 쪽이었다. 아내는 상대의 불평을 들으며 고개를 끄덕거리거나 탄식을 하면서 공감을 표했다. 그러면서 하고픈 말을 삼키며 표정을 관리해야 했다. 그래도 언니는 자기 명의의 아파트와 적잖은 예금과 물려받을 재산이 있지 않느냐고. 죽은 배우자의 추도식에 올릴 요리를 대신해서 만들 사람이 있지 않느냐고. 푸념을 늘어놓으면 자신의 심정을 드러내지 않고 동의를 표현하는 사람이 있지 않느냐고. 배우자가 없는 것 빼고 나보다 괜찮은 삶이 아니냐고.

어쩌면 배우자가 있는 사람보다도 나은 삶 아니냐고.

사촌 언니는 말을 마치자 아내에게 봉투를 들이밀었다. 그녀는 오후에는 요가 수업을 받으러 가야 했다. 아내는 앞치마를 벗고 우사에 갈 준비를 했다. 천장 한구석에 있는 카메라가 그들의 모습을 담고 있었다.

역사 위쪽에는 세거리가 있었다. 아내는 왼쪽 사잇길을 걷다가 굴다리를 지났다. 상추 오이 옥수수 토마토 따위가 심긴 밭과 윗면에 차광망을 씌운 비닐하우스와 슬레이트 지붕을 얹은 집들이 보였다. 대부분의 집들은 민가였으나 일부는 개나 토끼를 사육하는 곳이었다.

아내는 귀마개를 귓구멍에 꽂고 걸었다. 개 농장 대문은 열려 있었고 뜬장에 갇혀 있는 개들이 짖었다. 어떤 소리는 사나웠고, 어떤 소리는 슬펐으며, 어떤 소리는 끔찍했다. 개 짖는 소리는 귓속 깊숙하게 들리지 않았고 인도보다 약간은 높은 마당에 고여 있는 핏물이 문밖으로 흘러나오고 있었다. 그녀는 그쪽을 보지 않으려고 고개를 돌렸다가 눈을 감았다. 개구리가 몸이 터져서 차도에 눌어붙어 있었고 밭고랑에서 고양이 두 마리가 흘레를 하는 중이었다.

농장은 마을 끝머리에 있었다. 아내는 출입문 앞에 있는 트럭을 보고 차창을 들여다보았다. 트럭 안에는 거래자가 없었고 반쯤 열린 차창을 통해서 찬불가가 흘러나왔다. 거래자는 나이가 예순 살이었고 불교 신자였다.

그녀는 귀마개를 빼고 농장 문을 열었다. 우사에서는 영각하는 소리가 들렸고 마당에는 볏짚 뭉치와 사료 포대, 트랙터와 화덕이 있었다. 화덕 옆에는 소뼈와 플라스틱 용기들이 쌓여 있었고 가마솥에서 연기가 올라왔다. 칠십 대 남자와 육십 대 남자가 화덕 앞에서 대화하던 도중에 그녀를 보았다.

우사에 있는 소들은 쇠창살 사이에 머리를 내밀고 사료를 먹는 중이었다. 아내는 자기 몫의 사료를 다 먹은 소에게 가서 이동식 쇠창살을 옆으로 밀어서 목이 빠지지 않도록 고정했다. 소들은 자기 몫 사료를 먹고도 다른 동무의 먹이까지 탐냈고 그 때문에 쇠창살로 목을 죄어서 움직이지 못하게 만들어야 했다. 그녀는 쇠창살을 하나씩 채우다가 며칠째 굶고 있는 소를 보았다. 녀석이 송아지일 때 지역 경매장에서 사들인, 오늘 거래자의 트럭에 탈 고기소였다. 고기소는 여물도 물도 먹지 않았고 흰자위가 핏빛이 되도록 매일 눈물만 흘렸다.

아내는 핏빛이 된 소의 눈을 여러 차례 보았다. 그것을 본 뒤로 소고기를 먹지 않았다.

아랫배에서 통증이 느껴졌다. 식사량이 적었지만 보허제를 먹은 뒤부터 오후가 되면 복통이 이어졌다. 농장에 도착하기 전에 통증이 오기를 바랐으나 그러한 바람은 이루어지지 않았다.

아내는 배를 감싸고 우사에서 나왔다. 농장에는 남녀가 공용으로 쓰는 간이 화장실이 하나 있었는데 불결한 데다가 화덕 건너편에 있었다. 화덕 앞에서 두 노인은 얘기를 나누는 중이었다. 누구도 목소리를 높이지 않았고 날씨 이야기와 농작물 이야기, 계절별 보양식에 대한 이야기만 나왔다. 추도식이나 소 값의 등락과 같은 것을 말하는 사람은 없었다. 그들은 자신의 속사정에 대한 얘기를 조금도 꺼내지 않으면서 말하기 자체에만 나름의 열정을 기울이는 사람들처럼 보였다.

아내는 화장실에 들어왔다. 재래식 변기와 먼지 낀 창문이 있는 곳이었다. 그녀는 문을 닫으려고 했으나 경첩이 휘어져 있어서 완전히 닫히지 않았다. 문틈이 생겼고 남자들 말소리가 기어들었다. 혼잣말에 가까운 소리, 특별한 의미를 찾기가 어려운 소리, 그렇기에 누군가에게 불안감을 끼치는 소리.

치마와 속옷이 내려졌다. 아내는 이쪽의 소리가 저쪽까지 들릴 듯해서 신경이 쓰였다. 양변기 밑바닥에 있는 물에서 암모니아 냄새가 풍겼다. 한 남자, 어쩌면 두 남자 몸에서 흘러나왔을 용변에서 나는 냄새였다. 그녀는 울상이 되었고 빛이 흘러내리던 창문이 어두워졌다. 그녀의 고개가 쳐들렸고 손이 파들파들했다. 해가 구름에 가려져서 빛발이 사라진 것이었으나 누군가의 머리가 창문에 나타난 것처럼 느껴졌다. 그녀는 다른 데로 시선을 돌리지 못했다. 사람은 보이지 않았으나 거기에 뭔가가 있다는 생각이 들자 치마와 속옷을 올리고 싶어졌다.

남자들은 여전히 한담을 나누고 있었다. 여전히 속내를 드러내지 않는 천연스러운 목소리로. 아내는 화장실에서 나와서 거래자에게 봉투를 주었다. 소를 운반하고 도축하는 데 드는 비용이었다.

고기소는 트럭 짐칸에 실려서 농장을 떠났다. 칠십 대 남자는 열기가 가신 소 뼛국을 열 개의 플라스틱 용기에 담았다. 정육점에서는 고기뿐만 아니라 소뼈를 우려낸 국도 팔았다. 그녀는 담뱃진이 앉은 남자의 손가락과 담배 냄새가 흐르는 입술을 보았다. 그의 입술이 닿았을지도 모르는 아이의 피부가 생각났다. 그녀는 사촌 언니의 심정을 알 듯했고 창문을 올려다보면서 느꼈던 두려움을 다시 느꼈다. 그녀는 용기를 내어서 말했다.

다음 날까지 화장실 문을 고쳐 달라고.

칠십 대 노인은 답하지 않았다. 그는 의지와 열정을 상실한 사람으로 보였고 그래서 어떠한 일을 저질러도 동요하지 않을 듯했다. 그것은 자식을 잃은 이의 얼굴이었다.

아내는 용기들을 봉지에 담고 농장에서 나왔다. 요의와 복통이 느껴졌으나 용변을 볼 수 있는 자리는 없었다. 화장실은 굴다리를 지나서 역사에 도착해야만 들어갈 수 있었다. 개 짖는 소리가 여름 공기를 휘저었고 인도에 흘러내렸던 핏물은 햇볕에 말랐다. 그녀는 숨이 차도록 걸으면서 사촌 언니에게 전화를 걸려다가 생각을 접었다. 사촌 언니는 수업을 받고 있을 것이었고 결혼한 뒤에도 이곳에 온 적은 없었다. 소 먹이를 주는 일이나 대금과 관련된 업무를 아내에게 시킬 뿐이었다.

사촌 언니는 눈물을 흘리는 소의 눈을 본 적이 없었다.

6.

오후 세 시였고 일하는 남자들의 몸은 땀투성이였다.

성년인 오리들도 가스에 질식되어서 자루에 들어갔다. 축사 앞에는 수백여 개의 자루들이 쌓여 있었고 그 안에는 목숨만 붙어 있는 것들이 아주 없지는 않았으나 그것들을 구별하거나 구출해야 하는 이유는 없었다.

출입 통제선 너머로 승합차 하나가 서행하고 있었다. 하얀색 방역복을 입은 남자들의 식사를 배달하는 승합차였다. 차와 운전자는 통제선에서 소독을 끝마치고 축사 근처에 이르렀다. 차문이 열렸고 도시락을 담은 봉지들은 좌석과 차 바닥에 쌓여 있었다. 대부분 각자의 도시락을 챙기고 바닥에 앉았으나 예닐곱 명의 남자들은 점심을 먹으려고 하지 않았다. 가축의 죽음을 본 사람들이었고 그들 중에는 코를 훌쩍이던 남자도 있었다.

남편은 두 개의 도시락을 챙기고 코를 훌쩍이던 남자에게 갔다. 이십 대 초중반으로 보이는 피부가 거뭇고 머리칼이 짧은 남자였다. 남편은 그의 내력을 추측했다. 요

그들이 눈을 감는 시간에   113

즈음 군에서 제대한 대학생, 복학에 필요한 등록금, 가난하지는 않아도 넉넉하지 못한 부모. 그는 대학에 가지는 못했으나 이런 부류의 사람들이 적지 않았기에 사정을 파악하는 것이 어렵지 않았다. 그는 도시락을 내밀며 말했다.

억지로라도 먹어야 저녁까지 버틸 힘이 생긴다고.

남편은 도시락을 전하고 자신의 것을 열었다가 입술을 옥다물었다. 그는 눈을 감았고 다른 남자들은 욕을 퍼붓고 있었다. 파와 당근이 들어간 달걀부침, 간장에 졸인 닭가슴살, 샐러드용으로 나온 삶은 달걀. 오리가 주재료는 아니었으나 가금류를 조리해서 만든 음식이었다.

누군가가 화를 이기지 못하고 도시락을 바닥에 내팽개쳤다. 코를 훌쩍이던 남자였고 눈에서 눈물이 그렁그렁했다. 다른 사람들은 그렇게까지 화내지는 않았으나 몇몇은 도시락 뚜껑을 닫았다.

도시락에서 닭이 재료로 쓰이지 않은 음식은 볶음밥, 연두부, 오이와 사과 등이 들어간 샐러드였다. 남편은 도시락을 내려보다가 그것만 먹기 시작했다. 허기는 졌으나 식욕은 없었고 욕구가 많았다고 해도 약물 부작용 때문에 마음껏 먹기는 어려웠다. 절반도 먹지 않았는데 얼굴에서 땀이 쏟아져서 밥알에 묻었다.

코를 훌쩍이는 소리가 들렸다.

식사 시간이 끝나자마자 작업이 재개되었다. 하얀색 방역복을 입은 남자들은 마대와 오리알 담은 달걀판을 들고 구덩이에 갔다. 구덩이는 넓었고 저장조들이 땅에 묻혀 있었다. 남편은 저장조 위에 올라가서 뚜껑을 열었고 다른 두 사람이 마대와 오리알을 안에 넣었다. 저장조 안이 일부분 채워지면 마대와 깨진 오리알 위에는 생석회와 톱밥이 뿌려졌다. 일정량을 채우고, 무언가를 뿌리는 작업이 되풀이되었고 저장조 안이 들어차자 마지막 순서로 비닐을 마대 위에 덮었다.

사이렌이 울렸다. 방역이나 출입 통제를 알리는 소리가 아니라 생명 구출 및 보호와 관련된 음향이었다.

두 대의 구급차가 출입 통제선 건너편에서 멈추었다. 소방대원들이 들것과 구급상자 등을 챙기고 차에서 내렸다. 그들은 수풀이 듬성드뭇한 야산으로 올라갔다. 야산 비탈은 완만했고 곳곳에 큰키나무들이 세워져 있었으며 까마귀 우는 소리가 들렸다.

남편은 저장조 뚜껑을 닫으려다가 먼눈으로 산에서

내려오고 있는 소방대원들을 보았다. 두 명의 구급대원들이 들것의 손잡이를 쥔 채 아래로 내려가고 있었는데 걸음걸이는 빠르지 않았다. 환자를 구조해야 하는 몸짓이 아니라 돌이킬 수 없이 확정된 결과를 받아들이려는 움직임이었다. 들것에 실려 있는 남자는 미동도 하지 않았고 바지는 무릎까지 걷혀 있었으며 신발이 없어서 햇빛에 드러난 두 발은 까맸다.

줄무늬 남방에 칠부바지를 입은 남자였다.

구덩이 둘레에 있던 굴삭기에 시동이 걸렸다. 마대는 없었고 수백여 개의 플라스틱 달걀판만 남아 있었다. 남편은 들것에 실려 있던 남자의 발을 생각했다. 그의 시력은 좋았고 그 순간에 보았던 발의 색조는 시간이 갈수록 짙어졌다. 어느 순간부터 발톱과 발가락, 터럭과 지문과 같은 것들은 보이지 않았고 두 개의 먹물색 덩어리만 시야에 남았다.

구덩이에 흙이 덮이고 있어서 저장조는 윗면과 옆면 일부만 보였다. 매몰 작업이 이어지던 도중에 하얀색 방역복을 입은 남자가 구덩이 근처에 와서 핸드폰 카메라로 사진을 찍었다. 사장이었고, 그는 출입 통제선 앞에서 검문만 했기에 살처분 작업에 직접적으로 참여하지 않았다. 핸드폰에서 플래시가 터지면서 삼십여 장의 사진들이 찍혔다. 사진들은 로딩을 거쳐서 단체 메신저의 대화방으로 올라갔다. 공공기관에서 지시를 하달하면 방역업체의 사장들이 그날의 작업 결과를 보고하는 방이었다. 네 시 이십오 분이었고 사장은 언제나 누구보다 먼저 결과물을 올리는 사람이었다. 신속히 결과물을 올린 사장일수록 윗선에서 능력과 효율이 좋다는 평가를 받았다.

남편은 사장의 옆얼굴을 보았다. 그가 작업지에 도착하기 전이면 습관적으로 하던 말이 생각났다.

저것들이 뒈져야 우리가 살 수 있다고.

7.

어둠이 내렸고 대부분 공사장에서는 그날 작업이 끝났다. 무언가가 세워지고, 탄생하며, 변화하는 데 쓰여야 하는 노동력은 다음 날 투입될 예정이었다. 인부들은 사복을 입고 일터에서 나와서 갈 길을 갔다. 몇몇은 정류장으로 갔으나 대다수는 술을 곁들여서 파는 밥집에 자리를 잡았다.

아내는 가겟방에서 참조기를 익히고 있었다. 창문이

작아서 연기와 누린내가 잘 빠지지 않는 방이었다.

사촌 언니는 요가 수업을 마치고 정육점으로 돌아와서 도마에 참조기를 올려놓았다. 시아버지는 식육뿐만 아니라 어류도 금일 추도식에 쓰이기를 원한다고 했다. 그녀는 할 말을 전하자 학원에 간 아이를 데려온다는 이유로 가게에서 나갔다.

아내는 참조기 비늘과 지느러미를 벗기고 내장을 제거한 뒤 소금을 뿌렸다. 생선은 소금에 재운 지 세 시간쯤 지나서 프라이팬에 놓였다. 아내는 불 조절을 하면서 살점이 부스러지지 않도록 구웠다. 아랫배만 가무레하고 전체적으로 노르께한 참조기들이 그릇에 담겼다. 그녀는 랩으로 그릇을 싸려다가 복통을 느꼈다. 볼일은 역사에서 해결했으나 복통은 그 뒤에도 계속되었고 이 같은 경험을 예전에 한 적은 없었다. 그녀는 화장실에 들어갔고 문을 완전히 닫지는 않았다. 가게 유리문은 잠겨 있었으나 손님이 찾아올 수 있었고 천장에 있는 카메라는 그쪽도 비추었다.

유리문에서 소리가 들려왔다. 손잡이를 당기는 소리가 아니라 문틈에 종잇장을 끼우는 소리, 귀에 익숙한 소리였고 듣고 싶지 않은 소리였다.

아내는 물을 내리고도 일어나지 못했다. 외상을 청하는 사람이나, 고기가 맛이 없다며 교환을 말하는 사람보다 더 두려운 방문자였다. 이마에서 땀이 흘러서 타일 바닥으로 떨어진 뒤에야 방으로 나왔다. 출입문 뒤에는 머리칼이 새하얀 여자가 없었고 인쇄용지가 문틈에 끼워져 있었다. 그녀는 뭉그적거리다가 휴지로 프라이팬을 닦고 기름을 둘렀다. 버너 옆에는 우둔살이 있었고 앞으로 삼십 분이 지나면 사촌 언니가 찾아올 것이었다.

아내는 고기를 구우며 인쇄용지를 뒤적였다. 다른 내용이 있기를 바랐으나 이번에도 그녀가 알고 있는 내용이었다. 상단에는 여아의 흑백 사진이 있었고 중간과 아래에는 글씨가 적혀 있었다. 뒤쪽 종이들도 앞장과 내용이 다르지 않았고 마지막 장에는 불태운 꽃잎들이 뿌려져 있었다. 그녀는 오만상을 쓰며 종이를 찢어서 바깥에 버렸다. 보도블록에 쓰레기가 쏟아졌고, 우둔살을 뒤집을 시간이 되었다. 그녀는 집게로 고기를 집으며 종이 내용을 생각했다. 인쇄용지는 일주일에 한 번, 때로는 한 달에 한두 번 문틈에 꽂혔다. 그것을 펼치면 다음과 같은 내용이 있었다.

모월 모일 모시에 사진사의 딸이 놀이터에서 고인으

로 인해 끔찍한 경험을 겪었기에 진심 어린 사과를 바란다는 것.

장례가 끝나고 일주일이 지나서였다. 그날은 아내가 콜센터의 계약직 생활을 끝낸 지 보름이 지나서 정육점으로 처음 출근하던 날이었다. 퇴직금을 지급받았으나 돈이 필요하던 때였고, 일을 하지 않으면 다시는 벌이를 구하지 못할 것이라는 느낌이 들어서 가만히 있어도 가슴을 졸이던 시기였다.

그녀는 출근일 아침부터 정육점에서 다투고 있는 두 여자를 보았다. 사촌 언니는 두 눈을 부릅뜨고 있었고 머리칼이 검었던 사진사는 목청을 높이며 따지고 있었다.

그놈이 죽기 전날 놀이터에서 자기 딸의 얼굴을 꼬집고 치마에 손까지 넣었다는 것.

그놈의 손가락이 딸의 무릎과 허벅지를 지나서 속옷까지…….

사촌 언니는 상대방 말이 끝나기 전에 호스를 가져왔다. 호스에서 물이 뿜어져서 사진사 얼굴에 튀었다. 수압은 강했고 사진사는 물을 피하려다가 뒤에 있던 아내와 몸을 부딪쳤다. 사촌 언니는 사진사를 가리켜서 이혼녀라고 불렀고, 다시 이곳에 찾아오는 날에는 칼로 죽이겠다고 했다.

사진사는 틈날 때마다 정육점으로 찾아왔고 경찰에 고발도 했으나 별다른 소득은 없었다. 피해자는 있으나 증인은 없었고 가해자로 지목된 사람은 고인이었다. 사라진 것은 말할 수 없었고 그것의 속사정을 추적하는 일은 많은 시간과 열정을 필요로 했기에 사진사 말고 열성적으로 노력을 기울이는 사람은 없었다. 게다가 그날 고인은 지역 경매장에서 송아지를 사들이느라고 정육점 근처에서 보냈던 시간도 적었고 저녁이 되어서 집으로 돌아왔기에 동네에서 그를 본 사람은 없었다.

사촌 언니는 사진사의 언행을 고인에 대한 모독이자 돈을 뜯으려는 수작이라고 단정했다. 시내 사업주들 생각은 두 편으로 나뉘었으나 시간이 지나자 사촌 언니의 생각에 공감을 표하는 사람이 늘어났다. 목격자는 없었고 사진사 딸이 예전에 정신과에서 치료를 받은 적이 있다는 사실이 알려졌다. 거기에 사진사의 은행 빚이 엄청나다는 사정도 추가되면서 무고라는 얘기가 나돌기 시작했다. 무엇보다도 사업주들 상당수는 사촌 언니의 시아버지에게 가겟세를 내고 있었다.

사진사의 머리카락은 하루가 다르게 희어졌다. 그녀의 나이는 마흔다섯 살이었으나 거기에 스무 살을 더해도 이상하지 않을 얼굴이 되었다. 사진관은 문 닫는 날이 많아졌고 문을 열어도 손님이 그곳에서 사진을 찍는 경우는 적어졌다.

어느 날 오후였다. 사진사는 회백색 코트를 입고 정육점으로 들어왔다. 머리칼에는 검은빛이 하나도 없었고 피부는 꺼칫했으며 입술은 부르터서 피가 맺혀 있었다. 아내는 육절기에 고기를 놓으려다가 사색이 되었다. 사진사는 고기 썰리는 소리를 들으면서 보상까지는 바라지 않으니 사과만은 받고 싶다고, 말했다. 독기와 물기가 사라진 최소한의 정신력조차 느껴지지 않는 소리로.

아내는 어물거리다가 썰린 고기를 쟁반에 담아서 진열장에 넣었다. 정적이 흘렀고 사진사는 그 자리에서 조금도 움직이지 않았다. 아내가 고민 끝에 답했다.

사과를 받고 나면 보상을 원할 것이고, 보상을 얻으면 그다음에는 누군가가 그만한 고통과 모멸을 당하길 당신은 바랄 것 같다고.

사진사의 어깨가 떨렸고 눈빛이 차가워졌다. 아내는 칼을 붙잡았다. 사촌 언니는 사진사가 찾아오는 날에는 칼로 찔러서 죽일 것이라고 했으나 그렇게 하지는 않았다.

아내는 사진사의 눈빛과 비슷한 것을 본 적이 있었다. 남편이 언젠가 작업을 마치고 한밤이 되어서 집으로 왔던 날이었다. 무엇을 묻었는지 알 수 없었으나 아마도 소를 처리했을 것이라고 짐작되었다. 그녀는 식사를 하다가 잘못해서 그릇을 떨어뜨렸고 핏발이 서 있던 남편의 눈이 치켜졌다. 냉기를 머금은 눈이었고 폭발적인 감정을 드러냈다가는 돌이킬 수 없는 결과를 가져올 것을 알기에, 안간힘을 써서 자신을 절제하려는 눈이었다.

아내는 칼자루를 놓지 않았다. 사진사는 눈빛의 온도를 유지하면서 서 있다가 고개를 숙였다. 그녀의 눈에서 눈물이 흐르고 있었다. 아내는 그 눈물마저도 차가울 것이라고 여기다가 몸서리를 쳤다. 상대의 눈빛보다 자신의 말과 생각이 더 차갑게 느껴졌다. 사진사는 정육점에서 나왔고 차도를 무단으로 건너서 사진관으로 들어갔다. 사진관 안에서는 시간이 지나도 불이 켜지지 않았다.

사진관은 문을 닫았다. 사진사와 그녀의 딸은 외가에 갔다는 얘기가 돌았으나 속사정을 아는 사람은 없었다.

사진사는 한 달에 몇 번은 정육점 근처에 모습을 드

러냈다. 옷차림은 때마다 두께와 길이는 달라졌지만 색상은 무채색 계열에서 바뀌지 않았다. 몇 번은 정육점 안까지 들어왔으나 전처럼 목청을 높이지 않았고 진열장 앞에 있는 의자에 앉아만 있었다. 몇몇 손님들은 고기를 사려고 들렀다가 그녀의 얼굴을 보고 곧바로 나가기도 했다. 그럼에도 아내는 사진사를 쫓아내지는 못했다.

사진사는 정육점으로 들어오지 않는 날이면 인도에서 방황하거나 인쇄용지들을 문틈에 끼우고 떠났다. 인쇄용지에 써 있는 내용은 그때그때 조금씩 달랐다. 직접적으로 사과를 요구하는 글도 있었으나 불경이나 성경, 탈무드의 어느 구절이 써 있기도 했다. 앞장과 다음 장 내용은 언제나 같았고 마지막 장에는 불에 탄 꽃잎들이 뿌려져 있었다.

우둔살 익히는 냄새가 방에 진동했다. 아내는 환기를 하려고 가게 출입문을 열었다가 대하고 싶지 않았던 사람과 마주했다. 아내는 키다리, 사촌 언니는 쌍년이라고 부르는 여자. 키다리 손에는 이십여 분 전에 정육점에서 샀던 갈매기살이 있었다. 키다리는 며칠 전에도 했던 말을 되풀이했다.

손님들 말로는 고기 맛이 없다고.

키다리는 신참 사업주였으나 식당의 매상과 넓이가 다른 밥집보다 돋보였다. 아침 점심에는 양념한 고기와 나물 반찬을 곁들인 저렴한 식사를 팔았고 저녁이면 품질이 좋은 생고기를 상에 내놓았다. 그녀는 며칠에 한 번씩 이곳에서 고기를 사면서 몇 번은 맛이 나쁘다며 교환을 요구했다. 그 고기가 진짜로 맛이 없는지, 생억지를 쓰는 것인지 아내는 알 길이 없었다. 만약에라도 다투면 사이가 벌어질 것이었고 다투지 않는다면 공짜로 고기를 주어야 했다.

아내는 마른침을 삼키고 고개를 들었다. 그녀의 키는 백육십 센티여서 키가 큰 상대의 눈빛을 받아내야 했다. 눈길을 내리자 언제나 맨발에 슬리퍼를 신고 다니는 상대의 두 발이 보였다. 살갗은 검었고 핏줄은 새파래서 동적인 인상이었다. 그녀 자신의 내성적인 성격과 대비되는 모습이었다.

그녀는 접촉하고 싶지 않으나 접하게 되는 것들을 생각했다. 사진사, 키다리 또는 쌍년, 고기소, 늙은 남자들, 언젠가 몸속에 있었던 것. 그녀는 하고픈 말이 나오지 않도록 입술을 맞물었다.

내가 아니라 사촌 언니에게 가라고, 자신보다 사정이 낫고 여유로운 사람한테나 가라고, 나 같은 사람에게 오지 말라고.

씨발 꺼지라고.

키다리는 진열장 위에 봉지를 놓았다. 봉지에는 몇 점의 고기 조각이 있었다. 아내는 진열장에 있던 용기에 포장한 갈매기살을 꺼내서 도마에 놓았다. 키다리가 용기를 들고 정육점에서 나가자 아내의 입에서 쌍소리가 터졌다.

쌍년, 개쌍년, 개씹쌍년······.

사촌 언니는 여덟 시에 정육점에 들러서 아내가 준비한 음식들을 챙겼다. 아내는 종일 보고 들었던 것들을 생각했으나 입을 열지 않았다. 추도식은 열 시에 치러질 예정이었고 정육점은 보통은 밤늦게까지 문을 열었으나 이런 날은 초저녁에 문을 닫았다. 사촌 언니는 매달 오일 저녁에 월급을 주었는데 이번에는 웃돈도 얹었다고 말했다. 아내의 핸드폰에는 평소보다 많은 돈을 계좌에 넣었다는 문자 메시지가 도착해 있었다.

돈통이 비었고 카메라가 꺼졌다. 아내는 정육점에서

나와서 역사로 걷다가 도중에 오른쪽 사잇길로 방향을 틀었다. 키다리 밥집과 문 닫은 횟집과 도구마다 먼지가 앉은 철물점과 간판이 없는 국숫집을 지나면 허름한 놀이터가 나왔다. 미끄럼틀 칠이 벗겨진 지 오래이고 원래는 두 개의 그네가 있었으나 언젠가부터 하나만 남아 있는 놀이터였다.

아내는 그네에 앉았고 발로 바닥을 박차면서 몸을 앞으로 기울였다. 담배 냄새가 녹아든 밤공기가 얼굴에 끼쳤고 아파트 창문에 고여 있는 불빛이 눈앞에서 오르내렸다. 사촌 언니가 살고 있는 아파트였다. 그녀는 아파트에서 산 적이 없었고 앞으로 그곳에서 살 것이라는 기대도 없었다. 그럼에도 아파트에서 산다면 지금과는 다른 감정이 생길 것 같았고, 그 감정이 무엇인지 조금은 알고 싶었다.

그네가 멈추었고, 예전 기억이 생각났다.

사진사는 종이 뭉치를 그러쥐고 인도에서 돌아다니고 있었다. 날씨는 아침까지는 맑았으나 정오가 지나자 하늘에 먹구름이 끼면서 비가 내리기 시작했다. 아내는 고기를 썰다가 비에 젖어서 들어오는 사촌 언니를 보더니 탄산수를 가져왔다. 그녀는 다시금 작업을 하려다가 사촌 언니에게 물었다.

그날 저녁에 형부는 도대체 무엇을 했느냐고.

사촌 언니는 머그컵을 입술에서 떼고 고개를 돌렸다. 목에서 뼈 꺾어지는 소리가 들렸고 거울에 물방울이 튀었다. 아내는 웬만해서는 사촌 언니에게 무언가를 묻지 않았고 궁금한 것이 있어도 알아서 생각하고 처리했다. 그녀는 언제나 청자(聽者)에 머물러야 했고 입을 열 자유는 제한되어 있었다. 그런데 고기를 썰던 도중에 유리벽 너머로 사진사가 보였다. 그녀는 물속에서 걷는 듯했고 종잇장들이 바람에 쓸려서 인도와 차도로 떨어지고 있었다. 아내의 머릿속은 복잡해졌고 의도하지 않았던 말이 나왔다.

사촌 언니는 입술을 오므리고 있었다. 말하지 않으려는 기색이 아니라 말을 신중하게 고르려는 모습이었다. 아내는 사촌 언니가 그러한 표정을 내보이는 것을 처음으로 보았다. 그녀는 감정을 즉각적으로 표현하는 사람이었고 무언가를 고민하는 것을 외적으로 보이지 않았다. 적어도 아내 앞에서는. 사진사는 보이지 않았고 빗발이 세차지고 있어서 지나다니는 사람도 없었다. 사촌 언니는 목을 가다듬었다.

그이는 그날 술을 마시고 밤늦게 들어왔다고.

아내는 형부의 얼굴을 떠올리려고 했으나 제대로 기억나지 않았다. 그의 평소 외양보다는 장례식장 영정에 있던 피부가 까맣고 콧대가 높으며 얼굴에 살이 적었던 모습만 생각났다. 그녀는 여기서 일하기 전에도 그를 자세히는 알지 못했고 사촌 언니가 가끔씩 불만조로 말했던 습관과 일화만을 기억할 수 있었다.

손이 거칠고 피부색이 까마며 아무리 먹어도 아랫배만 튀어나올 뿐 얼굴에는 살이 찌지 않았던 남자, 술을 즐기지는 않으나 한번 마시면 폭음하는 주량이 셌던 남자, 친구도 드물고 사교성도 없어서 누구와 같이 마시지 못하고 혼자서 강술을 들이켜던 남자, 사촌 언니가 술 냄새를 극도로 싫어하기에 취하면 정육점의 가겟방에서 쉬거나 술기운이 가실 때까지 동네를 쏘다니던 남자.

사촌 언니는 손을 떨고 있다가 컵을 놓쳐서 깨트렸다. 자신이 그동안 뱉었던 말을 후회하는 눈치였다. 아내는 바닥에 흩어진 유리 조각들을 보면서 더는 질문하지 못했다. 그때쯤 빗발이 누그러들면서 해는 비치지 않았으나 어둡기만 했던 바깥이 얼마간 밝아졌다. 사촌 언니는 하늘의 색상이 바뀐 것을 보면서 신경질을 냈다. 이유를 알 수 없는 신경질이었고 어둠 속에서 계속해서 있기를 바라는 내색이었다. 그녀는 얼굴에 손부채를 하다가 아내를 곁눈질하면서 중얼거렸다.

어차피 그이가 세상에 없으니 이제는 죄도 뭐도 없다고.

우리 아이를 위해서 그이가 없는 것이 어쩌면 잘된 일인지도 모른다고.

8.

살처분 작업이 끝났다.

매립지 둘레에는 출입과 발굴을 절대 금한다는 뜻으로 통제선과 표시판이 설치되었다. 매립지는 삼 년이 지나면 복원될 예정이었고 그때는 저장조 안에 있는 사체와 침출수를 처리해야 했다.

하얀색 방역복을 입은 남자들은 달걀판을 들고 매몰지에서 벗어나서 야산 앞으로 이동했다. 그곳에는 임시 소각장이 있었다. 사장이 장작에 불을 댕기고 기름을 들이붓자 불길이 솟았고 달걀판들이 앞서서 태워졌다. 남자들은 하얀색 방역복을 벗어젖혔고 얼굴에 썼던 보안경과 마스크도 벗었다. 모두의 얼굴에서 기름기가 번들거렸고 상의 목둘레와 겨드랑이에는 땀자국이 있었다. 그들은 벗은 것들을 불길에 던졌고 천과 비닐과 고무와 유리가 타는 누린내를 맡았다.

남편은 태울 물건들이 늘어나자 불길이 사위고 있는 장작에 기름을 부어서 화력을 높였다. 그는 다른 사람들보다 흘리는 땀의 양이 많았다. 항바이러스제 부작용은 낮보다 낮아졌으나 사라지지 않았고 트림이 나오면서 오이 조각이 목젖에 닿았다. 트림은 끊이지 않았고 오이 조각 말고도 달걀 냄새가 밴 밥알과 두부 찌꺼기가 위로 올라왔다. 몸속에서 병아리들과 오리 새끼들이 소리를 내는 듯한 느낌이 들었다.

방역에 사용한 물품은 잿더미가 되었다. 남자들은 임시 소각장을 치우고 신체 소독을 하고자 마을 길목으로 향했다. 남편은 목적지로 걷던 도중에 고개를 돌렸다. 야산 앞쪽에는 연기와 재가 남아 있었고 바닥은 검었다. 폭우가 내려도 씻기지 않을 법한 정도의 검음이었다. 한낮에 보았던 들것에 실려 있는 남자의 두 발도 검었다. 검은색 조각이나 덩어리들이 눈앞을 스치고 지나갔고 오리모가지를 꺾거나 수의사의 늑골이 부러졌을 때도 느끼지 못했던 감정을 느꼈다.

그것은 열패감이었다.

남자들은 차에 타자마자 잠이 들었다. 차의 목적지는 주민 센터였고 그들이 잠든 지 이십 분 정도 지나서 거기에 도착했다. 남자들은 주민 센터에서 내리자 마을 길목에서 소독을 했음에도 다수는 주차장 구석에 있는 소독실에 들어갔다. 사장은 소독실 앞에 서 있는 사람들이 줄어들자 바지 주머니에서 인쇄물을 꺼냈다. 종이에는 계좌에 급여를 받을 사람들과 이 자리에서 현금으로 가져갈 사람들의 이름이 적혀 있었다. 후자가 전자보다 압도적으로 많았는데 대부분 이주 노동자들이었다.

사장이 누군가를 부를 때마다 호명 받은 사람은 뛰어와서 손을 비볐다. 온종일 운반과 살육과 매설을 하면서 지쳐 있었으나 이 순간만은 눈에서 빛이 났다. 사장은 신원을 확인하고 가죽 가방에 담겨 있던 봉투를 꺼내서 상대에게 주었다. 봉투가 열리면서 지폐 개수가 셈해지고, 계산이 한 차례 끝나고 나서도 세는 행위는 여러 번 이어졌다. 마침내 최종적인 셈이 끝나면 그는 버스 정류장으로 이동했다. 양자 간 거래는 이것으로 끝이고 이후 노동자의 몸에 질병이 생기건, 정신적인 질환이 생기건 사장의 부가 책임은 없었다. 어느덧 계절이 바뀌고 업체에 일감이 주어지지 않으면 몇몇 사람들은 사장에게 직접적으로 찾아와서 물었다.

요즘에는 죽일 것들이 없느냐고.

주민 센터 주차장에는 사장과 남편과 소수의 사람만이 남아 있었다. 남편은 갓돌에 앉아서 땀을 식히다가 마지막 순서로 돈을 받는 사람을 보았다. 코를 훌쩍이던 사람이었고 봉투를 받고 난 뒤에도 한참이고 지폐를 세면서 자리를 벗어나지 못했다. 그가 눈물을 흘리면서 도시락을 내팽개치던 장면이 기억났다. 앞으로는 코를 훌쩍이는 사람과 만나지 않기를 바랐고 누군가에게 조언하는 일도 삼가야겠다고 다짐했다.

일당 지급이 끝나자 남편은 사장 차에 올라탔다. 살처분 작업은 끝났지만 남편은 할 일이 있었다. 그는 그 일을 좋아하지 않았으나 사장과 친분이 있으며 과량의 음주를 할 수 있는 사람은 그뿐이었다.

차는 공사지가 많은 지역에 도착했다. 공사장에서는 소리가 들리지 않았고 가게 창문마다 불이 밝혀져 있어서 거리는 빛으로 은성했다.

사장은 공터에 주차했다. 그는 뒷좌석에 있던 쇼핑백

을 챙겼고 남편은 그 뒤를 따라서 걸었다. 둘은 국숫집과 철물점과 횟집을 지나쳤고 어디에선가 쇠줄이 흔들리는 소리를 들었으며 백발의 여자가 걸어가는 것을 보았다. 그녀는 더운 날씨에도 회백색 외투와 긴바지를 입고 있었고 손에는 종이들이 들려 있었다. 남편은 눈을 내렸다가 그녀가 지나간 자리에 꽃잎들이 흩어진 것을 보았다.

식당 앞에는 공무원이 있었다. 머리칼이 희고 눈매가 가느스름하며 피부가 윤택한 남자였다. 사장은 그에게 다가가서 악수를 나누고 함박웃음을 터트렸다. 그는 스스로를 사교적인 사람이라고 자부하는 편이었으나 남편의 눈에는 그의 태도가 아양으로 보였다.

식당은 넓었고 몸에서 땀내를 풍기는 손님들이 북적거렸다. 세 사람은 식탁 사이를 지나서 구석진 방으로 들어갔다. 방문과 벽이 두꺼워서 바깥 소리가 들리지 않았고 동향에는 호숫가를 그린 그림과 두 개의 아자창(亞字窓)이 있었다. 탁자 한가운데 있는 화로에는 숯이 달구어져 있었고 가장자리에는 술병이 그득했다.

키가 큰 여자가 방으로 들어와서 꽃등심이 담긴 쟁반을 탁자에 놓았다. 남편은 화력의 강도를 눈어림하면서 석쇠에 꽃등심을 놓고 소금과 후추를 뿌렸다. 사장은 쇼

펭백을 열어서 두 개의 상자를 꺼냈다. 하나는 로열 젤리였고, 다른 하나는 홍삼 엑기스였다.

사장과 공무원은 담소를 나누며 육즙이 고이고 있는 고깃점을 집었다가 그대로 놓기를 되풀이했다. 남편은 완전히 익지는 않은 핏빛이 희미한 고깃점을 둘의 앞접시에 놓았다. 둘은 먹었고, 남편은 굽기만 했다. 그는 소고기를 먹었던 적이 언제인지 기억하지도 못했고 꽃등심이 먹을거리로 보이지 않았다.

공무원이 빈 컵에 술을 넘치게 부었다. 그는 양주를 컵으로 마셨고 소고기를 먹기 전부터 반병의 술을 비웠으며 다른 두 사람이 서둘러 마시기를 바라는 내색이었다. 사장은 전에는 애주가였으나 연초에 간 수술을 받은 뒤로는 최대한 음주를 삼갔다. 남편은 공무원이 권할 때마다 가위와 집게를 내려놓고 단숨에 술을 비운 뒤 양배추샐러드와 고구마조림을 먹었다. 곡류가 먹고 싶었지만 그에게 발언권과 주문 권한은 없었고 연이어 술을 몸속에 들이붓자 속이 쓰라렸다.

꽃등심 한 근이 사라지자 석쇠가 새까매졌다. 키 큰 여자가 방으로 들어와서 꽃등심 한 접시를 탁자에 놓고 불판을 갈았다. 남편은 고기에 소금과 후추를 얹고 시간이 가기를 기다렸고 중년 남자들은 목청을 돋우었다. 펀드와 가상화폐에 대한 전략적인 투자, A시와 가까운 국제도시에 새로이 생겼다는 골프장, 각각 체대와 음대에 자식들을 보낸 탓에 짊어진 학자금 부담, 졸업 후 운동인이나 예술인의 길을 가게 될 자식들의 미래를 위한 대비책, 내년에는 이곳뿐만 아니라 다른 시에도 개발 붐이 돌 것이라는 소문에 이르기까지, 화제는 풍성했고 술잔은 비워졌으며 꽃등심은 줄었다.

고기와 반찬을 담았던 그릇들이 깨끗해졌고 탁자에는 빈 병들이 그득했다. 사장과 공무원은 금일 살처분 작업과 관련된 얘기는 하지 않았으나 본론이 무엇인지 아는 눈치였다. 사장은 계산을 한다는 이유로 먼저 일어났고 방에는 공무원과 남편만 남았다. 공무원은 물기가 마른 수건으로 손을 닦으며 고기를 먹지 않는 이유를 물었다. 그의 표정은 순진했고 상대방이 한낮에 무엇을 했는지 알지 못하는 듯했다.

남편은 하고픈 말을 하지 않았다. 그 말을 하면 사장이 저녁에 들인 돈과 노력이 헛수고가 되었다. 그는 웃으면서 말했다.

오래전부터 채식주의자여서 고기를 먹지 않는다고.

공무원이 몸을 일으키자 남편도 쇼핑백을 들고 일어났다. 방문을 열자마자 그릇 떨어지는 소리와 키 큰 여자가 악쓰는 소리가 들렸다. 그녀 앞에는 등판에 소금쩍이 있는 땅딸막한 체형의 남자가 있었다. 키는 여자가 컸지만 기가 센 사람은 남자였다. 남자가 여자의 허벅지를 만졌다는 말이 나왔고, 그런 일은 절대로 없으며 뭐가 아쉬워서 아줌마 몸을 집적거리겠냐는 불평이 이어졌으며, 이 미친 인간이 사람을 어떻게 보고 개소리를 지껄이느냐는 불만이 터지자, 너 같은 멀대를 만지느니 차라리 돈 주고 젊은 여자를 사겠다는 폭언이 퍼부어졌다. 사장은 보이지 않았고 다수 손님들은 구경꾼의 태도를 보이고 있었다.

공무원의 입술이 다물어지면서 눈이 커졌다. 그의 차림과 생각과 언어와 동떨어진 상황이 눈앞에 있었다. 그는 마른기침을 하면서 출입문으로 걸었고 뒤를 돌아보지 않았다. 남편은 식당에서 나가기 전에 뒤를 돌아보았다. 울면서 욕하는 여자, 침을 튀기며 화내는 남자, 싸움을 구경하는 사람들, 바닥에 떨어진 그릇과 갈매기살.

사장과 남편은 공무원이 택시에 올라탈 때까지 차도에 있었다. 그가 떠나자 두 사람은 공터로 걸었고 사장은 그제야 속생각을 털어놓았다. 고깃값과 선물비와 택시에 타기 전에 공무원에게 찔러준 뒷돈에 대해서, 이렇게 대접을 해도 일거리가 생길지 알 수 없으며 생긴다고 하더라도 다른 업체에 하청을 줄지도 모르는 저 좆같은 부류에 대해서, 살처분을 하면 큰돈을 번다는 것을 알기에 요즈음 앞다투어 업체를 차리고 있는 잡놈들에 대해서.

그들은 국숫집 앞을 지나다가 백발의 여자를 보았다. 그녀의 손에는 종이가 아니라 플라스틱 말통이 들려 있었다. 말통은 묵직했고 안에서 액체 출렁이는 소리가 들렸다. 사장은 공터에 들어갔고 남편은 차에 타려다가 불현듯 악취가 흘러오는 쪽으로 걸었다. 고등학생들이 맥주를 마시면서 낄낄거렸고 취객이 미끄럼틀에 앉아서 바닥에 토하는 중이었다. 학생들 입에서 나오는 술내와 취객이 쏟은 토사물에서 올라오는 냄새가 놀이터에 퍼지고 있었다.

아내는 그네에 앉아서 쇠줄을 붙잡고 아파트를 보고 있었다.

끽뀨우라는 말을 반복하면서.

0.

부부는 집으로 돌아왔다.

남편이 식사 여부를 물었으나 아내는 답하지 않았다. 자신의 몸에서 느껴지는 피로가 마음에 들지 않았고 그의 몸에서 풍기는 냄새는 더 마음에 들지 않았다. 전보다 약해지고 좁아진 생각을 한다는 것도 마음에 들지 않았으나 자신의 기분을 달랠 만한 다른 방법을 찾기는 어려웠다.

남편은 화장실에 들어갔고 아내는 부엌 찬장을 뒤졌다. 거기에는 식빵 덩어리와 옥수수 통조림과 양송이수프와 말린 귤 조각이 있었다. 그녀는 옥수수 통조림을 열고 내용물을 그릇에 담았다. 처음에는 넘치게 담았으나 눈대중으로 많다는 생각이 들자 조금씩 덜었고 결국에는 소수의 낱알만 남았다. 그녀는 낱알을 씹으며 종교적인 수행을 하는 듯한 느낌을 받았다. 신심으로 행하는 수행이 아니라 다른 고통을 외면하고 싶어서 하는 고행. 육류를 먹어야 힘이 생길 것 같았으나 병아리의 감은빛 눈과 암소의 핏빛 눈이 떠오르자 목뒤가 싸늘해졌다.

아내는 식사를 마치고 냉장고에 있는 보허제를 꺼내려다가 발길을 방으로 돌렸다. 전등을 켜고 창문을 열었

는데 암탉은 보이지 않았고 건물 아래쪽 창문에 켜져 있
는 불빛만 눈에 들어왔다. 암탉은 새벽에 울 때가 많았으
나 이따금 한밤중에 울기도 했다. 한때는 그 소리를 싫어
했으나 언젠가부터 퇴근하면 창틀에 팔을 괴고 암탉이
운동장에 있는지 찾아보았다. 주차장 쪽 농구장에 있는
가로등에서 불빛이 차올랐고 암탉은 아장걸음을 옮기면
서 소리를 높였다. 끽뀨우, 끽뀨우, 끽뀨우라고. 밤하늘 아
래에서 암탉 몸에 인공광이 내리는 광경은 신비스러웠
다. 한 번도 애정을 받은 적이 없었던 어느 생명체의 몸에
잠시나마 세상의 관심이 모아지는 듯한 모습이었다.

남편은 알몸으로 나타나서 옷장을 열었다. 아내는 대
야에 놓여 있을 뒤집힌 상하의와 양말과 속옷을 생각했
다. 옷을 뒤집어서 벗는 것은 남편의 오래된 습관이었고
여러 번 주의를 주어도 고쳐지지 않았다. 물기를 완전히
닦지 않고 속옷을 입는 것도 바뀌지 않는 습관이었다.

그녀는 바닥에 있는 물자국과 몸에서 떨어지는 물기
를 보면서 다른 습관도 기억했다. 치약을 사용한 뒤에도
뚜껑을 닫지 않는 것, 샤워를 마치고 변기에 물이 튀어도
닦지 않는 것, 물에 젖은 수건을 대야에 넣지 않고 수건걸
이에 거는 것, 날이 저물면 장소에 상관없이 담배를 피우

는 것…… 그날따라 그녀가 좋아하지 않는 습관이 연달아 생각났다. 평소라면 아쉬움 정도로 느껴졌을 법한 감정은 이제는 싫음에 가까워져 있었고 시간이 지나면 적대감으로 변할지도 모른다는 예감이 들었다.

아내는 속엣말을 꺼내지 않고 바깥에 눈길을 주었다. 남편은 러닝과 팬티를 입고 습진이 심해진 팔뚝을 긁으면서 말했다.

방호원이 기르는 암탉은 보양식으로 쓰일 것 같다고.

남편의 어조는 심상했다. 주말의 날씨 상황이나 거리의 가로수 풍경이나 마트에서 파는 생필품의 목록을 말할 때처럼.

아내의 시선이 건물 창문에 붙박였다. 창문은 열려 있었고 희끗한 연기가 나왔으며 사람들 말소리가 들렸다. 중년 남자들이 내는 소리 같았으나 거리가 멀어서 발화자들의 성별과 연배를 이쪽에서 정확히 알아내기는 어려웠다. 목을 내밀고 귀를 기울였지만 소리의 정체는 파악되지 않았다.

아내는 고개를 돌렸고 습진이 난 목에서 뼈 꺾어지는 소리가 나왔다. 그녀는 남편의 어조에 실망감을 느끼고 있었다. 다정하지는 않았으나 성격이 나쁜 사람은 아니었고, 동거인이 억지를 쓰거나 소리를 높여도 화를 낸 적이 없으며, 누군가에게 고의로 불편을 끼치지도 않았다. 오래된 습관을 고치지 않았고 여러 가지 일들을 무심한 시선으로 보려고 할 뿐이었다. 인정도, 욕구도, 희망도 느껴지지 않는 때로는 자기애조차도 증발된 듯한 시선으로.

남편은 보허제를 데웠다. 술을 마셨으나 주량이 셌기에 만취하지는 않았고 속이 울출해서 견디기 힘들었다. 그는 약그릇을 식탁에 올려놓고 먹을거리를 찾았다. 식탁에는 식빵 덩어리와 말린 귤 조각과 양송이수프, 냉장고 특선실에 있던 당근과 오이가 올라왔다. 그만을 위한 식사가 차려졌고 사람과 시간과 동물에 얽매이지 않는 시간이 되었다. 구미에 당기는 음식이 많지는 않았으나 그에게 구토감이나 모욕감을 주는 반찬은 없었다.

그는 빵을 뜯었다. 항바이러스 부작용도, 가금류로 만든 음식도, 오리 모가지를 비틀던 촉감도, 발이 시커맸던 시신도, 방에서 이야기를 듣던 순간도 잊을 수 있었다. 행복이라고 말할 수는 없지만 안도나, 편안감이라고 부르면 알맞을 듯한 감정이 느껴졌다. 식사가 끝나면 사라질 것이나 그렇기에 귀하게 여겨야 하는 감정. 목이 멨고 콧날이 시큰해졌다.

아내는 방에서 나와서 보허제를 마셨다. 몸이 회복되는 느낌은 없었고 통증이 줄어드는 기미가 아주 없지는 않았으나 기대에 미치지 못했다. 그녀는 무심결에 말했다.

녹용.

남편은 빵을 수프에 묻히다가 얼굴을 들었다. 두 눈이 짓물러 있었는데 수프의 온기를 쐬어서 생긴 것인지 감정에 취해서 나오는 눈물인지 그녀로서는 알기 어려웠다. 그는 고개를 수그리고 빵을 입에 넣었다.

남편은 식사를 마치고 그릇을 씻었다. 아내는 리모컨으로 티브이 채널을 돌리다가 전화를 받았다. 사촌 언니였고 내일 아침에도 돼지고기가 들어올 예정이니 조기 출근하라는 말이 나왔다. 그녀는 발신자의 음성보다도 저편에서 들리는 소리에 관심이 갔다. 아이가 재잘대는 소리, 노인이 기침하는 소리, 가사 도우미로 추측되는 여자가 그릇을 만지는 소리, 슬픔은 공유하나 가슴속에는 원망이나 적의를 가지고 있으며 혹시도 있을지 모르는 죄는 영원히 묻으려고 하는 사람들의 소리.

지시가 끝나자마자 전화는 끊어졌다.

부부는 소파에 앉아 있었는데 향하는 시선은 저마다 달랐다. 아내는 티브이 시청을 좋아했으나 남편은 좋아하지 않았다. 일기 예보나 확인할 뿐이었고 가끔은 야구와 프로레슬링을 보았다. 그마저도 그녀가 다른 채널을 보려고 하면 리모컨을 넘기고 꿈풀이 사전을 뒤적이면서 흉몽이나 악몽과 관련된 부분을 찾았다. 그녀는 채널을 돌리다가 리모컨에서 손가락을 뗐고 기분이 침울해졌다. 암탉이 삶기는 장면이 생각났고 끽뀨우라는 소리가 사라진 새벽 운동장 풍경도 눈앞에 다가왔다. 거기에는 감은색 눈의 병아리도 없었고 쉰아홉 살의 방호원도 보이지 않았으며 모래바람만 날리고 있었다.

채널은 상상이 사라진 뒤에야 바뀌었다. 남편은 소파에 앉아 있었고 꿈풀이 사전을 뒤적이지 않았다. 아내의 손에 땀이 맺히고 있었다. 그는 조심스럽게 그녀의 손을 잡았고, 채널은 야간 뉴스로 고정되었다. 그는 특별한 생각 없이 접촉한 것이었으나 그녀는 특별한 신호로 이해해서 소리를 질렀다. 삼 개월 전에도 그는 소파에서 그녀의 왼손을 잡은 적이 있었다. 관계를 가지는 시간은 짧았고 둘은 피임을 했다고 생각했다. 그들은 다른 것은 잘하지 못해도 이 일에 대해서만은 준비와 예방이 철저한 사람들이라고 믿었다. 하지만 봄이 완전히 지나가기 전에 두 사람 사이에는 그들의 절망과 후회감을 가중시키는 금이 그어졌다.

아내는 눈에 힘을 모으고 있었다.

사진사를 만나던 때와 비슷한 표정과 몸짓을 보이면서.

남편은 고단했고 몸을 움직일 마음이 없었으며 다만 그녀의 어딘가를 만지고 싶었다. 옷 속의 내밀한 부분이 아니라 손이나 어깨 같은 부위를. 그녀는 그와 다르게 생각하고 있었다. 그의 손짓은 그날의 손짓과 비슷했고 실수를 반복하려는 행위처럼 보였다. 두 사람은 서로를 마주 보았다. 속으로는 온기와 애정을 바라나 겉으로는 불안감과 당혹감이 섞인 낯빛을 보이면서. 서로가 원하지 않는 상황이 이어졌고 티브이에서는 속보가 나왔으며 그것을 보려는 사람은 없었다.

'A시 OO아파트 단지에서 화재 발생, 인명 피해는 없으며 방화범은 사십 대 중반의 여성.'

'외자식 잃고 세상에 원망을 느껴서 방화 기도.'

속보는 지나갔고 임금 동결과 물가 상승과 관련된 뉴스들도 지나갔으며 기상 캐스터가 나왔다. 남편이 일기 예보에 눈을 돌리면서 서로의 응시는 끝났다. 오늘보다 기온이 이 도쯤 떨어질 것이고 오후에…… 그는 내용을 듣고 있지 않았다. 조심스럽지 못하다는 말을 생각했고 방금 전 행동도 그러했는지 속으로 물었으나 해답을 찾지는 못했다. 자신의 행동이 어리석게만 느껴졌고 다른 사람에게 해만 주는 인간이라는 생각이 들었다. 다음 날 칼날에 자신의 목이 끊어져도, 세상에 해를 끼치지는 않을 것이라는 확신마저 들었다.

아내는 리모컨을 집다가 브래지어가 축축해진 것을 느꼈다. 그녀는 가슴을 만졌다.

모유(母乳)였다.

아내는 상의를 벗다가 울음을 터트렸다. 남편은 갈아입을 옷을 방에서 가져왔다. 그녀는 젖은 브래지어와 반팔 셔츠를 화장실 대야에 넣고 얼굴을 훔치면서 말했다.

닭을 반드시 구해 오라고.

남편은 그 말을 이해하지 못했다. 그는 머리를 긁다가 냉장고 상단에 붙어 있는 전단지들을 가져왔다. 통닭, 찜닭, 백숙 등을 집으로 배달해 준다는 내용의 종이들을.

아내는 고개를 가로흔들고 방 창문을 손으로 가리켰다. 남편은 말뜻을 이해했고 피곤한 탓에 외출하고픈 생각이 없었으나 그녀의 눈에서 눈물이 그치지 않았다. 그 얼굴을 똑바로 볼 수 없었고 평소에는 죽어 있거나, 얼음 같다고 생각했던 내면에 불길이 이는 듯한 느낌이 들었다. 그는 슬리퍼를 신다가 앞에서 봉지가 떨어지는 것을 보고 반사적으로 양팔을 들었다. 실내에 금속음이 울리자 그녀도 놀라서 딸꾹질을 했다.

가위를 담은 봉지였다.

한밤 공기는 사늘했고 이면도로를 걷고 있는 사람은 남편뿐이었다. 낮에도 햇빛의 양보다 건물들 때문에 생겨난 그늘의 밀도가 더 두드러진 길이었다. 그는 차들 사이를 지나서 학교 정문에 도착했다. 교사(校舍)의 일 층 창문에는 여전히 빛이 있었으나 창문은 닫혀 있었고 커튼이 내려져서 안을 볼 수 없었다.

작년 어느 가을날이었고 방호원과 남편은 나무 밑에 떨어져 있는 은행을 주웠다. 방호원은 전날 허리를 삐끗했고 그날 아침에는 못질을 하다가 실수로 손가락을 쳤다. 은행을 줍는 시간보다 한탄을 하면서 망치에 맞은 상처를 지켜보는 시간이 많아졌다. 그는 그날도 일거리가 없어서 창가에서 흡연하다가 방호원과 눈이 마주쳤고,

잘 알지도 못하는 사이였지만 가슴이 답답해서 운동장으로 나왔다. 둘은 은행을 주웠고 시간이 지날수록 남편이 맡아야 하는 작업량이 많아졌다. 은행은 천식이 있는 이사장과 기침이 심해진 그의 손자의 먹거리로 쓰인다고 했다.

남편은 운동장에서 창문을 올려보고 있었다. 거기에 있는 사람들을 알지 못했으나 그와는 다른 세계에서 살고 있을 것이라는 생각이 들었다. 펀드, 가상화폐, 골프장, 개발 붐 같은 것들을 이해하는 사람들의 세계, 눈을 감으면 단잠은 생각하나 단절과 단종(斷種)을 생각하지 못하는 사람들의 세계, 자신 같은 생명체 목이 바닥에 뒹굴거나 땅속에 묻혀도 무시하거나 외면할 사람들의 세계.

오 분쯤 지나서 호두알 크기의 돌이 손에 잡혔고 시선이 창문에 쏠렸다. 머리가 뜨거워지면서 세상에서 사라진 가축들이 기억에서 빠져나와 운동장에 모여들었다. 소, 돼지, 닭, 오리 들이 울면서 합창을 벌이기 시작했다. 동물들의 소리가 귓가에 울려들었고 어느새 아내와 고기소도 합류해서 울고 있었다. 이마에 정맥이 곤두섰고 오리 모가지가 아니라 사람의 목도 비틀 수 있을 것 같았다.

쩡.

돌은 스탠드의 기둥을 맞고 튕겨졌다. 쇳소리가 울려 퍼졌으나 실내에 있는 사람들의 반응은 없었다. 돌을 던진 사람은 무정물처럼 보였다.

남편은 눈을 내리뜨고 걸었다. 환시는 사라졌으나 환청은 사라지지 않아서 머리가 아팠다. 그는 운동장을 지나서 교사 뒤쪽에 다다랐다. 거기에는 조립식 창고와 채마밭, 그물망을 둘러서 만든 우리와 구형 라디오가 있었다. 방호원은 철제 의자에 앉아서 눈을 감은 채 라디오를 들었다. 군가로 들리기도 하고 행진곡처럼 느껴지기도 하는 노래였다. 남편은 방호원에게 인사했다. 방호원은 그에게 맥주를 주었고 취기가 여전했으나 호의를 거절하기가 무엇해서 손을 내밀었다.

남편은 마개를 따다가 발치에 생명체가 다가오는 기척을 느끼고 뒷걸음쳤다. 생명체가 커서 놀란 것이 아니라 그의 손보다도 작아서 몸을 움직인 것이었다. 온몸이 하얗고 감은빛 두 눈을 깜박거리는 병아리가 보였다. 병아리는 그에게 다가가고자 목과 부리를 내밀면서 발걸음을 뗐다. 그는 슬리퍼 코앞까지 다가온 생명을 보면서 기분이 묘해졌다. 그의 배후에는 남들 눈에 보이지 않는 수

십만 마리의 가축이 있었다. 그는 학살자였고, 조심스럽지 못한 사람이었다. 그럼에도 병아리는 그의 엄지까지 붙어서 소리를 냈다.

삐이익, 삐이익, 삐이익.

교사에 있던 빛이 사라지면서 건물은 어둠에 잠겼다. 사람들이 교사 정문으로 나가는 소리가 들렸다. 혀를 쯧쯧대는 소리와 구두로 바닥을 내리찍는 소리, 중저음인 목소리들로 나누는 덕담과 농담. 그들의 입과 발에서 나오는 소리에는 포만감이 담긴 것 같았다. 남편은 그들이 사라진 뒤에야 방문 목적을 기억해서 암탉이 어디에 있는지 물었고, 그의 예상과는 다른 답변이 돌아왔다.

방호원은 신발을 털면서 조립식 창고의 벽등을 켰다. 빛의 조도는 낮았으나 밖에서 우리를 보기는 어렵지 않았다. 벼슬과 육수(肉垂)가 새붉고 날개에서 윤기가 흘러넘치며 몸빛이 희디흰 암탉이 우리에 있었다. 가마솥에 삶길 식용이 아니라 자연미를 간직한 관상용 같은 모습으로.

암탉은 창고 문이 열리자 홰를 치면서 우리에서 나왔다. 방호원은 붕대를 감은 손으로 호주머니에서 한 줌의 청치를 꺼내어 바닥에 뿌렸다. 암탉은 청치를 쪼았고, 라디오에서는 한 곡의 노래가 끝나고 있었다.

남편은 작업하러 가기 전전날에 들었던 말을 되짚었다. 그때도 둘은 이곳에서 대화를 나누었고 교사의 어느 방에는 불빛이 들어앉아 있었다. 암탉이 이사장의 보신용으로 쓰고자 물에 삶길 것이고 많은 가축들이 땅속에 파묻힐 것이며 남편은 조만간 이사를 갈 것이고 방호원의 계약 기간이 끝나 가고 있다는 얘기. 그들의 말투는 담담해서 불행과 근심이 아니라 하늘에 있는 낮달을 말하는 것처럼, 바닥에 떨어진 풀잎을 가리키는 것처럼 예사스럽게 들렸다. 그들은 눈을 닫고 호흡이 어려워져도 그 이후의 시간에 몸부림조차 치지 않고 순응하려는 사람들 같았다.

암탉과 방호원은 아직까지는 학교에 있었다.

남편과 아내도 아직까지는 가위가 있는 빌라에서 지내고 있었다.

아직까지는.

방호원은 암탉을 안은 채 눈을 감았고 남편도 눈꺼풀을 닫았다. 며칠에 한 번씩 꿈에서 접하고, 몸과 마음이 괴로우면 저절로 생각나는 광경이 눈꺼풀 안에서 재생되

었다. 누구에게도 말한 적 없는 그의 마음속에서 구체화
된 풍경.

그는 피투성이 몸으로 나무판에 누워 있었고 위로는
칼날과 먹구름이 보였다. 몸은 움직이지 않았고 얼굴에
서 나오던 입엣소리와 숨소리도 점차로 수그러졌다. 칼날
은 언제쯤 떨어질지 알 수 없었고 하늘을 덮고 있는 구름
의 수효가 많아지면서 빛의 밝기가 약해졌다. 그의 몸에
는 빗방울이 듣기 시작했고 칼날의 위치는 조금 내려와
있었으나 목까지 닿기에는 거리가 멀었다. 그는 기다리
고, 기다리고, 기다렸다. 칼날이 살과 뼈를 잘라서 나무판
이 핏물로 흥건해지는 순간을, 그렇게 가진 것 없는 인생
이 확실하게 끝나는 순간을, 자신이 세상과 여자와 동물
에게 더 이상 피해를 끼치지 않게 될 순간을.

그러나 그 순간은 오지 않았고 인내와 유예의 시간
이, 죽음과 반죽음 사이의 시간이 느리게 이어졌다. 심장
박동하는 소리가 커지면서 더없이 불안하면서도 다른
한편으로 어떤 체념적인 감정이 찾아들고 있었다. 하늘
은 더 어두워졌고 빗방울은 굵어졌으며 슬픔과 친숙감
을 담은, 앞으로도 더 듣기는 어려울 법한 소리가 환상의
경계를 뚫고 귓가에 들려오자, 슬리퍼 신은 남자의 눈두

덩이 뜨거워지면서 입안에 단침이 고이기 시작했다.

끽뀨우, 끽뀨우, 끽뀨우.

삐이익, 삐이익, 삐이익.

식탁 위의 사람들

영목은 피 묻은 손으로 심장 박동이 거세지고 있는 가슴을 짚었다. 허리 굽은 아버지와 팔소매에 피 묻은 동료의 모습이 겹쳐지면서, 그 자신이 추하고 못나고 조그맣고 유해하고 혐오스럽게 느껴졌다.

영목은 식당 입구에 들어서자 락스 냄새를 맡았다. 입과 배에서 머무는 식욕을 사라지게 할 만큼 자극적인 냄새였다.

열두 시 오십육 분이었다. 점심시간은 완전히 끝나지 않았으나 어떤 사람들은 끝났다고 여기는 때였다. 식탁 대부분은 한쪽에 모아져 있었고 여자들은 락스가 뿌려져 있는 바닥을 대걸레로 닦았다. 영목이 머리를 긁고 목청을 가다듬자 여자들은 걸레질하던 손을 늦추었다. 그들 얼굴에서 무안감이나 미안감 같은 감정이 떠올랐다.

입구 왼쪽에는 매점이 있었다. 안은 어두웠고 냉장고와 냉동고에서만 기계음이 나면서 불빛이 돌았다. 영목은 매점으로 들어와서 엎드려 자고 있던 노인을 조심스러운 손길로 깨웠다. 노인은 귀가 어두운 남자였고 장시간 햇빛과 바람을 쐬지 못해서 얼굴이 부석했다. 매점 사장은 방학이면 이용객이 적었기에 일용직이라도 구하고자 자리를 비웠고 그의 아버지인 노인이 온종일 계산대를 지켰다. 영목은 동전 지갑을 꺼내서 점심값을 치르고 냉장고를 살펴보았다. 우유와 커피만 냉장고 하단에 있을 뿐 새로 들어온 물건들은 없었다. 노인은 서랍을 열어서 모서리가 찢어진 식권을 꺼냈다.

열두 시 오십팔 분이었고 식당에 감도는 락스 냄새는 짙어져 있었다. 대걸레를 들고 있던 여자가 여전히 무안한 기색을 보이며 영목에게 식권을 받아서 앞치마 주머니에 넣었다. 영목은 식판을 들고 밥통과 반찬통을 내려다보았다. 콩밥과 동탯국과 제육볶음, 무생채와 깍두기. 메뉴는 전날과 달랐지만 전전날과 엇비슷했고 나날이 지나도 조금씩 다른 점은 있었으나 특별히 다른 부분은 없었다.

영목은 밥과 반찬을 식판에 담고 입구 맞은쪽 식탁에 자리를 잡았다. 출입문이 열릴 때마다 찬기가 끼쳤고 상판이 오른쪽으로 기울어 있었으나 이곳에서 락스 냄새가 그나마 덜한 곳이었다. 그는 의자 등받이에 가방을 걸고 정수기에 눈을 던졌다. 세 개의 생수통이 바닥을 드러낸 모습을 보자 혀가 마르면서 갈증이 심해졌다. 생수통은 전날에도, 전전날에도 비어 있었고 그것이 언제쯤 채워질지 아는 사람은 없었다.

매점 앞 자판기에서 판매하는 음료는 캔커피와 콜라뿐이었다. 영목은 계산을 마치고 캔 커피를 주우려다가 뭔가가 엎어지는 소리를 들었다. 하나는 금속음이었고 다른 하나는 무게가 나가는 나무가 바닥에 부딪는 소리였다. 그는 뒤로 돌아서 바닥에 엎어져 있는 식탁과 식판과 의자를 보았다. 국과 반찬의 색깔이 붉어서 먼눈으로 바라본 바닥은 피가 사방으로 튄 것 같았다.

여자가 앞치마 주머니를 문지르면서 영목에게 왔다. 그녀는 울상을 지으며 자신의 실수로 이런 일이 벌어졌다면서 고개를 숙였다. 바닥에 물걸레질하던 중에 대걸레로 식탁과 의자를 거칠게 밀쳤다는 것이었다. 그는 음식물이 떨어진 바닥을 피해서 식탁으로 갔다. 바닥에 널브러진 목조 식탁은 자세히 살펴보니 오래된 물건이었고 곳곳에 흠이 나 있었으며 상판과 다리들을 잇는 나사는 헐겁게 조여진 듯했다. 마치 그의 집에 있는 '삐걱이'처럼. 그는 그만한 충격에 식탁이 뒤엎어질 수 있는지 알 수 없었고 그녀에게 따질 마음도 없었다. 그녀의 눈두덩이 붉었고 바지 밑단에 핏빛 얼룩이 묻어 있었다.

영목은 가방을 살폈다. 안에는 노트북과 가제본 세 권, 귀퉁이가 접혀 있는 원고와 물티슈가 들어 있었다. 전원 스위치를 누르자 노트북은 소음을 일으키면서 켜졌고 종이와 책에는 음식물이 스며든 흔적이 없었다. 색 바랜 가죽 가방에만 핏빛 얼룩이 생겼을 뿐이었다. 그는 물티슈로 얼룩을 문지르다가 여자에게 식권을 다시금 가져와야 한다는 말을 들었다. 그것은 방금 전 설명처럼 이상스럽게 들렸으나 이곳의 규칙이 그런 것이라는 생각이 들어서 이유를 묻지는 않았다.

노인은 엎드려서 코골이를 하고 있었다. 영목은 이번에도 조심스럽게 그를 깨우고 사정을 설명했다. 식탁이 쓰러지고 의자가 엎어지는 부분을 말하는 대목에서는 그의 실수가 아닌데도 귀밑과 볼이 붉어졌다. 노인은 눈곱을 떼면서 말을 듣다가 '시거'라는 상호의 담배를 플라스틱 보관함에서 꺼냈다. 그것은 식권이 아니었고 일순간 정적이 흘렀다. 영목은 귀밑과 볼을 붉으면서 다시 상황을 설명했고 그제야 식권은 계산대 서랍에서 나왔다. 이번에는 모서리가 탈색된 종이였다.

영목은 식권을 전달하고 식판에 음식을 받으면서 음식이 떨어졌던 자리를 흘긋거렸다. 그사이 물걸레질을 마쳐서 바닥에는 얼룩이 보이지 않았다.

식당에는 락스 냄새가 가득했고 입구 맞은편도 다른 구역보다 냄새가 덜 나지 않았다. 영목은 식판이 넘치도록 음식을 받고 식탁과 의자 상태를 확인한 뒤 자리에 앉왔다. 식욕은 사라졌으나 허기는 남아 있었다. 그는 젓가락을 들어서 밥과 반찬을 뒤적였다. 밥알은 찰기가 엷어서 푸석했고 동태는 탄력이 없어서 젓가락이 가는 방향으로 살이 바스러졌으며 돼지비계에는 털이 몇 가닥 삐져나와 있었다. 깍두기 상태는 나쁘지 않은 것으로 보였으나 세세히 보니 국물에 머리카락 한 점이 떠다녔다.

한 시 이십 분이었다. 영목은 트림을 했는데 목구멍으로 덜 삭은 깍두기 조각과 덜 씹힌 비계가 올라왔다. 짐승털과 사람 터럭이 목젖에 들러붙는 느낌이었다. 식당은 조용했고 손님은 그 말고 아무도 없어서 열두 시 오십육 분과 한 시 이십 분의 시간상 차이는 사실상 없는 것처럼 느껴졌다. 언젠가 식당 청소는 해야 했고 자신이 들어온 타이밍이 좋지 않았다는 생각만 들었다. 그는 식판을 회수대에 반납하려다가 식당 입구로 걸어오는 기린을 보았다. 기린은 기다란 목에 털실로 짠 목도리를 두르고 있었고 남청빛 폴로 코트를 입은 차림이었다.

영목은 기린에게 인사를 했다. 저자세라고 보일 만큼 정중한 태도로. 기린은 실내에 떠도는 냄새를 맡으면서 뚜껑이 열린 밥통과 반찬통을 보았다. 영목은 기린의 혀차는 소리를 들으면서 그가 이곳에서는 밥을 먹지 않는

다는 것을 상기했다. 기린은 방학은 물론이고 학기 중에
도 담배나 음료를 살 때만 이곳을 찾을 뿐이었다.

기린은 출입문 맞은쪽에 자리를 잡았다. 한때는 얼
룩이 있던 자리였고 이제는 광택이 나는 자리였다. 영목
은 매점으로 가서 온장고에 무엇이 있는지 눈으로 더듬
었다. 매실차나 녹차와 같은 음료는 하나도 없었고 미량
의 설탕이 첨가된 아메리카노를 담은 병만이 모퉁이에
있었다. 그것은 당뇨를 앓고 있는 남자가 먹기에 알맞은
음료는 아니었으나 차갑지 않은 음료는 그것뿐이었다. 그
는 엎드려서 코를 고는 노인을 조심스럽게 깨웠다. 노인
은 눈을 치뜬 채 일어났고 얘기를 듣기도 전에 서랍에서
식권을 꺼내었는데 가운데 구멍이 있는 종이였다. 다시금
정적이 흘렀고 식권은 서랍으로 들어갔으며 계산은 어렵
사리 끝났다. 온장고에 있던 커피는 식권보다 비쌌다.

기린은 손깍지를 복부에 올려놓은 채 눈을 감고 있었
다. 영목은 커피를 식탁에 놓고 가방에서 원고를 꺼냈다.
기린은 눈을 뜨고 종이 앞부분을 말없이 읽다가 뒷부분
도 차례로 읽었다. 그는 돋보기를 끼고도 시력이 나빠서
정독 시간은 길어졌고, 커피는 줄어들지 않았다. 영목은
양이 그대로인 커피를 보면서 그 안에 첨가된 소량의 당

분을 생각했고 그것 때문에 혹평을 들을지도 모른다는 예감이 들었다.

이십여 분이 지났고 병뚜껑 바닥에는 두 개의 꽁초가 있었으나 커피 양은 그대로였다. 기린은 통계 자료들의 과도한 나열과 일부 문단에서 보이는 논리적 비약과 적절하지 않은 예시들, 주술 구조가 어색한 몇몇 문장들을 고쳐야 한다고 말했다. 그는 그러한 부분들이 어디에 있는지 구체적인 설명까지 덧붙이지는 않았다. 영목은 기린의 말뜻을 이해했다는 반응을 보이면서 허리를 숙였다. 저자세라고 보일 만큼 정중한 태도로.

기린은 세 번째 담배를 피우면서 학생들 성적은 매겼는지, 이번에 강의를 하는 동안 불편한 점은 없었는지, 다음 학기에는 강의를 몇 곳이나 맡을 예정인지, 그의 아내와 아이는 잘 지내고 있는지 물었다. 영목 입장에서는 모두 답변을 하기가 어려운 질문들이었다. 무엇보다 아이의 이름을 들었을 때는 목덜미가 싸늘해지면서 옆구리에서 극통이 느껴졌다. 눈을 감고, 입도 다물고, 미간을 좁히고 싶었으나 입술에서 웃음이 나왔다.

영목은 기린에게 모든 일들이 잘되어 가고 있다는 식으로 대답했다. 자기 보호적인, 자기 위안적인, 자기기만적인 웃음을 보이면서.

기린은 영목보다 앞서서 식당에서 나갔다. 커피 양은
여전히 그대로였고 병뚜껑에서 담배 연기가 피어올랐다.
영목은 담배와 뚜껑을 버리고 병만 움켜쥔 채 식당에서
나왔다. 출입문 옆 유리벽에는 식당 내 금연을 알리는 표
지판이 붙어 있었다.

도서관 건물은 공사 중이었다. 위층부터 아래층까지
철골들이 이어져 있었고 건물 둘레는 펜스가 둘러져 있
어서 금속적인 인상이었다.

열람실은 사 층이었다. 사서는 전날처럼 보이지 않았
고 먼지내 나는 책장들이 열람실 출입문 맞은편에 세워
져 있었다. 햇빛이 유리 천장으로 투과되어서 니스를 칠
한 책상을 비추었다. 난방 가동이 원활하지 않은 실내에
서 빛과 온기가 머무는 자리였다. 영목은 빈자리에 앉아
서 햇볕에 손을 내밀었다. 흰빛이 손과 팔에 입혀지면서
기운이 났고 코끝이 찡해졌다. 아침에 병원에서 나와서
처음으로 안온감을 느끼는 순간이었다. 그는 노트북을
꺼내서 전원 스위치를 눌렀다. 기계는 소음을 내면서 켜
졌고 아침에 충전을 했음에도 배터리 눈금은 하나만 남

아 있어서 서둘러 플러그를 코드에 연결했다.

트르르르르륵, 인부들이 드릴로 외벽을 뚫는 소리가 들려왔다. 영목은 메일함을 열었다가 동료의 부고 소식을 발견했다. 고인은 올해 마흔네 살이었고, 혈색이 나쁘고 눈그늘이 짙으며 강마른 몸이었지만 특별한 질병을 앓지는 않았다. 어디까지나 그가 아는 한에서는. 그는 병원 위치가 그려진 약도를 확인하다가 눈을 찡긋했고 한참이 지나서 지갑을 꺼냈다. 아내가 일주일 전에 주었던 용돈은 얼마 남아 있지 않았다. 그는 동료와 평소에 얼마나 가까운 사이였는지 생각했다. 그들은 학술적인 대화를 나눈 적은 있어도 각자의 일상이나 고충에 대해서 말했던 적은 없었다. 그와의 사이는 멀다고 하기는 어려웠으나 가깝지도 않았다. 그 애매함이 온기가 스몄던 그의 몸속에 냉기를 불어넣고 있었다.

트르르르르륵, 드릴 소리가 심해졌고 벽창이 떨렸다. 영목은 스크롤바를 내리다가 학생이 보낸 메일을 발견했다. 이틀 동안 세 시간 간격으로 메일을 보내는 사람이었다. 이번에도 메일에는 노골적인 반말과 모욕적인 멸칭, 외설적인 욕이 있었다. 처음에 보냈던 메일은 성적 이의를 제기하는 글이었으나 시간이 흐르면서 영목의 인격을 짓밟는 문장들이 눈에 뜨였다. 그는 메일을 읽으면서 검은색 옷을 입은 시위대를 생각했다. 그들은 복면을 쓴 채 몰려와서 영목의 머리에 고깔을 씌우고, 목에는 줄이 달린 피켓을 걸었다. 그는 무릎을 꿇고서 그동안 지었던 죄를 말하라는 명령을 들었다. 그는 할 말이 없었으나 그들은 말이 나오기를 기다렸고, 뉘우침을 담은 고백이 나온다고 하더라도 또 다른 고백을 받아내려고 위협할 기세였다. 바람의 냉기와 고깔의 무게와 무릎에 닿는 무쇠 바닥의 감촉이 그에게 통증을 불러일으키고 있었다.

트르르르르륵, 벽 뚫는 소리가 절정에 달하고 있었다. 영목은 볼펜 뚜껑을 깨문 채 학생을 떠올렸다. 학생은 얼굴에 화상 흉터가 있었고 한 학기 동안 군청색 점퍼와 허벅지 부분이 찢어진 청바지만 입고 다녔다. 그는 세 차례 결석했고 한 번의 발표와 두 번의 시험으로 확인된 학업 성취도는 영목이 정한 고득점 기준에 미달했다. 그리고 학생이 학기말에 제출한 답안지에는 집안 형편이 어려워서 평일과 주말에 막일을 한다는 내용이 장문으로 쓰여 있었다. 그것은 영목이 원하는 답이 아니었다.

트르르르르륵, 벽 뚫는 소리가 잦아들고 있었다. 영목은 벽창 너머로 비계를 밟고 지나가는 안전모를 쓴 남자를 보았다. 그는 지친 기색이었고 허공과 두 발과의 사이는 가까웠다. 영목은 두 발과 허공과의 거리가 가까운, 학생의 흉터 있는 얼굴을 떠올렸으나 자신의 결정을 바꾸지 않았다.

트르르르르륵, 햇빛이 구름에 가려져서 책상에 내리던 빛이 약해졌다. 영목은 자리에서 일어나서 화장실로 갔다. 며칠 전부터 온몸이 무거웠고 대소변에서 피가 묻어날 때도 있었다. 그는 용변을 보고 소변기 바닥을 확인했다. 하늘색 그물을 씌운 나프탈렌 주위에 거품이 녹아들고 있을 뿐 피는 보이지 않았다. 그는 수도를 틀어서 손바닥을 적셨다. 방학 중이어서 온수가 나오지 않았기에 마찰이 나도록 두 손을 비볐다.

트르르르르륵, 소음이 화장실 안까지 밀려왔다. 영목은 건조기에 손을 말리다가 동료를 마지막으로 보았던 때를 생각했다. 늦은 밤이었고 장소는 오래된 술집이었다. 그는 고개를 수그린 채 거듭해서 방귀를 뀌었고 물 담긴 종이컵 안에는 담뱃재와 꽁초, 피 섞인 가래가 있었다. 술자리가 끝난 시각은 새벽 한 시였고 그는 누군가의 부축을 받아서 택시에 올라탔다.

그날 영목은 동료의 피 묻은 팔소매를 보지 않으려고

했다.

소음은 네 시간 동안 들려왔다.

원고에 있다는 논리적 비약과 부적절한 예시는 글 속 어딘가에 그대로 남아 있었다. 그러한 부분들을 찾지 못했고 찾았다고 해도 이명이 심해서 손질할 기운을 내기가 힘들었다. 귓가에 날벌레들이 앵앵거리는 듯한 소리가 끊이지 않았다.

영목은 짐을 정리해서 도서관에서 나왔다. 날이 저물고 있었으나 벽을 부수는 소리가 계속해서 울렸다. 공사는 방학이 끝나도 몇 달간 더 이어질 예정이었다. 그는 기린이 남겼던 커피를 마시면서 걷다가 펜스에 부착되어 있는 조감도를 보았다. 올해 오월에 완공될 예정인 건물은 위쪽은 뾰족하고 밑면이 넓은 피라미드 형태였다. 그는 숫자가 적혀 있는 부분을 주시하다가 기침을 터뜨렸다.

십일 층 높이로 지어질 건물의 연면적은 육천칠백구십이 제곱미터였고 총 투자 비용은 팔십구억 원이었다.

영목은 버스를 한 번 갈아타고 역 앞에서 내렸다. 역사 왼쪽에는 아들이 입원 중이고, 동료의 빈소가 차려진 병원이 있었다.

병실에는 영목의 아들만 자리를 지키고 있었다. 아들은 병실 안에서 떠도는 냄새에 넌더리를 냈다. 그곳에는 소독약 냄새와 지린내, 노인 환자들 몸에서 나오는 가령취(加齡臭)가 있었다. 노인 환자들은 보이지 않았으나 그들의 몸내는 아들의 콧속에 남아 있었고 지워지지 않았다.

영목은 아들의 푸념을 듣다가 가방을 바닥에 내려놓고 간이침대에 누웠다. 버스에서 앉지 못하고 서 있기만 해서 다리가 파근했고 졸음이 밀려들었다. 얕은 잠에 빠지던 중에 머리맡에서 인기척이 느껴졌다. 눈을 뜨자 아내의 뒷머리와 어깨로 불빛이 비쳐서 광배(光背)처럼 보였다. 아내는 기름내가 실내에 퍼지지 않도록 침대 둘레에 커튼을 두르고 물티슈로 아들의 손을 닦았다. 아들은 봉지에 들어 있던 통닭을 꺼내서 다리와 몸통이 이어진 부분을 손으로 뜯었다. 그녀는 닭 날개를 집으려다가 누군가로부터 전화를 받더니 보험 가입에 대한 얘기를 꺼냈다.

가입자가 사망할 경우 고액의 보험금을 준다는 생명보험이었다.

전화는 십여 분 동안 이어졌다. 아내는 미소 띤 표정으로 전화를 끊더니 전처럼 무표정으로 돌아와서 간이 침대에 앉았다. 영목의 머리와 가까운 자리였다. 그녀의 몸에서 나는 레몬 향수 냄새가 코끝을 스쳤다. 시디신 냄새가 다가들자 몸이 웅크려지면서 기침을 하고 싶어졌다.

영목은 일어나서 병원 지하에 동료의 빈소가 있다고 말했다. 아내는 고개를 젖히고 눈꺼풀을 수차례 깜박거렸다. 긍정이나 이해보다는 의심과 오해를 했을 때 내보이는 표정이었다. 그는 동료의 인간성과 성실성과 학술적인 열정, 자신과 맺은 친분을 설명했다. 관계의 애매함은 우정의 두터움으로 바뀌었고 기침을 하고픈 욕구도 잊었다. 두 사람은 적은 급여를 받으면서 학문에 대한 열의를 잊지 않고 앞으로 나아가는 동반자 관계가 되었다. 아내는 고개를 주억이고 지갑을 열어서 지폐 열 장을 꺼냈다.

아내는 닭 날개를 집었다. 아들은 닭 다리를 두 개째 뜯고 있었는데 입안에 연골이 들어가면 뱉어내지 않고 어금니로 씹어서 삼키려고 했다. 나이는 열두 살이었으나 식습관은 때때로 성인 남자처럼 보였다.

지하 이 층에는 국화 향과 육개장 냄새가 감돌았다.

복도 왼쪽에는 위패와 영정이 놓인 빈소들과 불 꺼진 부속실이 있었고 오른쪽에는 반투명 비닐을 씌운 탁자들이 있었다. 사람들은 목제 격벽으로 구획을 나눈 자리에서 밥을 먹었다.

동료의 빈소는 복도 한중간에 있었다. 승려가 목탁을 두드렸고 고령의 여자와 중년 여자가 불경을 읽었다. 광대뼈가 도드라지고 한쪽 눈만 쌍꺼풀이 진 남자가 접수처에 앉아 있었는데 얼굴 인상으로 미루어 동료의 동생처럼 보였다.

영목은 접수처에 있는 봉투를 집고 부속실 앞으로 걸어갔다. 거기에는 봉투에 이름을 적고 돈을 넣으려는 조문객이 몇 명 있었다. 그는 아내에게 받았던 열 장의 지폐를 지갑에서 꺼내려다가 멈칫했다. 그것은 그에게 큰돈이었고 중간에서 일부를 가로채더라도 아내는 알아채지 못할 것이었다. 그럼에도 양심에 찔려서 열 장의 지폐를 봉투에 넣었다가, 머리를 저으며 다섯 장을 꺼냈고, 입을 다시며 다섯 장을 집어넣는 행위가 이어졌다. 병실에서 열정적으로 말했던 우정의 두터움은 관계의 애매함으로 되돌아가고 있었다. 결국 봉투에는 다섯 장의 지폐만 넣어졌다.

영목은 조의금을 내고 빈소에 들어왔다. 초등학생으로 보이는 소년이 벽에 기대어서 졸았고 유아복을 입은 아기가 두 주먹을 쥔 채 바닥에 누워서 바동바동했다. 두 사람 외모는 동료와 빼닮아 있었다. 그는 향을 사르고 절을 올렸다. 영정 속 동료 얼굴은 생전보다 밝았고 광대도 보이지 않았으며 핏자국도 없었다.

영목은 여자들과 무릎을 맞대고 앉았고 할 말을 간추리려고 했으나 말문이 열리지 않았다. 술집에서 보았던 동료의 모습 말고는 좀처럼 기억나는 장면이 없었다. 그래서 어디에서나 들을 법한 숙어들이 나왔다. 온화했던 분, 순수했던 분, 진지했던 분, 의욕적이었던 분, 존경스러웠던 분. 고인을 기리고 수식하는 말에는 친밀감이 배어 있지는 않았다.

아기가 중년 여자의 품으로 다가와서 손으로 옷고름을 만지작거렸다. 매듭이 느슨했던 탓에 고름이 풀렸고 그녀는 갑자기 울음을 터트렸다. 그녀가 울자 아이도 울어대기 시작했고 영목은 시선을 다른 데로 돌리려다가 눈을 감았다. 고깔을 쓴 채 무릎을 꿇고 있는 남자가 눈꺼풀 안쪽에서 되살아났다.

그의 얼굴 같기도 했고, 다른 사람의 얼굴로 보이기도

했다.

　식당에서는 노름판이 벌어지고 있었다. 영목은 후미
진 자리를 찾아서 식사가 차려지기 전에 담배를 피웠다.
두 개의 격벽에는 금연 포스터가 붙어 있었다. 그는 상 위
에 음식이 올라온 뒤에야 담뱃불을 끄고 상차림을 보았
다. 육개장, 쌀밥, 홍어무침, 육포, 모듬전, 배추김치…… 학
교에서 먹는 음식들과 종류는 다르나 그가 나날이 먹는
음식들과 그 성격이 아주 다르지는 않았다.

　영목은 음식을 반 이상 남기고 담배를 피웠다. 이번에
는 아주머니들이 음식을 나르던 중에 몇 번 주의를 주었
지만 소용은 없었다. 한 사람이 담배를 피우자 포커를 치
거나 술을 마시던 사람들도 서로 눈치를 보다가 담배를
피우기 시작했다. 식당 안은 연기로 자옥해졌고 아주머
니들 얼굴에 불만이 어렸다. 그는 붉은색 손가락과 갈맷
빛 잡초가 그려진 병을 생각했다. 독성이 강한 제초제로
사람이 먹으면 수 시간 내에, 길어도 이삼일 내에는 사망
했다. 그가 소년기에 보았던 동네 어른들과 허리 굽은 아
버지, 평생을 일해도 빚과 걱정과 한숨과 눈물만 늘어나
던 사람들이 어느 날이면 그것을 마시고 병원에 실려 가

서 다시는 돌아오지 못했다.

영목은 메일 끝부분에 있던 내용을 생각했고, 담뱃불을 껐다.

손님들이 동료의 빈소에 몰려들었다. 모두 열 명이었고 영목이 아는 사람도 있었다. 기린은 진회색 폴로 코트를 입은 차림이었고 목에는 머플러를 두르고 있었다. 기린과 다른 사람들은 조의금을 내고 빈소에 들어와서 절을 올렸다. 빈소에는 육개장 냄새와 국화 향에 더해서 식당에서 흘러온 담배 냄새가 뒤섞이고 있었다. 아기가 중년 여자 품에서 기침을 하면서 울었다.

기린은 손부채를 하면서 공기가 혼탁하다고 말했다.

영목은 배를 채우지 못하고 병실에 돌아왔다. 아내는 희색을 보이며 뺑소니 범인이 조만간 잡힐 것이라고 확신했다. 경찰들이 아파트 단지에 설치되어 있는 감시카메라를 입수해서 범인이 나온 부분을 찾았다고 했다.

전날 초저녁이었다. 오토바이가 친구 집에서 놀다가 귀가하는 영목의 아들을 옆면에서 들이받았다. 아이는 크게 다치지 않았지만 정신적인 충격을 받아서 움직이지 못하고 울기만 했다. 사고 현장에는 잔설을 치우던 일

흔두 살의 경비원만 있었다. 가로등 하나가 켜져 있었으나 그의 밤눈은 어두운 편이어서 오토바이가 빠져나가는 것을 보지 못했고 아이가 우는 것도 소리를 통해서 알아차렸다. 그는 아이를 업으려고 했지만 근력이 좋은 사람이 아니었고 결국 인터폰으로 아파트 주민에게 도움을 요청했다. 그 당시 영목은 도서관에서 원고를 붙들고 있었고 아내는 고객과 만나는 중이었다.

지금 생각해 보니까…… 얼굴에 화상 자국이 있었던 것 같은데.

아들은 초코맛 아이스크림을 스푼으로 뜨고 오만상을 쓰며 말했다. 영목은 노트북을 꺼내려다가 온몸에 소름이 돋는 것을 느꼈다. 그의 손에 있던 노트북이 간이침대로 떨어졌다.

영목은 아들의 어깨를 잡고 자세히 말하라며 재촉했다. 아들은 충격을 받은 상태에서 얼굴을 본 것이어서 기억이 정확하지 않았다. 한참을 망설거리다가 그의 얼굴에 어두운 색채가 드리웠던 것은 얼마만큼 맞다며 모깃소리로 말했다. 그것은 초저녁 무렵의 어스름일 수도 있었고 일부러 얼굴에 묻힌 검댕일 가능성도 없지는 않았다. 정말로 화상 자국일 수도 있었고, 착시일 가능성도 완전히 배제할 수는 없었다. 아들은 얼마 전부터 시력이 나빠져서 조만간 안과에서 안경을 맞출 예정이기도 했다.

아들은 영목이 바라는 대답을 하지 못했다. 영목은 답답한 데다가 화까지 치밀어서 아이스크림 통을 빼앗았다. 통 안에 얼음 조각들이 많아서 손이 얼얼했고 시럽의 냄새가 코끝에 닿자 구토감이 생겼다. 아들은 붕대로 싸매지 않은 왼쪽 다리를 몇 번 올리면서 소리를 질렀다. 금속음을 방불케 하는 소리였다. 아내는 영목의 손에 있던 아이스크림 통을 빼앗고 힐난조로 다그쳤다. 영목은 할 말이 없지는 않았으나 아무 말도 하지 못했다. 간호사가 병실에 뛰어 들어와서 소리를 지르고 있는 아이의 상태를 점검했다.

영목은 발치에 있던 휴지통을 걷어찼다. 휴지통 안에 있던 휴지와 닭 뼈들이 바닥에 흩뿌려졌다.

아이의 울음은 아내가 한참을 어르고 난 뒤에야 그쳤다. 그녀는 아이 기분을 달래려고 티브이를 켜서 예능 프로그램을 튼 뒤 손목에 향수를 뿌렸다. 레몬 냄새가 퍼지면서 영목은 기침을 하고 싶어졌다. 그녀는 병원 인근에 있는 카페에서 고객을 만날 예정이었다. 삼십 대 후반의 회사원인 남자로 네 개의 보험에 가입하려는 의향을 보인다고 했다. 그는 미열이 올라오는 이마를 창문에 붙였다. 수십여 개의 간판에서 흘러나오는 주홍색 분홍색 자홍색 진홍색 불빛이 눈앞에서 너울거리고 있었다. 그는 어젯밤 이곳에 왔을 때는 건물의 숫자가 많지는 않다고 여겼는데 이제는 빌딩숲으로 보였다.

아내는 열 시까지 반드시 병실로 돌아오겠다고 말을 남겼다.

티브이에서는 중년 남배우가 두 딸과 함께 야외에서 점심 식사를 기다리고 있었다. 그의 딸들은 중학생이었는데 장신에 근육질인 배우의 골격을 닮아서 체형이 컸고 식욕도 왕성했다. 위생모를 쓴 요리사가 식탁에 바닷가재와 스테이크, 그라탱과 양배추샐러드와 같은 음식을 차례로 놓았다. 남배우와 딸들은 식사를 했고 가끔은 입가에 기름과 소스를 묻힌 채 웃으면서 서로를 보았다. 그들 주위에는 바닷빛 지붕을 얹은 가옥들과 선녹색 잔디가 자라는 정원, 생김새가 흡사한 두 마리의 달마시안이 있었다.

아들은 부러움 어린 시선으로 식사 장면을 보았다. 아이의 인중과 입술은 혀로 핥아서 축축했다. 영목은 아들의 입가에 묻어 있는 물기가 자신의 몸에도 닿는 듯했고, 티브이를 끄고 싶었다.

아홉 시 십오 분이었고 아들은 이불을 머리까지 덮은 채 잠들어 있었다. 잠귀가 어두워서 한번 잠들면 주변에서 소리가 들려도 웬만해서는 깨지 않았다. 다른 침대에 누워 있는 노인 넷과 고등학생 하나가 아무런 말없이 저녁 뉴스를 감상했다.

영목은 간이침대에 모로 누워 있다가 일어나서 가방을 챙겼다. 아들을 돌보는 것이 무엇보다 중요했지만 마감이 임박한 원고를 손보아야 했기에 병실에서 있을 수만은 없었다. 집으로 가는 버스의 막차 시간은 아홉 시 반이었고 그때가 지나면 택시를 타야 했다. 택시비는 비쌌고, 병실에서는 도저히 원고에 집중할 수 없었다. 앞으로 사십오 분이 지나면 아내는 여기로 돌아올 것이었다. 어제는 부부가 이곳에서 밤을 새웠지만 오늘만은 그녀가 아이를 보살피기를 바랐다.

영목은 아내에게 문자를 보내고 고등학생에게 잠시 간 아들을 돌보아 달라고 부탁했다. 고등학생은 알았다고 말했으나 표정은 시큰둥했다.

버스를 타고 아파트 단지에서 내리자 가로등 불빛이 유난히 환했다. 영목은 택배가 왔는지 확인하려고 경비실로 걷다가 낯선 남자가 의자에 앉아 있는 모습을 보았다. 나이는 오십 대 후반으로 보였고 어깨가 바라졌으며 외국인은 아닌데 살빛이 검었다. 칠십 대 경비보다 체력과 밤눈은 좋을 것이라는 느낌이 들다가도 그이가 지금은 어디에 있는지 궁금해졌다.

집 안은 썰렁했다. 영목은 물 담긴 냄비를 가스레인지에 올리고 노트북을 놓을 자리를 마련하고자 식탁 가장자리를 치웠다. 세 사람이 사용하기에는, 방이 하나뿐인 아파트에 들이기에는 넓은 '삐걱이'였다.

식탁은 영목의 어머니가 보내온 것이었는데 직업정신이 투철한 어느 장인이 만든 작품이라고 했다. 그 말은 거짓말 같았으나 당신의 마음에 상처를 주고 싶지 않아서 토를 달지는 않았다. 그의 예상대로, 식탁은 사용한 지 일년도 되지 않아서 코팅이 벗겨졌고 곳곳에 흠이 갔으며 국물과 양념이 묻으면 행주로 문질러도 깨끗해지지 않았다. 가족들 중에서 누군가가 식사를 하거나, 화장을 하거나, 작업을 하려고 습관적으로 팔꿈치를 식탁에 올려놓으면 다리가 조금은 기울면서 삐걱삐걱하는 소리가 들렸다. 아들은 그 소리를 겁내면서도 약간의 흥미도 느껴서 다리가 기울 때면 '삐걱이'라고 불렀다.

식탁의 삐걱거림은 갈수록 심해졌고 거기에 놓이는 물건들은 하루가 다르게 늘었다. 커피포트, 참기름병, 묵주, 향수, 인형, 로봇, 소화제, 보디로션, 배달 음식 전단지, 가제본, 논문집, 종이 뭉치, 머리핀 등등.

부부는 식탁 상태가 나쁘다는 것을 알았지만 마땅한 대용품이 없었고 여윳돈도 부족했기에 저대로 내버려 두었다. 소리가 거슬리고 평형도 맞지 않았으나 적어도 무너지지는 않을 것이라는 생각을 하면서. 게다가 영목은 책상이 없었고 아내는 화장대가 없었으며 아들은 놀이 공간이 없었다.

냄비 물이 끓어오르고 있었다. 영목은 답장을 받지 못해서 아내에게 전화했으나 지금은 다급한 용무가 있으므로 나중에 연락을 하라는 자동 메시지가 돌아왔다. 시간은 열 시 반이었다. 그는 전에도 여러 개의 보험에 가입하려는 고객이 있었는지, 한밤에 가입 의향을 밝히는 고객이 있었는지, 생명 보험에 관심을 보이는 삼십 대 고객이 있었는지 기억을 살폈으나 생각이 잘 나지 않았다. 다시금 통화를 시도하려다가 모니터 화면에 떠오른 학생이 보낸 메일을 발견했다. 내용은 예전과 거의 다르지 않았고 이번에는 영목을 죽이고 싶다는 살의까지 배어 있었다.

부엌의 형광등 빛이 엷어졌다. 두 개의 형광등 중에서 하나만 빛을 내고 있었고 다른 하나는 어두웠다. 눈앞에 내리던 빛이 약해지자 몸에서 한기가 느껴졌다. 영목은 온종일 입었던 파카를 걸치고 개수통에 있던 과도를 들었다. 오랫동안 갈지 않아서 끝이 무뎌지고 날에는 이가 빠진 칼이었다.

베란다 이중창에 드리운 커튼 뒤로 검은색 물체가 지나간 듯했다. 그의 집은 일 층이었고 외부인들이 정면에 가까운 각도에서 안을 보기가 어렵지 않았다. 그는 커튼을 칼끝으로 들추었으나 단열 시트지를 붙인 이중창과 주차장 풍경만 눈에 들어왔다. 방과 화장실, 베란다까지 불을 켜고 침입자가 있는지 찾아보았으나 사람의 기척은 없었다. 아들의 말소리가 몇 배로 증폭되어서 귓가에 들렸다.

얼굴에 화상 자국이 있었던 것 같던데, 얼굴에 화상 자국이 있었던 것 같던데, 얼굴에 화상 자국이 있었던 것 같던데……

어느 순간부터 문장도 사라지면서 두 음절만 반복적으로 울렸다.

화상, 화상, 화상, 화상, 화상······.

영목은 과도를 개수통에 넣으려다가 휘파람 부는 듯한 소리를 들었다. 바람이 불어서 베란다 창문에 부딪는 소리였다. 그는 놀라서 과도를 움켜쥐고 앞으로 내질렀으나 칼끝에 닿는 것은 아무것도 없었다.

과도가 바닥에 떨어졌고, 손발이 떨리고 있었다.

성적을 정정하는 기간은 금일 자정까지였다. 영목은 학교 홈페이지에 접속해서 학생의 성적을 최고점으로 바꾸었다.

라면 면발은 불었고 물이 졸아서 국물 색이 짙었다. 그는 먹지 않으려다가 극도의 허기를 느꼈고 무엇이라도 먹어야 두려움을 떨칠 수 있을 것 같아서 의자에 앉았다. 화장실과 거실과 방은 무척이나 환했고 바람이 창문에 부딪는 소리가 연속적으로 들려왔다. 매운맛과 짠맛은 강했고 위장이 고통을 호소하고 있었다. 그는 맛과 통증에 아랑곳없이 라면을 먹다가 사레가 들렸고 콧구멍과 입에서 국물이 튀어나왔다. 입안과 콧속이 매워진 뒤에야 봉투에 넣지 않았던 지폐들이 기억났고 심야 배달도 하는 죽집 전화번호도 생각났다. 그는 주머니를 뒤적거리다가 아랫배와 항문에 아픔을 느끼며 방귀를 뀌었고, 어깨와 고개가 떨릴 정도로 수치감에 잠겼다.

혈변이 속옷과 살에 묻어 있었다.

화장실 대야에 쌓여 있는 빨랫감에서 냄새가 풍겼다. 영목은 바지와 속옷을 벗어서 빨랫감 위에 놓고 바닥에 쪼그리고 앉았다. 보일러를 틀어서 수온이 높아야 했으나 샤워기에서 나오는 물은 밍근했다. 머리를 가로저으면서 뒷물을 하다가 방금 벗었던 속옷을 끄집었다. 속옷은 핏빛으로 얼룩져 있었다. 그는 성인이 된 뒤로는 대변을 속옷에 묻힌 적이 없었고 며칠 전에는 아들이 이불에 지도를 그려서 놀리기도 했다. 그렇게 장난조로 말을 하다가 의도치 않게 방귀가 나왔고 이번에는 그가 아들의 놀림감이 되었다.

영목은 웃으면서 집에서는 상관없으나 공공장소에서 방귀를 뀌면 남들에게 눈총을 살 수도 있다는 것을 아들에게 가르쳐 주었다. 남에게 무례하거나 매너 없는 행위를 해서는 절대로 안 된다고, 만약에 남이 너에게 그와 같이 군다면 함부로 싸우지는 말고 자리를 뜨거나 시선을 피하면서 무시하라고.

샤워기에서 나오던 물줄기가 가늘어지면서, 공공장소에서 매너 없는 행위를 하던 사람이 기억났다.

오래된 술집이었다. 동료는 잡담과 험담이 오가는 중에도 가급적 말을 아끼려고 했으며 주량이 초과하기 전까지 얼굴에 감정을 보이지 않았다. 그리고 취기가 오르자 그는 흡연을 하면서 종이컵에 가래를 뱉다가 불현듯 방귀를 뀌었다. 소리가 컸기에 다수의 눈길이 입을 열지 않았던 이에게 집중되었다. 그는 부끄러워하면서 스트레스를 받으면 공기를 과도하게 마시는 습관이 있기에 수시로 복부에 팽만감을 느낀다고 말했다. 체내에 들어가는 공기 양이 많아졌는지 방귀는 계속해서 나왔고 곳곳에서 나직한 웃음소리가 들렸다. 그는 미간을 찡그린 채 얼굴을 수그리고 있었고 어떤 남자가 '비정상'이라는 말을 꺼냈다. 얼마 전 국립대학의 교수직에 임용된 삼십 대 후반의 체구 건장한 남자였다. 별다른 악의는 없는 말이어서 다른 사람들은 그 말에 관심을 보이지 않았다.

동료는 팔을 걷고 식탁에 있던 포크를 잡아서 손목을 그었다. 포크 끝은 무디었으나 반복해서 긁어내리자 살이 찢어지면서 피가 흘렀다. 사람들은 놀라서 그를 말리려고 했고 비정상이라는 말을 꺼냈던 사람은 자리를 벗어났다. 그는 자기 곁으로 다가오는 사람들에게 으르렁 거렸고 한참이 지나서야 포크를 바닥에 내팽개쳤다. 그의 얼굴은 뻘갰고 목소리는 울분에 차 있었다.

영목은 소란이 일어나는 중에도 의자에 기대어서 조는 척했다. 시간이 가기를, 흥분이 잦아들기를, 소리가 작아지기를, 동료가 나가기를, 모두가 사라지기를 기다리면서.

그는 혼란 속에서 무관심이라는 이름의 늪으로 빠지려고 했고 여러 소리들이 귓전을 때리기 시작했다. 셔츠 단추가 뜯어지는 소리, 가슴을 두들기는 소리, 손톱으로 상처를 긁는 소리, 비정상이 아니라고 외치는 소리, 다시는 자신을 무시하지 말라는 소리, 그러한 소리들에 섞이는 방귀 소리…….

샤워기에서 나오던 물줄기가 그쳤다.

영목은 피 묻은 손으로 심장 박동이 거세지고 있는 가슴을 짚었다. 허리 굽은 아버지와 팔소매에 피 묻은 동료의 모습이 겹쳐지면서, 그 자신이 추하고 못나고 조그맣고 유해하고 혐오스럽게 느껴졌다. 위협받고, 소외당하

고, 해를 입고, 피를 흘려도 마땅한 인간이라는 생각마저
들었다. 아래에 아무것도 걸치지 않은 사람이 눈에서 눈
물이 나올 때까지 쉼 없이 기침했다. 그가 눈물과 기침을
터트리는 사이 부엌에 있는 삐걱이가 뒤틀리고, 한 개의
다리가 상판에 놓여 있는 물상들의 무게를 더는 견디지
못해서, 여느 때보다 큰 소리가 나면서, 평형이 무너지고
있었다.

　　노트북과 향수와 인형과 라면 냄비 떨어지는 소리가
울려 퍼졌다.

S대

그것은 사람이 내는 소리가 아니라 짐승이나 괴생물체가 지르는 외침처럼 들렸다. 대부분 소리를 듣는 것이 무섭고도 불편했기에 시선을 거두었고, 다시금 먹고 마시는 행위가 이어졌다.

석조 건물 앞에는 천막이 있었다. 새벽에 바람이 불고 얼음비가 내려서 천막은 얼어붙은 모습이었다.

천막 겉면에 부착되어 있는 종이들은 비닐로 코팅한 것이어서 안까지 젖지는 않았다. **통폐합, 구조조정, 반대, 결사, 소통, 대화**와 같은 글자들 위에는 물방울과 얼음이 얹혀 있어서 크기가 도드라지거나 모양이 뒤틀려 있었다.

천막 안 공기는 탁했고 코 고는 소리와 입김 뿜는 소리가 들렸다. 추위와 피곤에 시달리면서 허기와 갈증을 느끼는 사람들이 내는 소리였다.

조교는 천막에 들어왔다가 바깥과는 다른 소리와 공기를 접하며 공사장 안에 있던 컨테이너를 떠올렸다. 내벽에 걸려 있는 몇 벌의 작업복, 여자의 가슴이 그려진 걸그림, 월간 계획과 주간 계획이 적혀 있는 화이트보드, 흙내와 땀내가 스며든 하얀색 작업모, 담뱃진 우러난 소파에 앉아서 담뱃불을 붙이는 남자들, 홍분도 웃음기도 없는 얼굴들 입에서 나오는 염세적이며 자조적인 얘기들.

조교는 노동의 시간을 기억하며 입구 옆에 쓰러져 있는 쓰레기봉투를 세웠다. 안에는 얼룩이 번진 휴지와 음식물 묻은 스티로폼 용기, 재활용 가능한 플라스틱 병이 가득했다. 그는 봉투 속 내용물을 손으로 눌러서 약간의 여유 공간을 만들고 윗부분을 묶었다. 침낭 안에서 잠자던 남자들은 봉투 뒤척이는 소리를 듣고 눈꺼풀을 올렸다. 모두 다섯 사람이었고 숙취로 인한 두통에 시달리고 있었다.

　　조교는 천막 한가운데 있는 난로에 양손을 올렸다. 온도를 최고점에 맞추었으나 천막으로 흘러드는 습기와 한기가 많아서 열력은 높지 않았다. 그는 위를 올려보았다. 스틸 살대들과 노란색 줄이 교차되어 있었고 필라멘트 굵기가 가늘어진 알전구들이 줄에 매달려서 빛을 흘렸다. 천막 윗면은 빗물이 고여서 내려앉아 있었고 천장을 받치고 있는 금속 골조는 바람과 물의 압력으로 휘어진 모습이었다.

　　민머리는 침낭 지퍼를 내려서 오른쪽 가슴에 붙였던 핫 팩을 떼었다. 다른 사람들도 침낭에 넣었던 핫 팩을 꺼내서 열이 나도록 손으로 흔들었다. 난로 둘레에는 과자 봉지와 술병이 나뒹굴었고 열기가 옅어져서 굳어진 핫 팩도 있었다. 그들 중에서 막내인 더벅머리가 쓰레기를 치우려다가 고개를 숙이고 바닥에 음식물을 토해냈다.

양은 많지만 건더기는 드물고 위액이 섞여 있는 토물이었다.

조교는 어깨에 메었던 륙색을 뒤져서 물티슈를 꺼냈다. 그는 팔을 걷어붙이고 티슈로 바닥을 닦았다. 그의 손길은 무심했고 그를 바라보는 시선들도 무심했다.

민머리와 조교는 석조 건물 뒤편에 있는 숲길을 걸었다. 길은 경사가 완만했고 명아주가 여기저기에서 자라고 있었으며 타원형 널돌이 깔린 자리에는 빗물이 얼어서 생긴 살얼음이 있었다.

조교는 걸음을 디딜수록 숨이 가빠졌고 두통을 느꼈다. 두 달 전부터 불면증이 생겨서 밤마다 수면 유도제를 먹었고 요사이 양까지 늘어나면서 부작용이 심해지고 있었다. 민머리는 골초에 과체중인 탓에 걸음걸이가 둔탁했다. 금연과 감량이 필요했지만 처음에는 시간이 없다고 변명했고 나중에 시간이 많아진 뒤에도 흡연량과 식사량은 줄지 않았다.

민머리는 이마에 고이는 진땀을 닦으며 걷다가 얼음을 밟고 옆으로 넘어졌다. 두 사람 귓가에 무게가 나가는 살덩이를 도마에 메치는 듯한 소리가 들렸다. 조교는 민머리 손을 붙잡아서 일으키고 숲길 아래를 내려다보았다. 석조 건물에 붙어 있는 은회색 타일은 빗물에 젖어서 차가운 빛을 반사하고 있었다. 두 사람은 석조 건물에 있는 사람들과 여러 차례 대화를 시도했으나 그들의 얼굴은 보기가 어려웠다.

둘은 공원에 도착했다. 숲길 양쪽에는 가지에 얼음꽃이 핀 소나무와 삼나무가 심어져 있었다. 둘은 벤치에 내려앉은 빗물을 손수건으로 훔닦고 자리에 앉았다. 조교는 륙색을 뒤져서 캔 커피 두 개를 꺼냈다. 마시면 입속에 커피 향보다 고무 냄새가 남는 싸구려 음료였다. 민머리는 미간을 찌푸렸지만 갈증에 시달리고 있어서 커피를 단번에 비우고 알루미늄 캔을 우그러뜨렸다.

둘은 공원에 올라오면 대화를 나누었다.

여자 얘기, 돈 얘기, 핸드폰 얘기, 술 얘기, 게임 얘기, 학교 얘기, 좋은 놈 얘기, 나쁜 놈 얘기.

민머리는 추위가 찾아오기 전에는 말이 많았다. 낮이면 학과 사람들이 석조 건물 앞이나 학교 정문 근처에서 모이던 무렵이었다. 황사가 끼거나 미세먼지가 짙은 날이 많아서 사람들은 입에 마스크를 쓴 채 손에는 책을 쥐고 있었다. 그즈음 수도권에서 유행하고 있다는 비폭력적이고 지적인 시위였다. 모래색이 짙은 하늘에 어둠이 번지면 사람들은 천막으로 들어와서 식사를 마치고 회의를 했다. 몇몇 사람들은 졸음을 느끼면 집으로 들어가지 않고 침낭으로 들어가서 자기도 했다.

계절이 바뀌면서 추위가 찾아들었고 얼음비나 눈이 내리는 날이 잦아졌다. 황사와 미세먼지는 보이지 않았으나 석조 건물 앞이나 정문 근처에서 책 읽는 사람도 보이지 않았다. 하늘빛은 전보다 밝아졌지만 천막과 침낭으로 들어가는 사람은 줄어들었고 민머리는 말문을 좀처럼 열지 않았다.

민머리는 뒤통수를 긁적이다가 손톱이 상처를 스치자 신음을 뱉었다. 일주일 전에 투지와 결의를 다지는 뜻에서 머리를 밀었는데 옆머리와 뒷머리에 상처가 났다. 더벅머리는 수동식 이발기로 민머리의 머리카락을 위에서 아래로 밀었다. 그의 어머니는 미용사였으나 그는 머리카락을 기술적으로 자르는 법을 알지 못했다. 그럼에도 머리카락을 자르려고 나서는 사람이 아무도 없어서 그가 수동식 이발기를 쥐었다. 머리가 길었던 남자는 민머리가 되었고 몸털이 밀려서 속살에 핏방울이 맺힌 양처럼 보였다. 민머리는 그날 저녁에 목욕탕에 들러서 머리를 감다가 도살당하는 양처럼 울었다고 했다. 그러나 사람들은 그가 욕탕에서 낸 소리를 짐작하지 못했다.

조교는 민머리 말에 귀는 기울였으나 사람이 내는 소리를 좋아하지 않았다. 바람이 불어오는 소리, 새가 지저귀는 소리, 비가 내리는 소리, 개 짖는 소리. 이러한 소리들도 좋아하지는 않았으나 사람의 말소리보다는 듣기가 편했다. 거기에는 인간적인 감정이라고 할 만한 것들, 그에게 거리감이나 열등감을 안기는 것들이 없었다. 그는 겉으로만 반응을 하면서 머릿속으로는 새벽 풍경을 떠올렸다. 하늘을 긋고 지나가는 여러 개의 흰 선, 어둠이 사라지고 일 초쯤 밝아졌던 세상, 겨울바람에 쏠려서 사선으로 내리는 얼음비, 그의 집 베란다까지 들이쳐서 가슴과 팔다리를 적시던 빗물.

바람이 불어서 나뭇가지에 달라붙어 있던 것들이 벤치에 떨어졌다. 대부분 얼음이었으나 일부는 물이었다. 둘은 물과 얼음을 뒤집어쓴 채 일어나서 몸을 털었다. 민머리 손톱이 스쳤던 상처에는 물기가 어려 있었다. 그는 열에 받쳐서 비와 추위와 바람을 욕했고, 석조 건물에서 나오지 않는 인간들을 욕했으며, 연구동에 있는 사람들도 욕했다. 조교는 민머리 말을 이해하지 못했다. 그들의 무감각적이고 수동적인 태도를 탓하는 것인지, 아니면 혼자서만 머리칼을 밀어서 생겨난 원망을 다른 이들한테 돌리는 것인지.

조교는 빈 캔을 풀숲에 던졌다. 벤치 왼쪽에는 '삼나무 길'이라고 적힌 화살표 모양의 팻말이 바닥에 꽂혀 있었다. 조교와 민머리는 삼나무 길을 아기 길이라고 불렀고 가끔은 거기에 '죽은'이라는 수식어를 붙였다. 자기만의 방이 없거나, 방이 있어도 긴장감을 즐기는 남자와 그의 요청을 받아들인 여자가 한밤에 이곳으로 올라올 때가 있었다. 그들 중 일부는 숲속에서 잠깐의 시간을 보냈고 운이 나쁘면 아기가 생겼다. 아기들은 시내에 있는 병원에서 태어날 때도 있었으나 그러한 사례는 극소수였고 대부분 달을 채우지 못한 채 사지가 잘려서 세상에 나왔다.

조교는 근무지에 도착했다. 암적색 벽돌로 지은 건물이었고 몇 군데 벽돌 틈새에서 바랭이가 자라고 있었다.

조교는 단말기에 카드를 찍고 안으로 들어왔다. 복도 한가운데에는 위층과 연결된 나선형 계단이 있었고 벽에는 철문들이 이어져 있었는데 대체로 높이가 낮았다. 그는 계단에 올라가기 전에 철문에서 나오는 청소부들을 보았다. 여자들 셋은 체구가 작았지만 철문 높이는 그들의 키보다 낮았기에 몸을 구부리고 통과해야 했다. 그들은 철문을 지나자 허리를 세웠고 벽에 기대었던 대걸레를 챙겨서 각자 목적지로 향했다. 계절은 겨울이었으나 그들이 입은 하늘색 유니폼은 얇았고 소매는 짧아서 팔목이 드러났다.

이 층은 일 층보다 침침했고 벽의 색깔도 칙칙했다. 이가 드물고 잇몸이 망가진 짐승의 입안으로 들어온 느낌이었다. 조교는 방으로 들어가기 전에 몇 주째 철문에 붙어 있는 자보를 훑어보았다. **각 과 조교들 연봉 오 퍼센트 인상, 노동 시간 단축, 주말 근무 폐지, 향후 조교 임용 규정 및 보수 규정 문서화**…… 자보에는 그와 동일한 업무를 수행하는 사람들의 이름이 적혀 있었으나 그의 이름은 없었다.

방에는 레게 머리를 한 여자가 난로 앞에 있었다. 그녀는 한 달이 넘도록 이 방으로 들어온 적이 네댓 번 정도에 그쳤다. 조교는 고갯짓을 하고 륙색에서 캔 커피를 꺼내서 레게에게 주었다. 그녀는 캔을 받았으나 마개만 열고 마시지는 않았다. 정적이 잠시간 흘렀고, 그녀는 더듬거리는 목소리로 오후에 두목이 석조 건물에 들어갈 것이라고 말했다. 두목은 자보의 초안을 쓴 사람이었고 서명한 이들의 권리를 지키고자 열성적으로 일하는 남자였다. 사람들은 한 달 전에는 그의 이름을 불렀으나 파업이 이어지면서 그를 두목이라고 부르기 시작했고 그도 그 호칭을 싫어하지 않았다.

사십 일 전이었다. 두목은 조교에게 서명을 받으려고 이곳으로 찾아온 적이 있었다. 다른 사람들은 서명을 마친 상태였고 그만이 동참 의사를 표명하지 않았던 때였다. 그는 서명서에 이름을 올리지 않았고, 두목의 논리에 반대하지도 않았으며, 학교 측의 입장을 두둔하지도 않았고, 자신의 학과가 처해 있는 상황을 말하지 않았다. 한 사람이 정성을 다해서 설명하는 파업 이유를 듣기만 했을 뿐이었다. 두목은 손을 비비며 애원조로 말했으나 그를 설득하지 못했고 유일한 불참자가 생겼다.

레게는 무릎을 싸고 있던 담요를 걷고 일어났다. 철문이 닫혔고 구두 굽이 바닥에 부딪는 소리가 복도에 울려들었다. 조교는 레게가 다수의 사람들에게 자신의 험담을 했다는 것을 알고 있었다.

이탈자, 배반자, 이기주의자, 무례한 인간, 냉소적인 새끼 같은.

그것은 다른 사람들도 아는 말이었고 그가 듣기에도
틀린 소리는 아니었다.

양복을 입은 남자가 방으로 들어왔다. 일 층에 있는
강사용 휴게실은 보름째 난방이 되지 않았으나 학교에서
고치지 않았다. 조교는 그에게 온기가 남아 있는 커피를
주었다. 사내는 싸구려 음료를 받고 색 바랜 토트백을 탁
자에 놓았다. 탁자 다리는 네 개였는데 하나가 짧아서 한
쪽으로 기울어져 있었다.

양복은 토트백을 열어서 가제본 두 권과 스프링 공책
을 꺼냈다. 상아색 가제본 표지는 깨끗했으나 분홍색 가
제본 표지에는 사람 얼굴이 흑백으로 그려져 있었다. 사
백여 년 전에 죽은 서양인 남자였고 렌즈 세공으로 생계
를 이었다, 고 조교는 양복에게 들었던 적이 있었다. 서양
인 남자는 박학하고 견결한 학자였으나 유리 가루가 몸
속에 쌓이고 쌓여서 사십 대에 폐 질환으로 죽었다. 그가
죽던 시기는 겨울이었고 마지막으로 먹었던 음식은 닭고
기수프였으며 사망 시각은 오후 세 시였다. 조교는 양복
의 설명을 들으면서 고인의 지적 깊이는 알지 못하지만

그러한 류의 삶에 호감이 가지 않는다는 것만은 알 수 있었다.

지난 학기였다. 조교는 금요일 오전이면 양복의 강의에 들어왔고 뒤에 앉아서 졸았다. 양복은 열여섯 번의 강의를 하면서 무채색 계열의 양복을 입었는데 무게감보다는 갑갑증이 느껴지는 차림이었다. 그는 준비한 자료는 많았지만 그것을 말로 풀어내는 솜씨는 뛰어나지 않았다. 세 시간이 지나면 수강생 중에서 삼분의 이는 잠들어 있었고 나머지 삼분의 일도 잠들지만 않았을 뿐이지 수업에 관심을 가지지 않았다.

양복은 강의를 마치면 건물 뒤에서 줄담배를 피웠다. 진달래가 피어난 야산 경사면이 보이는 자리였고 바람이 불면 꽃향내가 내려오면서 담배 냄새와 뒤섞였다. 그는 향기를 맡으면서 담배를 피우는 순간이면 보조개가 팰 정도로 미소 지었는데 수업 시간에는 한 번도 보이지 않던 웃음이었다.

양복은 토트백에서 담뱃갑을 꺼냈다. 겨울이 되면서 건물 뒤에서 부는 바람은 차디찼고 야산에 있던 진달래는 시들었다. 그곳에서 흡연을 하려면 추위와 피부 통증을 감수해야 했다. 그는 가제본을 눈으로 더듬으면서 무심결에 흡연을 하려다가 손을 늦추었다. 담배는 탁자에 놓였고 기울어진 면을 따라서 구르다가 아래로 떨어졌다. 조교는 무안감이 엿보이는 양복의 얼굴을 읽고 말했다.

오늘은 이곳에서 흡연을 해도 된다고.

연구동 복도에 설치되어 있는 아홉 개의 라디에이터에서 금속 달구는 냄새가 풍겼다. 철관 안에서 금속음이 울리면서 온수가 흐르는 시간대였다. 실내 공기에 쇠 비린내가 녹아들면서 온기가 깔리기 시작했다. 물이 흐르는 시간은 일정했고 조교는 이때에 맞추어서 연구동으로 들어왔다.

노인은 연구실에서 잠이 들어 있었다. 그는 최근에는 낮잠을 자는 시간이 많아졌고 눈병이 심해져서 두 눈이 붉어질 때도 많았다. 그래서 별다른 감정을 표현하지 않아도 표정은 슬픔과 통증을 느끼는 것처럼 보였다. 조교는 책상에 엎드린 노인에게 인사를 하고 원탁에 서류철을 놓았다. 노인은 말소리가 들리자 허리를 곧추세우고 기지개를 켰다. 연구실 벽면을 따라서 감색 책장들이 늘어서 있었으나 책은 한 권도 없었다.

노인은 서랍을 열어서 차통과 찻잔을 꺼냈다. 찻잔에 꿀에 절인 유자를 담고 더운물을 붓자 실내에 귤 냄새가 퍼졌다. 조교는 두 손으로 찻잔을 받아서 입바람을 불며 마셨다. 입안에서 귤 맛과 꿀맛이 섞이자 고무 냄새는 엷어졌고 예전과 다른 사람이 된 듯했다. 노인은 자신의 아내가 귤 재배에 시간과 정성을 들이고 있다면서 너털웃음을 지었다. 그는 작년에 S시에 내려와서 노부부가 살 만한 목조 주택을 구입했다. 누군가가 찻집을 하려고 지었다가 계획에 차질이 생겨서 저가에 매물로 내놓은 건물이었다. 그는 이십오 년 동안 수도권과 지방을 오가는 생활을 했는데 정년이 가까워지면서 목가적인 삶을 바라고 있었다.

남선생과 여선생이 연구실에 들어왔다. 여자는 낯빛이 해쓱했고 남자 안색도 좋지 않았으나 그녀만큼 나쁘지는 않았다.

회의가 열렸다. 여선생은 학과 통폐합과 관련한 각종 사안을 보고했고 노인과 남선생과 조교는 고개를 주억이면서 경청했다. 학교 당국과의 협상은 교착 상태에 접어들고 있었고 학과 사람들도 시위에 관심을 잃는 중이었다. 그동안 교육부에 두 차례 탄원도 넣었으나 학교의 통폐합 및 정원 감축에는 불합리한 성격이 없지는 않되 나름의 정당한 사유도 있다는 답변이 돌아왔다. 공적 기관의 답변은 정당과 불합리 사이 그 어딘가에 있었는데 그것을 알려고 할수록 의미는 불명확해졌다. 학교는 행정처에서 만든 평가 지표를 근거로 연마다 반복되는 정원 미달, 학부생들의 저조한 취업률, 교수들의 미진한 연구 실적, 전임 교원의 부족 등을 문제로 삼았다. 학교 당국이 내놓은 학과 통폐합의 명분들 중에는 선명한 것과 흐릿한 것, 학교의 잘못과 학과의 잘못과 누구의 문제로 인해 생겼는지 짐작이 안 가는 잘못이 섞여 있었으나 그러한 섞임은 어느 때부턴가 중요한 것이 아니었고 학과 사람들이 받아들여야만 하는 결과만이 중요한 결론이 되었다.

조교는 서류철을 뒤져서 일주일 전에 작성한 회의록을 읽었다.

그때와 달라진 내용은 그다지 없었다.

여선생이 보고를 끝냈으나 노인과 남선생은 각자의 의견을 밝히지 않았다. 노인의 눈이 붉어져 있었는데 감정을 표현한 것인지 눈병 증상인지 다른 사람들은 알기 어려웠다. 그는 예순네 살이었고 올해를 끝으로 교직에서 물러날 예정이었다. 모두의 찻잔에 노란빛 찻물이 남아 있었으나 노인은 커피포트에 물을 담고 전원 스위치를 눌렀다. 주위에서 물 끓는 소리가 들렸고 창밖에서는 얼음비 내리는 소리가 울렸다.

여선생 연구실은 노인 방보다 조붓했고 책이 많았으며 담배 냄새가 짙었다. 그녀는 창틀에 놓여 있던 담배 보루를 뜯었다.

조교는 여선생 방으로 들어올 때마다 책상을 살폈다. 책상은 시위가 일어나기 전에도 지저분했고 가장자리에는 언제나 수면 유도제와 황동색 액자가 있었다. 그는 액자를 만지지 않았으나 주의를 기울여서 보는 편이었다. 배경은 어두웠고 그녀는 블라우스 차림으로 아기를 안고 있었다. 아기는 머리털이 하나도 없었고 살갗에 주름이 잡혀 있었으며 얼굴은 무표정했다. 일부러 표정을 짓지 않은 것이 아니라 감정 표현 능력이 낮거나 없는 것으로 짐작되는 얼굴이었다. 아기가 장애아라는 소문이 학과에 돈 적이 있었지만 그 소문이 사실인지 아는 학생은 아무도 없었다.

여선생은 담배를 나무 재떨이에 비볐다. 책상에는 그녀가 행정적인 이유나 학술적인 목적으로 읽어야 하는 문서들이 숱했다. 그녀는 문고본 표지를 만지려다가 손길을 돌려서 수면 유도제를 집었고 물도 없이 삼켰다. 조교는 속으로 놀랐으나 내색하지는 않았고 순간적으로 렌즈를 깎았던 남자를 생각했다. 사백여 년 전에 죽었다는 남자와 오늘을 살아가는 여자의 몸속에 유해 물질이 쌓이고 있었다. 그럼에도 그들은 숨을 거두기 전까지 자신이 맡은 과업을 해야 할 것이었다.

별다른 희망도, 보람도, 기대도 없이.

비가 그치면서 바람이 불었다. 천막 위에 고였던 빗물은 바람에 출렁이다가 빗면을 타고 아래로 떨어졌다. 하늘색 유니폼을 입은 여자가 텐트 주변으로 돌아다니면서 쓰레기를 주웠다. 그녀의 봉지에는 전지(全紙)와 널빤지, 스티로폼 용기와 플라스틱 병이 있었다. 그녀의 곁에 가끔가다 살얼음 앉은 빗물이 쏟아졌고 집게로 주우려던 쓰레기는 빈번히 바람에 쓸려서 저만치 날아갔다.

조교는 하늘색 유니폼이 떠나자 천막으로 들어왔다. 남자들 넷이 난로 앞에서 잡담을 늘어놓았고 민머리는 탁자 앞에서 매직을 흔들었다. 그는 평소에는 획 굵은 글씨를 멋들어지게 썼으나 전지에 무언가를 쓰려는 기미는 없었다. 천장 가운데에 눈길을 둔 채 매직을 흔드는 손짓만이 있을 뿐이었다. 조교는 기침을 하면서 전지 옆에 카드를 놓았다. 민머리는 매직을 흔들지 않는 왼손으로 카드를 집어서 더벅머리에게 던졌다.

조교는 침낭에 누웠다. 콘크리트 바닥 냉기가 깔개와 침낭까지 올라와서 몸에 닿았다. 천장 가운데는 빗물의 무게 때문에 반구형 모양으로 내려앉아 있었다. 난로 앞 남자들은 음식이 오기만 기다리면서 험담을 하기 시작했다. 혐오의 방향은 언제부터인가 석조 건물보다도 연구동으로 향하고 있었고 부도덕과 불법과 불행과 연관된 말들이 나왔다. 여선생이 이곳에 부임하기 전에 남편과 이혼했다는 설, 그녀의 아이가 염색체에 이상이 있다는 설, 노인이 S시 농지 수백여 평을 사들였는데 이 땅이 내년이나 후년에 재개발 사업 대상지에 들어간다는 설, 남선생이 타과 여학생과 사귀다가 임신시켜서 중절 수술을 했다는 설. 그들이 말하는 이야기 중에서 사실로 밝혀진 것은 없었으나 사실로 믿으려고 하는 분위기는 있었다.

오토바이 달리는 소리가 들렸다. 노란색 우의를 입은 남자가 빗물을 털면서 천막으로 들어왔다. 배달통에는 닭튀김 두 마리와 피자 두 판, 맥주 네 병이 있었다. 더벅

머리는 민머리가 던졌던 카드로 결제하려다가 얼굴에 그늘이 어렸다. 한도 초과여서 결제가 되지 않았다. 다른 남자들이 배달통에 있던 상자들을 꺼내다가 손길을 멈추고 서로의 얼굴을 보았다.

조교는 일어나서 자기 카드를 꺼냈고 여선생 카드는 바지 주머니에 넣었다.

우의를 입은 남자가 천막에서 떠나자 네 남자는 상자를 열면서 대화를 주고받았다. 조교는 침낭에 누워서 눈꺼풀을 닫고 매직 흔드는 소리와 남자들 말소리를 들었다. 여선생이 이혼을 한 번이 아니라 두 번이나 했다는 설, 그녀 아이의 병환이 깊다는 설, 그녀와 남선생이 작년까지는 교제를 했다는 설, 그녀가 먼저 바람기가 있는 남선생을 찼다는 설……

연구동 앞 주차장에는 남선생이 있었다. 그의 소형차 안에는 사람이 있었는데 차창마다 필름이 붙어 있어서 탑승자가 누구인지는 밖에서 알아볼 수 없었다. 그는 공손한 말투로 높임말을 쓰면서 누군가와 통화 중이었다. 조교는 그를 피하려다가 눈이 마주쳤고 쓴침을 삼키며 고개를 숙였다.

남선생은 전화를 끊고 담배를 피우며 여러 가지 질문을 던졌다. 조교 업무는 할 만한지, 졸업하면 취업 계획이 있는지, 천막에는 하루에 몇 번 가는지, 최근에 사귀는 사람이 있는지. 조교는 질문마다 모르겠다는 식으로 말끝을 흐렸고 본론이 나오기만을 기다렸다. 담배가 꽁초가 되어서 바닥에 떨어지자, 본론이 나왔다. 노인은 지난달에 출장 일정이 있어서 학교에서 활동비를 받았다. 그는 일종의 여비로 받았던 이 돈을 학과에 기부했는데 이러한 사례는 전에도 많았다.

그 돈은 일주일 전에 남선생 계좌로 들어갔다.

노인은 이달에도 출장 계획이 있어서 학교에서 활동비를 받을 예정이었다. 남선생은 웃으며 조교의 볼을 손으로 쓸었다. 손에는 향수 냄새와 담배 냄새가 섞여 있었다.

조교는 말귀를 알아들었다는 뜻으로 미소를 지었다. 남선생이 콧노래를 흥얼거리며 차문을 열었고 조수석에서 손거울을 바라보는 여자 얼굴이 얼마간 드러났다. 이십 대 초반으로 보이는 얼굴이었는데 조교는 모르는 사람이었다. 문이 닫히면서 남녀 얼굴은 가려졌고 차에 시동이 걸렸다. 차는 주차선을 나와서 빗물이 고인 웅덩이를 밟으며 정문으로 향했다.

조교는 연구동으로 들어와서 여선생의 연구실 문을 두드렸다. 안으로 들어오라는 소리는 없었으나 사람이 있다는 기척은 느껴졌다. 문을 열자 어디에선가 피아노 치는 소리가 들려왔다. 그녀는 접이식 침대에서 자고 있었고 책상에 놓여 있는 핸드폰에서 피아노 음향이 나오는 중이었다. 핸드폰 화면에는 허수아비가 서 있는 들판이 있었는데 피아노 연주가 끝나면 빗소리가 삼십 초 정도 이어졌다. 허리가 가느스름한 빗방울이 흙바닥에 점점이 떨어지는 듯한 소리였다.

여선생이 잠에서 깼다. 조교는 카드를 돌려주고 영수증에 쓰인 식비보다 낮은 액수를 말했다. 그리고 영수증은 천막에 있다는 말을 덧붙였다.

양복은 조교 방에서 식사하고 있었다. 샌드위치 두 개와 커피맛 우유 한 팩으로. 구내식당은 값이 저렴했으나 음식 맛이 없어서 손님이 적었고 강사 휴게실은 점심을 먹기에는 온도가 낮았다.

조교가 방으로 들어오자 양복은 서둘러 식사를 마치고 샌드위치 포장지와 우유 팩을 봉지에 넣었다. 그의 강의는 오늘이 마지막이었고 다음 주부터는 시험 기간이었다. 그는 그동안 조교에게 받았던 호의에 감사를 표하며 선물로 성냥갑을 주었다. 네 개의 마찰면이 갈색인 팔각 모양 성냥갑이었다. 조교는 성냥을 그어서 담뱃불을 붙이고 의자에 기대앉았다. 입안에 황 냄새가 고이자 가슴이 두근거렸고 빗소리가 생각이 났다. 새벽에 얼음비 내리던 소리와 피아노 연주 뒤에 나오던 가랑비 소리가.

양복은 손을 내밀었다. 지문에 볼펜 잉크가 묻어 있고 마디가 깊으며 손등에 힘줄이 불거진 손이었다. 그는 악수를 마치자 토트백을 겨드랑에 끼우고 방에서 나갔다. 조교는 그의 손 모양과 감촉을 생각했고, 줄담배 피우던 남자가 사라진 건물 뒤를 생각했으며, 내년이면 야산에 피어날 진달래도 생각했다.

종이 뜯는 소리가 들렸다. 레게는 귀퉁이가 찢어진 자보를 들고 안으로 들어왔다가 눈살을 찌푸렸다. 창문을 열어서 연기는 없었으나 담배 내는 남아 있었다. 조교는 창문을 더 열었고 꽁초들을 넣은 봉지를 묶었다. 그녀는 양복이 앉았던 자리를 확인했다. 그것은 그녀의 의자였고 담요와 팔걸이에는 재가 묻어 있었다. 때마침 바람이 창문으로 밀려들었고 그녀의 책상에 있던 몇 장의 종이

들이 바닥에 흩어졌다.

레게는 자보를 팽개쳤다. 그동안 한방을 쓰면서 쌓였던 분노와 불만이 폭발하고 있었다. 금연 공간인 방에서 담배를 피웠던 습관, 자신의 의자를 아무 때나 사용했던 버릇, 공동 활동에 참여하지 않으려는 태도, 그러면서 파업 성과의 이득만은 챙기려는 속셈, 자신의 얼굴과 몸매를 훑어보던 더러운 눈빛.

조교는 대꾸하지 않았다. 어떤 것은 사실이었고, 어떤 것은 거짓이었다. 그는 이곳에서 흡연한 적이 있었고 다른 이들 활동에 관심을 보이지 않았다. 그럼에도 보상을 바라거나 더러운 눈빛을 보였던 적은 없었던 것으로, 기억했다. 사실과 거짓을 구분 지어서 말하고 싶었으나 설득이 통할지 알 수 없어서 입을 열지 않았다. 그는 묵묵히 폭언을 들으면서 연구실에서 사안을 보고하던 여선생을 기억했다. 그녀의 말에는 선명한 것과 흐릿한 것이 섞여 있었다. 그럼에도 중요한 것은 그러한 섞임의 구별과 분리가 아니라 누군가가 받아들여야만 하는 결과였다. 그는 레게의 말이 가리키고 있는 결과를 짐작했다. 흡연자, 파렴치한, 이기주의자, 이탈자, 그리고 변태.

레게는 숨을 돌리고자 말을 멈추었다.

조교는 류색과 봉지를 들고 방에서 나갔다.

하늘이 까매지고 있었다. 조교는 매점에 들러서 캔 커피와 담배를 사고 정문으로 나왔다. 시멘트 건물들 사이로 보이는 빈터에는 토막 난 철근과 판자 쪼가리와 빗물에 젖은 각목과 주황색 마대가 있었다. 털 빠진 개들이 주둥이로 아랫부분이 찢어진 마대를 헤쳤다. 그는 가을에 피부병 앓는 개를 빈터에서 데려온 적이 있었다. 개는 베란다에 엎드려만 있다가 일주일 뒤에 죽었다. 월요일 새벽이었고 개 몸에서 진물과 벌레와 악취가 나왔다. 그는 사체를 마대에 담아서 빈터에 파묻었다. 털 빠진 개들이 그를 보고 왈왈거렸으나 흙을 퍼내는 삽날을 보면서 덤비지는 못했다. 마대를 파묻은 시각에 손과 팔목은 아릿했고 하늘에서는 비행기 한 대가 지나갔다. 조교는 비행기 꽁무니를 올려보다가 학교 정문으로 올라갔다.

정류장 근처에는 원룸들이 있었고 그 너머에는 빗물에 젖어서 진창이 된 밭이 있었다. 조교는 건물에 들어와서 대문을 열었다. 냉기가 얼굴에 끼치자 철관 안에서 흐르던 물소리가 그리워졌다. 그는 소리를 머릿속으로 반복 재생하면서 보일러 온도를 높이고 책상과 찬장을 뒤졌다. 수면 유도제는 한 알도 없었다.

조교는 수면을 포기하고 모니터 앞에 앉아서 외국 사이트에 접속했다. 군사 강국이자 최선진국으로 불리는 나라의 풍경을 담은 사진들이 세로로 떠올랐다. 증권 거래소, 도박장, 잔디밭, 대학가, 도시 야경, 해안가. 그는 해안가 사진을 확대해서 윤슬 반짝이는 바다와 색색의 튜브들, 녹청색 하늘과 햇빛이 쏟아지는 모래밭을 여겨보았다. 모래밭에는 발자국이 찍혀 있었고 한쪽에는 야자수 잎들이 태양 무늬를 그리며 포개진 모습이었다.

하늘을 지나던 비행기가 생각이 났고 거리감과 열등감이 느껴졌다.

팔월이었다.

해가 지는 시각임에도 건물 안에는 한낮의 열기가 모여들어 있었다. 저녁이 되어도 누그러지기는 하나 완전히 사라지지는 않을 열기였다. 조교는 반팔을 허리에 두르고 땀에 전 러닝만 입은 채 계단을 올라가다가 대문 앞에 서 있는 후배를 보았다. 그녀는 반팔 블라우스와 흰색 반바지를 입은 모습이었고 머리카락이 땀에 젖어 있었다. 그들은 열흘이 넘도록 서로의 얼굴을 보지 못했고 그렇다고 연락을 하지도 않았다. 그는 대문 잠금장치를 풀어서 그녀를 집 안으로 들여보냈다.

조교는 정류장을 지나서 이 킬로미터를 걸었다. 정류장 뒤에는 할인 마트가 있었으나 그곳에서 파는 소고기는 정육점보다 맛이 떨어졌다. 정육점 주인은 말끝마다 욕이 나오고 얼굴에 기미와 버짐이 핀 앙바틈한 남자였으나 고기를 속여서 팔지는 않았고 심성이 나쁜 사람은 아니었다. 그는 정육점에 들렀고 욕과 푸념을 들으면서 소고기 두 근을 샀으며 현찰로 계산했다.

실내는 에어컨을 틀어도 시원하지가 않았다. 조교는 버너 불기운을 조절하며 표면에 육즙이 고이는 고기를 가위로 잘랐다. 후배는 휴대폰을 켜서 열흘 동안 다녀온 여행지 풍경을 보여 주었다. 뜨거운 물줄기가 솟구치고 있는 간헐천이 있었고, 초원을 거니는 한 무리 양 떼도 있었으며, 하늘에 무지개가 떠 있는 사막도 있었고, 소나무가 방풍림을 이루고 있는 바닷가도 있었다. 그는 온천과 초원과 사막과 바닷가에 간 적이 없었다. 그의 생활 반경은 S라는 공간에서 크게 벗어나지 않았고 이곳에 오기 전에도 여행을 간 적은 적었다. 그는 풍경들을 보면서 눈을 내리뜬 채 침묵을 하고 싶어졌다.

조교가 설거지를 하는 동안 후배는 발톱에 매니큐어

를 발랐다. 그녀는 휴지를 찢어서 발가락 사이마다 끼우고 장밋빛 스며든 발톱에 입바람을 불었다. 그는 그을음 낀 불판을 닦다가 그녀가 신입생이던 시기를 기억했다. 원룸 건물 외벽이 지금보다는 깔끔하고 날이 저물면 베란다 창으로 미풍이 불어오던 때였다.

남녀는 베란다에 앉아서 소금과 후추를 뿌린 소고기를 구워서 먹었다. 그녀는 맥주를 두 병 마시자 어지럼을 느끼며 여름용 매트에서 잠이 들었다. 그는 외출했고 마트에 들러서 다음 날 아침거리로 쓸 다시마 멸치 감자 달걀 대파 등등을 샀다. 그는 평소에 아침을 거르는 편이었고 다른 사람에게 잠자리 정도는 제공하나 요리까지 준비하지는 않았다. 지갑이 가벼워졌고 다음 날 할 일도 늘었으나 마음은 차분했다.

후배가 출국하는 시기는 구월이었다.

후배는 외국에 있는 학교에 입학할 예정이었고 교육비와 생활비는 집에서 지원할 계획이었다. 그녀가 다닐 학교는 등록금이 비쌌지만 오랜 역사와 전통을 자랑하는 곳이었고 인근에 바다가 있는 도시에 위치해 있었다. 그녀 얼굴에는 외국에서 혼자서 살아야 하는 여성의 부담감과, 학력 수준을 높이려는 사람의 기대감이 어려 있었다. 그녀는 눈치를 보다가 조교에게 말했다.

이런 학교를 다니면서 부모님 보기가 창피스러웠고 고등학교 동창들하고 연락도 못 했다고.

건물 앞 소나무에서 매미 우는 소리가 진동했다. 조교의 귓속에 흘러온 밈밈밈 소리가 몸속에 울림을 주었다. 콘크리트 바닥을 걷고, 자재를 나르며, 컨테이너 안에서 졸고, 동료들의 잡담과 험담을 들으며, 지하철 타는 시간에는 느끼지 못했던 울림이었다. 그는 타원형 넓돌들이 깔린 숲길과 소나무와 삼나무가 심어진 공원, 주위에 흙내가 풍기고 바닥에 풀포기가 있는 자리를 생각했다.

막차 시간이 가까워져 있었다. 그는 무표정한 얼굴로 숲길로 산책을 가자고 후배에게 청했다. 그녀의 얼굴에 어려 있던 기대감 부담감 같은 감정이 사라지면서 두려움이 떠올랐다.

후배는 다시는 병원에 가고 싶지 않다고 말했다.

보일러 온도조절기에 나타난 숫자는 이십오였으나 바닥 온기는 미미했다. 기계가 알려 주는 표시와 몸이 느끼는 감각은 서로 다른 경우가 많았다. 그러한 차이에 처음에는 불만을 느꼈으나 시간이 지나자 자신이 받아들여야 하는 어려움 1, 어려움 2, 어려움 3 정도로 생각이 되었다. 조교는 은행 홈페이지에 들어가서 계좌 잔고를 확인했다. 이틀이 지나면 월급날이었고 잔고는 그 정도 시간을 버티기에는 충분했다. 만약에라도 오 퍼센트 인상된 금액이 입금된다면 인상분을 다른 이들에게 돌려줄 마음도 있었다. 그는 이것만은 누구에게라도 분명하게 말할 수 있었다.

그 돈을 바란 적은 없었다고.

핸드폰이 울렸다. 민머리였고 비에 젖은 목소리로 한참을 떠들었다. 조교는 민머리가 머리 감다가 양처럼 울었다는 것을 기억했다. 그는 민머리 목소리를 들으며 입으로 양 우는 소리를 냈고 베란다에 나가서 도로변을 보았다. 차도에는 빗물이 흘러넘쳐서 회백색 급류가 생겼고 행인들은 바람에 꺾여서 뒤집힌 우산을 들고 걸었으며 맨홀 주변에는 털 빠진 누렁이가 고개를 박은 채 엎어져 있었다.

조교는 집에서 나와서 걸었다. 우산대가 바람에 맞아서 구부러졌고 외투와 바지와 신발에 빗물이 튀었다. 개 짖는 소리가 빈터에서 울렸고 고양이 우는 소리도 간간이 섞였다. 길가 가로등에 불이 들어오지 않아서 사위는 침침했고 편의점과 술집 근처에만 빛이 보였다. 가게 이름은 S 호프였는데 안에는 손님들로 북적거렸다. 그는 통유리에 비친 사람들과 아크릴 간판에 돌출되어 있는 S라는 글자를 번갈아 보았다. 스무 살 이전에 S라는 지역을 들었던 적은 드물었다. 누군가의 입에서 나오는 S라는 말을 들으면 녹조가 떠 있는 개천과 짚가리들이 흩어져 있는 황색 논바닥, 먼지가 날리는 흙길이 생각났다. 그가 성년이 되어서 처음으로 접했던 S시는 그의 예상과 조금은 달랐으나 크게 다르지는 않았다.

조교는 호프집 차양 아래 서 있었다. 정문으로 올라가려고 했으나 비가 내리붓고 있어서 흙탕물에 발을 내딛기가 망설여졌다. 신발과 양말에 스며들 흙과 물의 촉감을 생각하자 기분이 섬뜩해졌다. 호프 안 불빛은 따사로웠고 소음이 겹겹으로 들려왔다. 조교는 가운데 자리에 앉아서 맥주를 마시는 사람들을 흘긋거렸다.

대부분 자보에 이름을 올렸던 사람들이었다.

문이 열리면서 사람들 시선이 방문객에게 모아졌다. 조교는 그들의 시선에 개의하지 않고 구석진 자리에 앉아서 맥주를 시켰다. 그의 건너편 자리에는 청소부들이 오징어를 뜯으며 창밖을 내다보고 있었다. 그녀들 자리는 대화가 오가지 않아서 조용했으나 가운데 자리는 말이 흘러넘쳐서 시끌시끌했다. 두목이 맥주잔을 들고 일어났고 승리를 축하하는 뜻에서 건배를 제안했다. 그의 외모는 평소에는 단정했으나 얼마 전부터 머리칼과 수염을 기르고 있었다. 그의 뒷머리는 길어서 등까지 닿았고 코밑과 턱선에는 수염이 덮여 있어서 어딘가 전투적인 인상이었다.

탁자에 맥주와 팝콘이 놓였다. 조교는 잔에 입술을 붙였다가 팝콘 오른쪽에 생긴 그늘을 보고 고개를 쳐들었다. 자보 상단에 이름을 올리고 두목과도 절친한 사이인 오른뺨에 켈로이드가 있는 남자였다. 그는 조교의 근무처와 이웃한 옆방을 썼고 레게와도 가까운 관계였으며 최근에는 부두목이라는 별명까지 생겼다.

조교는 켈로이드와 친하지 않았기에 목례만 하다가 팝콘을 건드리고 있는 털북숭이 손을 보았다. 켈로이드는 술에 취해 있었고 앞니와 어금니를 드러낸 채 킥킥거렸다. 조교는 상대하고 싶지 않아서 눈을 돌렸다가 통창 가녘으로 흰빛이 지나가는 것을 보았다. 번개 내리치는 소리가 들리자 가운데 자리는 일시에 조용해졌고 켈로이드의 웃음기도 걷혔다. 그는 정신을 얼마만큼 차리자 팝콘 그릇을 엄지로 문지르며 물었다.

누군가에게 부끄러운 짓을 한 적이 있느냐고.

켈로이드 눈에는 호기심이 담겨 있었다. 그것은 진실을 알려는 욕구가 아니라 관음증 같은 욕망이나, 혐오감 같은 감정에 닿아 있는 것으로 보였다. 조교는 컵을 내려놓고 생각에 잠겼다. 부끄러운 짓을 했다고 말하면 당장에 비웃을 것이었고, 부끄러운 짓을 한 적이 없다고 말해도 그 말을 거짓말이라고 여기며 비웃을 것이었다. 켈로이드는 조교와 관련된 험담을 잘 알고 있는 사람이었다. 조교는 맥주잔 손잡이를 엄지로 문지르면서 답했다.

당신이 좋을 대로 생각하라고.

중년 여자가 오징어 다리를 뜯다가 앞니로 입술을 깨물었다. 천막 근처에서 쓰레기를 줍던 여자였다. 휴지로 눌러도 지혈이 되지 않아서 입가가 핏빛으로 물들었다. 조교는 가만히 있기가 무엇해서 손수건을 꺼내려다가 창밖을 보았다. 유리벽 너머로 빗길을 걷는 남자들이 보였다. 모두 다섯 사람이었고 우의를 입고 있었으나 비바람이 세차서 몸을 제대로 보호하지 못했다.

조교는 천막에 누워서 위를 쳐다보던 순간을 생각했다. 반구형 모양으로 내려앉은 천이 눈앞에 들어왔고 가

습곽으로 어두운 징조를 담은 압박감이 전해졌다. 빗물이 천막 윗부분에 고이면 고일수록 구체(球體)는 크기와 무게를 키웠고 압착과 붕괴의 조짐은 선명해졌다. 결국에는 연녹색 타플린 천이 찢어지고 스틸 살대와 전구들과 노란 줄이 떨어지면서 사방은 물바다가 되고······.

바깥에 있던 남자가 우의 모자를 벗고 소리를 질렀다. 그의 머리통은 머리칼이 없어서 하얬고 빗발이 상처가 난 두피를 난타했으며 비명은 빗소리와 우렛소리를 압도할 정도로 괴상스러웠다.

두목이 맥주잔을 떨어뜨렸고, 레게는 닭고기를 씹다가 멈추었으며, 켈로이드는 팝콘 그릇에서 손을 떼었고, 중년 여자는 피를 닦다가 눈이 동그래졌다. 실내에 있던 사람들이 머리털 없는 남자가 고통에 짓눌린 얼굴로 울부짖는 광경을 보았다. 그것은 사람이 내는 소리가 아니라 짐승이나 괴생물체가 지르는 외침처럼 들렸다. 대부분 소리를 듣는 것이 무섭고도 불편했기에 시선을 거두었고, 다시금 먹고 마시는 행위가 이어졌다. 조교만이 도살당하는 양처럼 소리 내는 남자를 직시하며 가슴에 손을 얹었다.

상처 입은 인간의 괴성이 S시의 한밤 공기를 뒤흔들고 있었다.

검은 쥐

바닥에 널브러져 있는 오동통한 물체가 토물을 뒤집어썼다. 그것의 꼬리는 끊어져 있었고 머리는 오른쪽으로 비틀려 있었 으며 몸에는 상처가 가득했다.

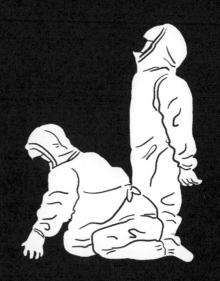

판매병은 창고에 들어와서 문을 잠갔다.

더께가 앉아 있는 창으로 햇빛이 비쳤다. 사람들이 구보를 하는 중이어서 땅을 내리밟는 소리가 나무 팔레트가 깔려 있는 바닥으로 울려들었다. 그들은 대부분 과체중이었고 신경이 예민한 편이어서 하루에 세 번씩 정해진 시간에 알약을 먹었다. 사람의 정신 상태를 멍하게 만들지만 우울이나 불안과 같은 감정을 가라앉히면서 일설에는 성욕 및 식욕 감퇴에도 효과가 있다는 바다색 알약이었다.

판매병은 골판지 상자들이 쌓여 있는 자리로 갔다. 그는 두 개의 상자를 팔레트에 내려놓고 겉면에 테이프가 너덜거리는 상자를 보았다. 옆면에 고양이 그림이 있는 상자였다. 대문 너머에서 발소리가 들리자 상자를 뜯으려던 손길이 멎었다. 거미가 상자를 타고 올라와서 그의 손 근처에서 기웃거렸다. 일 분쯤 지나서 발소리가 들리지 않자 그는 거미를 손톱으로 눌러서 죽이고 테이프를 뜯어서 상자를 뒤척거렸다. 소주병과 플라스틱 캔과 반투명 비닐과 구부러진 철사, 그가 아침이면 꺼내는 물건들이었다.

창고 왼편에는 과자 상자들과 라면 상자들이 디근자

모양으로 쌓여 있었다. 금일 저녁까지 가급적 팔아야 하는 물건들이었다. 판매병은 디근자 안쪽에 자리를 잡고 플라스틱 캔을 열어서 육포를 꺼냈다. 질감이 딱딱하고 씹으면 씹을수록 감칠맛보다 군내가 풍겼다. 그는 육포를 곤죽이 될 때까지 씹어서 삼키고 소주를 마셨다. 주량이 세어서 취기는 오르지 않았고 저체온인 몸에 온기를 더하려고 마시는 것뿐이었다. 이곳은 봄가을에도 날씨가 냉랭했고 겨울은 남부 지역의 겨울보다 몇 배는 추워서 내복을 두 개씩 껴입어도 뼈가 시렸다. 술은 그에게 보온력을 주는 음료이자 필수품이었다.

반투명 비닐에는 거울과 치약이 들어 있었다. 판매병은 치약을 짜서 입안에 머금고 거울을 들여다보았다. 피부색은 밝았으나 눈이 벌게져 있었다. 그는 눈을 비볐고 입안에서 거품이 끓어오르자 나무 팔레트에 뱉었다. 기분이 좋지도 나쁘지도 않았으나 하루를 버틸 힘이 생기자 마음이 차분해졌다. 그는 거품을 오른발로 비비며 중얼중얼했다.

오지, 깡촌, 병신.

남자들이 웃통을 벗은 채 막사 복도에 들어오고 있

었다. 그들은 한 손에는 러닝셔츠와 전투복을 쥐고 다른 손으로는 상체에서 흐르는 땀을 닦았다. 가슴과 복부에 살이 투실했고 아무리 손으로 문질러도 땀은 피부에서 끊이지 않고 솟았다. 그들은 고강도 운동을 마치고 돌아온 것으로 보였으나 실제로 뛴 거리는 팔백 미터에 지나지 않았다. 그마저 완주하지 못하고 어느 시점부터 체력이 다해서 걸어온 사람들이 상당수였다.

복도 중간에는 매장이 있었다. 출입문 앞에서 군의관 두 명이 손을 비비며 서성였다. 한 명은 키가 컸고, 다른 한 명은 얼굴이 말상이었다. 판매병은 둘에게 경례도 붙이지 않고 자물쇠 구멍에 열쇠를 넣었다. 안에 슨 녹이 짙었기에 열쇠를 돌리고 쑤셔도 자물쇠가 꿈쩍도 않자 다음에는 철사를 집어넣었다. 그제야 자물쇠 몸체와 고리가 분리되었고 군의관들은 그보다 앞서서 안으로 들어갔다.

판매병은 계산대로 가서 포스를 켜고 신용카드 단말기와 바코드 기의 상태를 확인했다. 단말기 화면에 나타난 숫자는 흐릿했으나 눈으로 알아볼 만했고 바코드 기에서 붉은색 불빛이 점멸했다. 그는 고개를 돌려서 간밤에 도난당한 물건이 있는지 살폈다. 냉장고에 있는 음료

수는 전날과 수효가 다르지 않았고 진열대 위 과자 개수도 마찬가지였다. 진열장 상단에 채워진 군납용 양주와 지역별 전통주도 전날 같은 모습이었고 하단에 있는 홍삼 흑마늘 비타민 산삼액 녹용단 개수도 그대로였다. 간밤에 보초나 불침번을 섰던 이들이 마음씨가 따뜻하거나 겁이 많았을 것이라는 생각이 들었다.

군의관들이 진열대 앞에서 물건을 고르다가 비명을 질렀다. 판매병은 소리에 당황하지 않고 금고에 넣었던 봉투와 장갑을 꺼내서 진열대로 갔다. 전날 소시지와 햄을 담았던 바구니는 바닥에 떨어져 있었고 쥐가 쥐덫에 들붙어서 몸부림을 쳤다. 수염이 굵고 꼬리가 길쭘하며 온몸에 흙물이 번진 털투성이 쥐였다. 요즈음 날씨가 풀려서 기온이 오르자 쥐들은 막사 안팎에서 모습을 드러냈고 몇몇은 매점으로 기어들어서 비닐에 포장된 음식을 갉았다.

군의관들은 판매병만 쳐다보고 있었다. 판매병은 양손에 장갑을 끼우고 플라스틱이 둘러진 쥐덫 테두리를 잡았다. 쥐는 안간힘을 쓰면서 덫에서 벗어나려고 했지만 점착성 강한 본드가 몸에 휘감겨서 움직이면 움직일수록 행동반경은 좁아졌다. 쥐 눈에 눈물이 고였고 찍찍거리는 소리가 높아졌다.

　판매병은 덫을 봉지에 넣으려다가 언젠가 군의관들
이 보여 주었던 사진을 생각했다. 키 큰 군의관은 덩치 우
람한 반려견을 길렀고 말상 군의관은 갈색 햄스터를 길
렀다. 말상은 우리 쥐, 내 새끼, 내 동생 같은 표현을 썼는
데 판매병은 동물을 기른 적이 없어서 그러한 말을 이해
할 수 없었다. 그의 관점에서 네발이 달려 있는 것들은 사
람이 아닌 짐승에 불과했고 만약에라도 쓸모가 있다면
먹거리로 사용할 때뿐이었다. 그는 무심한 표정을 보이면
서 쥐를 봉투에 집어넣고 매듭을 지었다.

　그제야 동물 좋아하는 남자들 얼굴이 밝아졌다.

　복지단 홈페이지에는 금일 매장으로 들어올 예정인
납품 업체들과 해당 물품들의 목록이 게시되어 있었다.
　AA유통, BB상사, CC상사, DD유통, EE상사…….
　판매병은 목록을 읽다가 산적이 들어오는 것을 보았
다. 그는 면도 솜씨가 나빠서 코밑과 턱에는 잘리다가 만
수염과 상처가 많았고 동기와 고참병들에게 산적이라는
호칭으로 불렸다. 이번에도 그의 발길은 냉장고 앞 상자
로 다가들었다. 거기에는 유통기한이 지나거나 상태가 불

량한 햄과 소시지, 과자와 빵이 들어 있었다. 그는 비닐이 뜯어진 소시지를 찾아서 우물거렸는데 새벽에 쥐가 이로 갉았던 소시지였다. 판매병 발치에 있던 봉투에서 쥐 소리가 났으나 산적은 듣지 못했고 판매병도 소시지 비닐이 뜯긴 이유를 알려 주지 않았다.

프린터에서 반납증이 나왔다. 시효가 지나거나 불량 상태인 물품들의 명칭이 적힌 종이였고 오후에 찾아올 납품업자에게 주어야 하는 문서였다. 판매병은 반납증 하단에 서명하다가 조만간 이웃 부대에서 전술 훈련을 한다는 소식을 산적에게 들었다. 전술 훈련은 보통은 닷새 동안 실시되었으나 이번에는 보름에 걸쳐서 이어질 예정이었고 사단장이 직접 참관할 것이라고 했다. 그동안 북국(北國)에서 몇 차례 도발을 했기에 예정에 없던 일정이 생겼다는 것이었다.

네 달 전이었다. 해상에서 천이백 톤짜리 함대가 북국 잠수함이 발사한 어뢰에 맞아서 물속으로 가라앉았다. 그리고 두 달쯤 지나서 국경 근처에 위치한 섬에 포탄이 떨어져서 민간인과 군인이 죽었다. 그때마다 매장은 문을 닫았고 신경이 예민한 군인들과 판매병에게도 소량의 실탄이 지급되었다. 양국의 관계가 나빠지면서 재난과 참사가 일어날 것이라는 분위기가 형성되었으나 그것은 오래가지 않았다. 매장은 사흘도 지나지 않아서 다시 열렸고 사람들은 매장으로 들어와서 지갑을 열었다. 매장 판매금은 수도에 있는 복지단 금고에 들어갔고 그중에서 일부는 고위직 군인들이 이용하는 군 골프장의 운영비용이 되었다. 배가 가라앉고 탄이 터져서 나라에 위기가 발생하고, 사람들 마음속에 공포감이 찾아들어도 돈의 흐름은 끊어지지 않고 원활했다.

판매병은 반납증들을 모아서 스테이플러로 찍었다. 산적은 마실 거리를 찾았으나 상자에는 시효가 지난 음료가 없어서 눈길이 냉장고로 향했다. 그는 과체중인 사람들 중에서도 위험 행위를 저지를 확률이 높았기에 바다색 알약을 하루에 네 번씩 먹었다. 약을 먹으면 멍멍한 상태로 있다가도 가끔은 입가에 미소를 보이면서 주눅 든 평소와 다르게 말과 몸짓이 자유로워졌다. 고참병이나 간부에게 반말을 쓰기도 했고 동기들 소지품을 허락도 받지 않고 가져가기도 했으며 매장에 진열된 물품에 함부로 손을 댔다. 그는 갈증을 견디지 못해서 냉장고 손잡이를 잡았다가 판매병에게 한소리를 들었다. 산적의 기분은 평소보다 나아졌으나 주머니는 평소처럼 비어 있었다.

판매병은 언젠가 산적에게 자살하라고 한 적이 있었다. 조금의 망설임도 이해심도 없는 어조로. 산적이 있으면 주변 사람들이 짜증을 느끼는 경우가 많아졌기에 산적만 없다면 생활관 분위기가 얼마큼 나아질 것이었다. 산적을 좋아하는 사람은 소수였으나 싫어하는 사람은 많았다. 그러니 나랏돈까지 쓰면서 바다색 알약을 먹느니 주변을 생각해서 차라리 죽으라고 단정적으로 말했다. 산적은 그 말을 듣고 눈물을 보였으나 이튿날에도 매장으로 와서 냉장고 앞 상자를 뒤적였다.

관리관은 오전 아홉 시에 매장을 방문했다.

판매병은 물품 진열을 마치고 끈으로 상자들을 묶고 있었다. 관리관은 진열대를 돌아다니면서 과자 봉지들을 하나씩 만졌다. 그의 손끝에 먼지가 묻어났다. 그는 무엇보다 위생과 매출을 중시했으나 판매병은 그의 기대에 부응하지 못했고 그렇게 해야만 하는 필요성도 느끼지 못했다. 이곳 사람들은 고위급 간부를 빼면 청결에 둔해서 먼지 낀 봉지를 보고도 불만을 표시하지 않았다. 그리고 매출이 오르면 복지단 수익, 관리관 급여가 느는 것이었고 그에게 떨어지는 보상은 거의 없었다.

관리관은 금고를 열어서 동전 바구니와 장부를 꺼냈다. 동전들은 막사에 설치되어 있는 세 대의 자판기에서 가져온 것이었고 장부에는 매일매일의 판매액과 결손액이 기입되었다. 그는 창가 뒤 의자에 앉아서 담뱃불을 붙였다. 매장은 금연 구역이어서 부대장도 이곳에서 흡연하지 않았으나 그는 예외였다. 판매병은 사과 주스를 탁자에 올려놓고 관리관과 마주 앉았다. 관리관 피부는 평소보다 거칫거칫했고 손에는 상처가 많았다.

이틀 전 밤이었다. 관리관은 만취 상태로 매장에 전화해서 판매병에게 욕설을 퍼부었다. 무능력한 새끼, 돼먹잖은 새끼, 불성실한 새끼, 잡놈의 새끼라는 말이 나왔고 판매병은 사과를 했으나 그것은 빈말이었다. 그는 사죄를 하면서도 관리관 얼굴에 칼금을 긋는 광경을 상상했다. 관리관은 한참이 지나서 전화를 끊었고 차를 몰아서 시내에 있는 복지단 지부에 들어갔다. 그의 손에는 쇠막대가 쥐어져 있었다. 그 시각 본부장 집무실에는 아무도 없었고 당직자도 순찰을 도느라고 자리를 비운 상태였다. 그는 집무실에 들어가서 그곳에 있던 물건들을 깨부수었다.

지난 반년 동안 매장 매출은 월평균 구천만 원이었고

그것은 다른 매장보다 월등히 높은 액수였다. 복지단에서 정한 매장 영업시간은 아침 열 시에서 밤 여덟 시까지 총 열 시간이었다. 관리관은 판매병에게 하루에 열두 시간씩 일하도록 지시했고 그 결과 매장은 아침 아홉 시에서 밤 아홉 시까지 열렸다. 관리관 봉급과 다음 부임지는 그가 관리하는 매장 매출에 따라서 정해지는 편이었다. 그는 하루 이용객이 수천 명이고 월 매출이 억대인 시내 매장으로 가기를 희망했다. 그의 아버지는 치매 환자여서 요양원에 있었고 그의 아내는 두 번째 아이를 임신한 상태였다.

판매병은 사건이 일어나기 전날 복지단 홈페이지에 기재된 관리관의 다음 부임지를 보았다. 그곳은 산자락에 있는 월 매출이 삼천만 원 정도의 매장이었다.

관리관은 손실액이 많다고 투덜거렸다. 이곳에서 생긴 손실은 관리관이 다음 부임지로 떠나기 전에 자신의 돈으로 메워야 했다. 판매병은 말했다.

최근에 도둑이 많아지고 있다고.

매장 이용자는 하루에 수백 명이었고 판매병 말고 그들을 감시할 수 있는 사람은 없었다. 대문을 자물쇠로 잠가도 창문 잠금장치는 고장 나 있었고 감시카메라도 없었다. 한밤이 되면 야간에 근무하는 불침번이나 초병이 이곳에 들어올 가능성도 있었다. 관리관은 눈을 부라리며 판매병 코앞에 주먹을 디밀었다가 거두었다. 그는 맞지는 않았으나 관리관 손이 맵다는 것을 경험으로 알고 있었다.

관리관은 책갈피에 수표 네 장을 끼우고 장부를 덮었다. 그는 가방을 열었고 담뱃갑을 꺼내서 판매병에게 내밀었다. 판매병은 받지 않으려다가 관리관 안색이 벌게지는 것을 보면서 억지로 받았다. 두 사람은 매장에서 함께 담배를 피웠다.

판매병은 연기를 뱉다가 한 달 전 이곳을 찾아온 노인을 기억했다. 털모자를 쓰고 황회색 조끼를 입은 얼굴 주름이 자글자글한 남자였다. 노인은 우유 상자들을 든 채 AA유통의 물건을 가지고 왔다며 타목으로 말했다. 관리관은 장부를 정리하다가 노인을 보더니 일어나서 경례를 붙였다. 판매병이 처음으로 보는 손동작이었다. 노인은 오래전 자신의 하급자이자 소위였던 남자를 보면서 반말조차 하지 못하고 허리를 숙이며 높임말을 썼다.

노인은 대위로 전역한 뒤에 군무원이 되어서 산자락

매장들을 주로 관리했다. 매장에 물건을 넘치도록 깔고 판매병들 노동 시간을 늘려도 매출은 그가 원하는 수준으로 높아지지 않았다. 노인은 판매병들 인성이 막돼먹어서 게으름을 부린다고 여겼고 수시로 폭언·폭력을 남발했다. 판매병 두 사람이 학대를 참지 못해서 하루 간격으로 연이어 목숨을 끊었고 이 사실이 언론에까지 퍼지면서, 노인은 파면되었다. 그는 현재 부정기적으로 납품업을 하고 있었고 얼굴이 급격히 삭아서 나이는 중년이나 얼굴은 노인의 몰골로 변했다. 관리관은 노인 앞에서는 웃는 얼굴로 깍듯이 예의를 차렸으나 그가 매장에서 떠나자 냉소적인 어조로 중얼거렸다.

나이 들어서 저런 꼴로 살지는 말아야 한다고.

판매병은 담배를 버리고 복지단에 부칠 송금액을 정리했다. 전날 현금으로 벌었던 돈은 육십오만 원이었다. 관리관은 가방에 봉투를 넣고 잇몸을 보이며 웃었다. 그는 저녁에 복지단 지부에서 열리는 징계위원회에 참석해야 했다. 죄질은 무거웠으나 '저런 꼴'의 노인이 되지는 않도록 가슴을 쥐어뜯고 울면서 자신의 잘못을 빌 것이었다. 징계 결과가 감봉 및 보직 해임 정도로 나오기를 속으로 바라며. 그는 마가목과 감초와 생강을 달여서 만든 숙취 음료를 탁자에 놓으며 비꼬는 투로 말했다.

술을 끊거나 아니면 줄이라고.

관리관이 떠났다. 판매병은 음료를 만지며 몸이 아팠던 날을 떠올렸다. 열이 몸에서 끓었고 혓바늘이 났으며 입안이 헐어서 음식은 물론이고 물도 넘기기 힘들었다. 계산대 뒤에서 서 있기가 힘들었으나 손님은 계속해서 밀려들었고 쉼 없이 제품들 바코드를 찍었다. 강장제나 해열제도 먹지 않고서. 그는 열 시가 가까워진 시각에 판매와 결산을 마치고 관리관에게 전화했다. 몸이 고되니 부사수 한 명을 달라고 청했으나 돌아오는 대답은 거절이었다. 이쪽 막사에는 환자만 많고 정상인이 적다는 것이 이유였다.

판매병은 안에서 대문을 잠그고 담배를 문 채 냉동고에 갔다. 그의 손에는 고무망치가 들려 있었다. 손전등 하나만 들고 밤길을 걷다가 그 빛조차 희미해지면서, 길을 잃은 듯한 느낌에 빠졌다. 냉동고 안은 써늘했고 벽에는 성에가 자라고 있었다. 그는 냉동고에 손을 넣고 성에를 깨부수었다. 누군가의 면상에 칼을 꽂는 심정이었고 바닥에 얼음 조각이 깔리면서 벽이 깨끗해졌다.

망치질은 그치지 않았고 담뱃재가 안으로 떨어졌다.

납품업자들은 정오가 지나면 상자를 들고 매장을 방문했다. 그들은 계절에 상관없이 카고 바지에 주머니 달린 망사 조끼를 입었고 한겨울에도 등에는 소금쩍이 있었다.

그들이 언제나 원하는 것은 대량 청구였다. 복지단 홈페이지에는 업체별 배송 물품과 그것의 구체적인 수량을 입력하는 프로그램이 있었다. 납품업자들은 자신보다 나이가 어린 판매병 앞에서 애원에 가까운 통사정을 했다. 누군가는 모친이 병원에 있어서 고액의 병원비를 내야 했고, 누군가는 딸의 혼수를 마련해야 했으며, 누군가는 은행 채무가 상당했다. 그들은 자신의 형편을 말하며 울상을 짓고 있었으나 판매병 눈에는 희극을 열연하는 배우들의 얼굴빛으로 읽혔다.

물품 청구는 원칙적으로는 관리관 업무였다. 그럼에도 추운 날과 더운 날, 비 내리는 날과 내리지 않는 날, 월급을 받는 주간과 그것만을 기다리는 주간의 판매 경향을 감각적으로 파악하고 있는 사람은 판매병이었다. 그는 수요량과 공급량이 균형을 이루는 지점을 얼마간 알고 있었기에 자신의 수학적인 감에 따라서 결정을 내렸다. 그렇기에 납품업자들의 사정이 어떠하건 그의 결정에 별다른 영향을 끼치지 못했다.

EE는 오후 네 시에 찾아왔다.

EE의 이름은 따로 있었으나 판매병은 그를 상호명으로만 불렀다. EE 아저씨, EE 어르신, EE 사장님 같은 식으로. 그는 머리칼과 눈썹이 희었고 강파른 체형이었으나 무게가 나가는 물건을 힘들이지 않고 들었다. 손목이 있어야 하는 자리에는 회색 갈고리가 끼워져 있었는데 그의 손이 없어진 이유를 아는 사람은 없었다.

EE 옆에는 분홍빛 점퍼를 입은 아이가 있었다. 이따금 매장에 들르는 EE의 손자였는데 머리가 둥글고 입술이 작으며 팔다리가 가느다랬다. 아이는 골판지 상자를 든 채 어디에 놓아야 하는지 몰라서 주저했다. 판매병은 짐을 받아서 진열대 앞에 내려놓고 상자 속에 있는 송증을 꺼내서 검수했다. 피자빵 다섯 개, 곰보빵 열 개, 소시지 스무 개, 카페오레 두 상자, 오렌지주스 한 상자. 그는 손으로 물품들 종류와 숫자가 맞는지 일일이 확인하고 EE에게 고개를 끄덕거렸다. EE도 고갯짓을 하자 아이는 상자를 들고 냉장고로 가서 물품들을 안에 넣었다.

판매병은 반납증 묶음과 비닐이 뜯어진 소시지들을

EE에게 주었다. EE는 갈고리가 달리지 않은 왼손으로 반납증 하단에 서명했다. 아이는 진열을 마치자 샌드위치와 우유를 두 개씩 들고 계산대에 다가왔다.

EE와 아이는 의자에 앉아서 간식을 먹었다. 그는 하루에 서른여섯 곳의 매장에 물건을 납품했고 이곳이 서른두 번째 매장이어서 간식을 먹고도 앞으로 네 곳을 더 돌아야 했다. 그는 사과 크기의 빵을 한입에 집어넣고 우유도 마시지 않았다. 음식이 틀니에 찢어져서 목구멍으로 내려가는 소리가 계산대까지 들렸다. 아이는 입이 작고 짧았던 탓에 절반도 먹지 못했고 입꼬리와 턱에 상추와 오이가 달라붙어 있었다.

판매병은 음식물 씹히는 소리를 들으며 EE가 독감에 걸렸던 날을 생각했다. 보름 전이었고 그날은 EE의 아들이 다섯 개의 골판지 상자를 들고 매장으로 왔다. 키가 나직하고 얼굴에 주근깨가 많으며 사십 대 초중반으로 보이는, 본업은 택시기사인 남자였다. 어디에서나 만날 법한 외모에 어디에서나 들을 법한 말투를 쓰던 남자여서 판매병은 그의 외양과 음성을 예사롭게 여겼다.

이틀이 지나서 EE는 사색인 얼굴로 매장을 찾았다. 그는 예전과 다르게 상자들을 바닥에 아무렇게나 떨구고 창가 뒤 의자에 앉아서 훌쩍였다. 판매병은 우는 이유를 묻지 않았고 검수를 마친 물건들을 냉장고에 넣었다. EE가 자리를 벗어나지 않자 그는 자물쇠를 만지며 조용히 말했다.

앞으로 네 곳의 매장을 더 도셔야 한다고.

EE는 계산대에 와서 왼손과 갈고리로 판매병 팔을 붙들었다. 손힘은 강했고 갈고리는 날카롭지는 않았으나 위협을 자아내기에 충분했다. 판매병은 놀라서 거위침을 삼켰고 자물쇠 쥔 손에 힘을 주었다. 여차하면 팔을 빼내서 상대 머리를 자물쇠로 후려칠 마음까지 먹었다. EE는 판매병 눈이 번뜩이는 것을 보면서 이성이 돌아왔고 뒤로 물러났다. 그는 대량 청구를 부탁할 생각이 없었고 협박하려는 의도도 없었다. 자신의 사정을 누구에게라도 말하고 싶었을 뿐이었다.

판매병은 자물쇠를 계산대에 내려놓으며 EE의 '착한' 아들이 전전날 사고를 냈다는 얘기를 들었다. '착한' 아들은 저녁까지 물품 배달을 마치고 야간에도 택시를 몰고자 외출했다. 택시는 한밤에 유흥가 일대를 돌다가 차도를 건너던 사람을 측면에서 들이받았다. 행인은 병원으로 옮겨졌으나 의사의 치료를 받기도 전에 사망했다.

'착한' 아들은 환각성이 있는 약을 복용한 적이 없었고 음주운전을 하지도 않았다.

그는 피로와 졸음에 지쳐 있는 몸으로 차를 운전했을 뿐이었다.

EE는 아이가 음식을 남기자 계산대에 와서 청구할 물품들을 말했다. 소시지 여섯 상자, 피자빵 다섯 상자, 곰보빵 네 상자, 카페오레 여섯 상자, 오렌지주스 다섯 상자. 평소 주문의 몇 곱절에 달하는 물량이었다.

앞으로 일주일은 지나야 월급날이어서 EE의 요구에 따르면 공급 과잉의 상황이 되었다. 과자와 캔 음료는 잉여가 생기면 창고에 보관할 수 있었으나 EE가 납품하는 것들은 냉장고와 진열대에 놓고 단기간에 팔아야 했다. 그의 요구는 판매병의 수학적인 감과 거리가 멀었고 많이 많이 벌고 싶다는 욕망에 맞닿아 있었다. 그것은 나쁘다고 할 만한 욕망은 아니었으나 판매병이 수용해야 하는 이유도 없었다. 그럼에도 그의 태도는 이전에 통사정을 하던 업자들과 다른 구석이 있었다. 비굴함이나 눈물기는 찾을 수 없었고 표정과 말투에서는 결기가 느껴졌다. 오랫동안 무시당하고, 상처받으며, 거절당한 사람이 막다른 곤경에 처하면 보일 법한 기색이었다.

아이가 입가도 닦지 않고 계산대에 손을 얹었다. 검은자가 짙고 흰자는 옅은 눈이 판매병을 보고 있었다. EE는 갈고리로 계산대 가장자리를 긁었다. 공포감을 조성하려는 사람과 동정을 불러일으키는 사람이 계산대 앞에 있었다. 판매병은 둘을 똑바로 보면서도 복지단 홈페이지를 열지는 않았다.

저녁 시간이 가까워져 있었다. 판매병은 매장 문을 잠그고 흡연장으로 나왔다. 그는 때투성이 리놀륨을 씌운 의자에 앉아서 담배를 피우며 숙취 해소 음료를 마셨다. 냉동 트럭이 두 명의 보초병이 서 있는 출입문으로 나아가고 있었는데 타이어에 바람이 빠져서 전진 속도가 느렸다. 운전석 창문은 닫혀 있었으나 조수석 창문은 열려 있었고 아이의 얼굴이 그리로 나왔다. 먼눈으로 보아도 낯빛은 좋지 않았고 입에서 휘파람이 나왔으나 흡연장까지 들리지 않았다.

판매병은 음료를 바닥에 뿌렸다.

산적이 침상에 드러누워 있던 판매병을 깨웠다. 그는 러닝 차림이었고 세면용 바구니를 들고 있었다.

판매병은 몸을 일으켰지만 잠기운이 가시지 않아서 고개를 숙이고 숨만 내쉬었다. 눈꺼풀 안에서 갈대로 빽빽한 운동장과 강풍에 펄럭거리는 현수막들이 나타났다. 코에서 위산 냄새가 느껴졌고 손과 다리는 차가워서 감각이 없었다. 라디에이터에서 온수가 차오르려면 앞으로 삼십 분 정도는 기다려야 했다. 무엇보다 온기가 절실했으나 주위에 소주는 없었고 창고에서 마실 시간도 없었다. 그는 뺨을 때리고 일어났다. 방문 윗부분에 끼워져 있는 간유리에 사람들 지나가는 모습이 어른거렸다.

매장 문 앞에서 복도 가운데까지 줄이 이어져 있었다. 모두들 활동복을 입고 있었고 샤워를 끝마친 뒤여서 몸에서 향기가 풍겼다. 포도와 자몽과 레몬 같은 과일 계통의 냄새였다. 그들의 음성은 복도가 울려들 정도로 컸기에 가끔가다 간부가 통제실에서 나와서 두세 명에게 얼차려를 주었다. 얼차려 시간은 길어야 삼 분을 넘지 않았으나 엎드린 자들은 일 분도 지나기 전에 얼굴이 땀범벅이 되었다.

판매병은 철사로 자물쇠 구멍을 쑤석였고 고리와 몸통이 분리되었다. 사람들이 소리를 지르며 불 꺼진 매장으로 밀려들었다. 이곳에 들어오면 계급의 높낮이는 희미해졌고 부적응자나 비정상이라고 찍혔던 낙인도 옅어졌다. 모두들 환자나 열외자라는 범주에서 벗어나서 구매력을 갖춘 소비자로 탈바꿈하고 있었다.

티브이가 켜졌다. 음악 프로그램이 방영 중이었고 여자들 열 명이 교복을 입은 채 무대에서 춤추고 있었다. 팔다리가 늘씬하고 피부가 하야며 얼굴에 애티가 있는 사람들이었다. 그들은 손과 다리를 놀리다가 분위기가 절정에 달하면 셔츠 윗부분에 있는 단추들을 하나씩 풀었다. 멱과 쇄골이 드러났고 가슴 윗부분도 조금이나마 드러났다. 그들은 웃는 얼굴로 네 번째 단추까지 손대려다가 서둘러 풀었던 단추를 잠그기 시작했다. 극채색 조명이 여자들 손과 상체를 비추었고 관객석에서 열광적인 함성이 터졌다. 누군가가 과자 봉지를 뜯다가 침을 흘리며 감탄조로 말했다.

전부 벗겨서 오늘 밤에 따먹고 싶다고.

산적은 포도 향을 풍기며 매장으로 들어와서 담배 한 보루를 주문했다. 입에서 미소가 떠나지 않았는데 간만에 집에서 돈을 부친 듯했고 알약도 먹은 것으로 보였다. 그는 티브이에서 나오는 노래를 흥얼거리면서 언젠가 여기서 여자도 팔아야 한다고 외쳤다. 우리 같은 군인들을 북돋고 위로하려면 세금이 붙지 않는 매장 상품만큼이나, 여자도 반드시 필요하다는 논리를 내세우면서.

판매병은 고양이가 그려진 담배 보루를 내밀고 카드를 받았다. 한가운데 조국 사랑이라고 적혀 있는 카드였다.

매장에 들어오는 사람들 수가 불어나자 포스에 표시되는 숫자도 점점 높아졌다. 제품 바코드를 찍으면 포스 하단에는 이만에서 삼만 사이의 숫자가 나타났다. 판매병은 손님이 주는 카드나 현금을 받아서 결제했다. 결제가 끝나면 만 단위 숫자는 영(0)으로 떨어졌고 구매자는 먹을거리를 챙겨서 탁자에 가져갔다. 냉동 상태인 음식들이 전자레인지 안에서 훈김이 나도록 데워졌고 사람들은 다리를 꼰 채 티브이에 눈길을 주며 잡담했다. 교복을 입은 여자들은 무대 뒤쪽으로 퇴장했고 흰색 원피스를 입은 여자들 네 명이 나와서 노래를 부르기 시작했다. 가사는 재력과 야성미 넘치는 남성과의 성적인 접촉을 바라는 내용이었다.

열 개의 탁자들 위에 만찬이 차려졌다. 저녁을 먹은 사람들, 식단이 마음에 들지 않아서 저녁을 먹지 않은 사람들이 음식을 먹기 시작했다. 전자레인지는 소음을 내면서 돌아갔고 진열대에 있던 봉지들은 적어졌으며 냉음료의 수효도 줄어들었다. 사람들은 줄에 있다가 대기 시간이 길어지면 손가락을 내지르거나 눈을 부라리며 욕을 퍼부었다. 불구와 동물과 성기가 들어간 욕이었다.

판매병은 말없이 바코드를 찍으며 모니터 숫자들이 오르고 내리는 것을 보았다. 계산을 마치면 결제액은 영으로 떨어졌으나 총 판매액은 불어나고 있었다. 돈이 쌓이고, 쌓이고, 쌓이는 과정은 그러했다. 매장은 음식 냄새로 가득했고 웃음소리가 곳곳에서 들렸다.

여덟 시 반을 넘기자 손님들은 조금씩 줄었다. 탁자마다 과자 가루와 초콜릿 조각과 면 찌꺼기와 가공육 부스러기가 흩어져 있었다. 바닥에는 그들이 내버린 포장 용기와 비닐이 뒹굴었고 진열장 위에는 탄산음료가 뿌려져 있었다. 티브이에서는 음악 프로그램이 끝나고 저녁 뉴스가 나오는 중이었다. 앵커는 다음 날 오전부터 폭설이 내려서 중부 지방이 눈으로 뒤덮일 것이라는 소식을 알려주었다. 사람들은 눈이 온다는 소식을 듣고 한숨을 내쉬었다. 그들은 훈련을 뛰지는 않았지만 제설 작업까지 피할 수는 없었다.

아홉 시가 가까워지자 사람들은 점호를 준비하려고 매장에서 나갔다. 판매병은 안에서 문을 잠그고 의자에 앉았다. 두통이 느껴졌고 속에서 생목이 올라왔으며 볼이 뜨거웠다. 그는 물티슈로 얼굴을 닦고 티브이에 눈길을 돌렸다. 북국에서 다시금 도발을 해서 국경선 근처에 네 발의 포탄이 떨어졌다는 속보가 이어지고 있었다. 나무가 우거진 산에서 흰회색 연기가 피어오르는 장면은 매장 안 풍경보다 실감이 옅은 허구처럼 보였다. 판매병은 하루 동안 판 금액을 확인했다.

총 삼백일만 칠천칠백오십 원이었다.

판매병은 일일 결산서를 출력하고 하루 매출액이 기록된 파일을 복지단 지부에 보냈다. 매장을 청소해야 하는 시간이었으나 다음 날 아침과 저녁의 모습을 예상하자 몸을 움직이기 싫었다. 식사를 거른 탓에 허기가 졌으나 매장에 있는 음식을 먹고픈 마음은 없었다. 그는 앉아만 있다가 전화기를 들었다. 결산을 마치면 관리관에게 연락해서 하루 매출액을 보고해야 했다. 그는 여전히 징계위원회에서 자신의 죄를 고백하고 반성하는 중인지 전화를 받지 않았다. 판매병은 소리를 내지는 않고 입술만 움직였다.

너도 노인처럼 저런 꼴로 살라고.

비질과 걸레질하는 소리가 바깥에서 들렸다. 점호는 보통은 아홉 시 십 분부터 시작했는데 판매병은 매장 정리를 해야 한다는 이유로 열외였다. 그는 사람들이 사라지기를 기다렸고 바깥이 조용해지자 집으로 전화했다. 그의 엄마가 받았는데 말투에는 졸음이 묻어 있었다. 그는 그녀의 건강과 흡연과 과로와 육아에 대해서 물었다. 그녀는 좋다고 말하지 않았고 그렇다고 나쁜 소식을 전하지도 않았다. 사람 살아가는 일이 대개는 그저 그러하다는 식으로 애매하게 답할 뿐이었다. 그는 다른 것들은 넘어가더라도 육아 이야기는 듣고 싶었으나 입이 떨어지지 않았다.

두 사람 사이에 대화는 잘 이어지지 않았고 침묵이 찾아왔다.

라디에이터가 가동되고 있었으나 매장은 서늘했다. 판매병은 소시지 바구니에 두 개의 쥐덫을 놓고 매장을 돌아다니면서 쓰레기를 모았다. 바닥과 탁자에 있는 것들을 봉투에 욱여넣자 봉투 부피가 늘어났고 손에는 냄새가 스몄다. 아침에 넣었던 쥐가 그때까지 죽지 않고 안에서 소리를 내고 있었다. 연민과 불쾌감을 주는 소리였다. 그는 봉지를 열어서 내용물을 발로 짓밟았다. 상자와 봉지와 플라스틱이 구겨지는 소리가 들렸고 찍찍대는 소리는 더는 들리지 않았다.

복도는 한적했다. 판매병은 당직 간부가 복도에 있는지 살피고 매장을 나와서 창고에 들어왔다. 더께가 앉아 있는 창으로 가로등 불빛이 비쳤다. 환하지 않으나 어둡지도 않아서 혼자서 술을 마시기에 알맞은 분위기였다. 내일 새벽부터 기온이 영하권으로 떨어질 것이라는 기상 예보가 생각났고 라디에이터가 가동되어도 생활관에 끼치는 웃풍은 잦아들지 않을 듯했다. 동사하지는 않겠으나 아침에 일어나서 체온이 낮아진 몸과 얼굴을 확인하는 일은 끔찍할 것이었다. 그는 한숨을 내쉬면서 두 개의 상자를 나무 팔레트에 내려놓고 고양이 상자를 뒤적거렸다. 소주 반병과 플라스틱 캔과 반투명 비닐이 나왔다. 그는 반투명 비닐에 끝이 구부러진 철사를 넣었다.

판매병은 소주를 마시며 육포를 씹었다. 아침에는 육포에서 군내가 났는데 한밤이 되자 담배 내와 흡사한 냄새가 났다. 병이 바닥을 드러내자 이마와 가슴에 미열이 생겼고 입안에 단내가 퍼졌다. 입과 손이 근질거렸으나 더 이상 마시면 이를 닦아도 생활관 사람들이 알아차릴 수 있었다. 그는 뚜껑을 닫으면서 내일 처음으로 만날 예정인 새로운 관리관을 생각했다. 친절한 사람을 기대하지는 않았으나 무례한 사람을 원하지도 않았다. 그에게 욕설과 폭력을 쓰지 않고 정해진 시간 외에는 일을 시키지 않으며 최소한의 상식 정도는 지키는 사람이 오기를 소원할 뿐이었다.

부엉이 우는 소리와 사슴이 바닥을 지르밟는 소리가 들렸다. 부대는 산 아래 있어서 밤이면 산짐승이 울고 움직이는 소리가 들렸다. 오지 중에서도 개오지, 깡촌 중에서도 개깡촌, 병신들 중에서도 개병신들만 사는 곳. 그가 이곳에 처음으로 왔을 때 그의 고참이자 선임 판매병이었던 남자가 내뱉은 말이었다.

판매병이 이십 대부터 살았던 지역도 오지, 깡촌, 병신 소리를 들었다.

산속에 사는 동물들이 가끔은 주택가까지 출몰했고 학교와 상가는 있었지만 그 외 지역은 대부분 농경지이거나 공장용지였다. 학교는 명문이 아니었고 전국적으로 평균 수준에 들지도 못했으며 학생들까지도 반농담조로 오지 학교, 깡촌 학교, 병신 학교라고 불렀다. 학생들은 대개 외지에서 왔기에 학내 기숙사에서 지내거나 학교 앞 빌라촌에서 방을 구해야 했다. 그들 중에서 몇몇은 시간이 지나자 학교뿐만 아니라 건물과 동네, 심지어 자기 자신에게까지 오지, 깡촌, 병신이라는 말을 붙였다.

판매병은 학교를 다니다가 중퇴를 하고도 그곳에서 살았다. 동네에 관심과 애착이 있지는 않았으나 다른 곳에서 살 계획도, 자금도 없었다. 하루는 비닐하우스에 가서 작물을 거두었고, 하루는 톱밥을 말리고 발효시키는 공장에 나갔으며, 하루는 손님이 많지는 않던 술집에서 음식을 날랐고, 하루는 멧돼지 침입에 대비해서 농지 둘레에 철조망을 두르는 작업을 했다. 그곳에서 삼 년을 지내는 동안 그가 다녔던 학교의 이사장은 수백억 원대의 교비를 횡령해서 징역을 선고받았고 그 때문에 신입생 충원율이 한 자리 수로 급감해서 조만간 폐교될지도 모른다는 얘기가 돌았다.

기온이 영하권으로 떨어지던 초저녁이었다. 판매병보다 한 살 많았던 선배는 극세사 이불로 몸을 만 채 침대에 누워 있었다. 한때는 그와 같은 학과에 다녔고 성적도 뛰어났지만 졸업을 하지는 못한 상태였다. 남녀는 만나고 헤어지기를 수차례 반복했고 그 무렵 애정이 두텁지 않았으나 다시 만나고 있었다. 평범한 관계는 아니나 특별한 관계라고까지 말하기는 어려웠고 서로에 대해서 얼마만큼은 알고 있으나 거기서 더는 깊어지지도 애틋해지지도 않는 사이. 서로가 좋음이나 밝음보다는 애매함이나 불일치함, 불확실함을 더 많이 생각하던 때였다.

판매병은 집으로 돌아오자 창문을 열고 침대에 앉아서 담배를 피웠다. 선배는 송곳눈을 뜨며 담뱃불을 끄라고 말했다. 그는 대꾸하지 않고 담배를 재떨이에 비볐다. 그녀는 전날 산부인과에 다녀오기 전까지 판매병보다 흡연량이 많았고 설탕이 들어가지 않은 커피를 하루에 세 잔씩 마셨다. 그는 마른침을 삼키고 침대 왼편 협탁을 흘긋거렸다. 평소라면 그녀가 즐기는 기호식품들이 놓여 있었을 테지만 이제는 약봉지와 입영 통지서만 있었다.

선배는 백숙과 포도가 먹고 싶다고 말했다. 평소와 다르게 머뭇거림이나 겸연쩍음 같은 것들이 조금도 느껴지지 않는 말투로.

판매병은 마트에 들렀으나 포도는 없었고 삶은 닭도, 생닭도 찾지 못했다. 새로운 물건은 주말이 지나야 들어올 예정이었고 그때도 이곳에 닭과 포도가 있을지는 알 수 없었다. 그는 사과와 닭강정을 사고 마트에서 나왔다. 삼계탕과 치킨, 닭찜과 닭갈비 같은 것들을 팔았던 가게들 내부는 어두웠다. 방학이 되면 대부분의 가게들은 개학을 하기 전까지 문 여는 횟수가 적어졌고 영업시간도 짧아졌다. 게다가 두 달이 지나서 개학을 하더라도 저곳들 문이 열릴지는 알 수 없었다.

판매병은 집으로 와서 저녁을 차렸으나 선배는 음식에 손대지 않았다. 사과와 닭강정은 그녀가 바라는 음식이 아니었다. 바깥에서 부엉이 우는 소리와 멧돼지 우는 소리가 들렸다. 그는 외출했고 택시를 잡아타서 동네에서 십 킬로미터 바깥에 떨어져 있는 상점가에 도착했다. 거기에는 대형 마트가 있었고 포도와 백숙을 파는 곳도 있었다. 그는 필요한 물건들을 사고 버스를 타려다가 그녀의 배 속에 있는 것을 생각하면서 택시를 잡았다.

택시는 빛이 충만한 공간에서 어둠이 편만한 곳으로 나아갔고 목적지에 이르자 앞창에 멧돼지가 언뜻거렸다. 멧돼지가 음식점 출입문으로 들어가자 실내는 아수라장이 되었고 식기 떨어지는 소리와 사람들 고함이 차내까지 기어들었다. 사장과 손님들은 겁을 먹었고 짐승이 그곳 주인으로 비쳤다. 판매병은 차비를 내고 택시에서 내렸다. 멧돼지는 음식점에서 나왔고 그와 눈이 스쳤으나 공격하지는 않았다. 짐승은 꼬리에 겨자색 양념을 묻힌 채 산길이 있는 쪽으로 유유히 올라갔다.

선배는 침대에 누워서 뉴스를 시청하고 있었다. 처음 준비했던 저녁밥은 입에 대기 어려울 정도로 시서늘했다. 판매병은 흐르는 물에 포도를 씻고 플라스틱 용기에 있던 백숙을 냄비에 넣고 가열했다.

식사가 차려지자 선배는 이불을 걷고 바닥에 내려왔다. 판매병은 닭을 찢어서 다리부터 그녀 앞접시에 놓고 국물이 묻은 손가락을 수건에 닦았다. 그녀는 고기는 본체만체하고 포도알을 따서 껍질을 벗겼다. 그녀는 먹었고 그는 먹지 않고 고기만 발랐다. 티브이에서는 환자복 입은 노인이 휠체어에 실려서 어딘가로 가는 장면이 나왔다. 앵커의 말로는 징역수는 교도소에서 복역하던 중에 뇌출혈 증세가 생겨서 병원으로 옮겨지는 것이라고 했다. 판매병과 그녀는 노인을 실제로 본 적이 없었지만 그가 누구인지 알았다.

그들이 다녔던 학교에서 최상단에 있던 사람, 몇백억 원을 횡령해도 어디가 아프다고 하면 마음대로 병원에 드나들 수 있는 사람, 아마도 집행된 형만큼 살지 않고 내년쯤이면 사회에 복귀해서 건강을 되찾고 골프 같은 운동도 즐길 사람. 어쩌면 이곳 멧돼지의 숫자와 출몰을 앞으로 더욱 늘리게 만들 사람.

선배는 포도만 먹었고 고기에 손대지 않았다.

판매병은 아무것도 먹지 않았다.

사람들 발소리가 들렸다. 점호가 끝나서 흡연장이나 화장실에 가려는 사람들이 내는 소리였다. 판매병은 바깥의 소리를 의식하면서 눈을 감은 채 풍경을 떠올렸다. 그가 전투복을 입고 막사에 들어왔던 날부터 나날이 생각하는 폐교의 풍경을.

갈대가 자라고 있는 운동장과 외양이 우중충한 벽돌 건물들과 외벽에 이끼가 돋아난 석조 건물, 쓰레기들이 나뒹구는 인도와 가로수 밑을 빼곡하게 점령한 명아주 개비름 방동사니 같은 잡풀들, 털투성이 개들만 어정거리는 차도와 벽에는 회갈색 덤불이 덮여 있는 빌라들, 상가 건물들 통창마다 붙어서 바람에 나부끼고 있는 수십여 장의 '임대 문의' 현수막, 어둠이 내리면 부엉이 소리가 짙어지면서 불빛 없는 인도와 차도와 건물로 돌아다니는 수십여 마리의 멧돼지들.

여러 물상들이 눈꺼풀 안에서 나타났다가 스러졌고 이번에도 마지막에는, 검은자가 짙고 흰자는 옅은 눈이 나타났다. 그에게 죄책감을 불러일으키는 나이가 어린 인간의 눈이었다. 그러한 눈들이 하나가 아니라 수십, 수백여 개로 늘어나서 눈꺼풀 안을 메우자 토기가 치밀었다. 그는 구석으로 가서 상자들을 밀치고 구역질을 했다. 바닥에 널브러져 있는 오동통한 물체가 토물을 뒤집어썼다. 그것의 꼬리는 끊어져 있었고 머리는 오른쪽으로 비틀려 있었으며 몸에는 상처가 가득했다. 오래전에 죽은 것으로 보였으나 어제나 그제, 어쩌면 좀 전에 죽은 것처럼 보이기도 했다. 이 자리에서 죽지 않았어도 어느 그늘이나 모퉁이에서 이보다 처참하게 죽었을 것 같기도 했다. 그는 두려움과 혐오감에 질린 눈으로 아래를 내려다보았다.

검은 쥐였다.

매직

동물에게 한 차례 휘두른 적은 있지만 사람에게 사용할 기회는
한 번도 없었던 도끼. 그는 도끼날을 감싸고 있던 고무 덮개를
벗겼다.

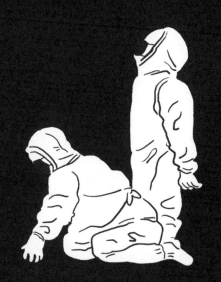

1.

직원은 410호 방으로 들어왔다.

직원이 스위치를 누르자 파스텔 톤의 보라색 불빛이 침대에 쏟아졌다. 보라색 베개와 보라색 이불이 놓인 침대에는 머리카락들이 흩어져 있었다. 몇 개는 노랗고 몇 개는 염색이 빠져서 까마며 몇 개는 윤기를 잃고 오그라든 것들.

그는 머리카락들을 줍다가 여자의 머리를 떠올렸다. 그녀는 두상이 둥글었고 고개를 숙이면 두 개의 가마가 대칭적으로 보였으며 옆머리와 뒷머리에는 탈모의 기미로 짐작되는 흠집이 몇 개 있었다. 그녀의 머리숱은 이곳에 오기 전에는 풍성했으나 한 달쯤 지나면서 모발의 굵기는 얇아졌고 숱이 있어야 하는 자리에는 맨살이 비쳤다.

욕실에는 담청색 매트가 있었다. 한동안 청소를 하지 않아서 매트에는 곰팡이와 물때가 끼어 있었고 하수구 둘레에서 벌레들이 오글거렸다. 유리벽에 붙박인 수납함에는 보풀이 일어난 한 장의 수건과 콘돔 상자들이 있었다. 직원은 상자를 열어서 포장지를 찢고 고무를 꺼냈다. 전국 어디서나 파는 싼 가격에 신축성이 좋지는 않고 두

께감이 있으며 기름 냄새를 풍기는 콘돔, 그가 일주일에 한 번씩 대량으로 사서 각 방 수납함에 집어넣는 콘돔이었다. 그는 콘돔을 보다가 휴지통에 버렸다.

화장대 위에는 인터폰과 스프레이와 화장품이 있었다. 직원은 화장대 앞에서 서성거리다가 매니큐어를 발견했다. 한 번도 사용하지 않은 새것이었고 색깔은 회색이었다. 그는 심호흡을 하고 뚜껑을 열어서 매니큐어 냄새를 맡았다. 자몽 향이 났으나 그보다 짙은 것은 에나멜 냄새였다.

직원은 매니큐어를 주머니에 넣고 그곳에서 나왔다.

천장 모퉁이에는 두 대의 카메라가 설치되어 있었다. 직원은 카메라를 의식하면서 카운터로 걸었다. 벽에는 앞 숫자가 '4'로 시작하는 문들이 이어져 있었고 벽지는 들떠서 너덜너덜했다. 여름 장마철은 길었고 비가 건물의 외벽을 때리는 소리는 세찼으며 아침저녁으로 복도와 방에는 에어컨이 가동되었다. 그럼에도 곰팡이는 벽에 피었고 틈날 때마다 방향제를 뿌려도 곰팡내가 남아 있었다.

엘리베이터 문 열리는 소리가 들렸다. 카운터 앞에는 야구 모자를 눌러쓰고 작업복 입은 남자가 서 있었다. 한 달에 한두 번 이곳에 들르는 오십 대 후반의 남자였다. 보통은 기본 서비스만 이용할 때가 많았으나 금전적인 여유가 있는 날이면 여러 서비스를 신청했다. 이를테면 풋잡(foot job), 전립선 마사지, 밧줄 결박, 스리섬 같은 것들. 그는 돈의 많고 적음에 따라서 자신의 욕구를 조절할 줄 아는 사람이었다.

직원은 목인사를 하면서 그의 안색을 살폈다. 예전에는 외모와 차림을 최대한 꾸미고 이곳에 방문하는 사람이었다. 모자는 언제나 회색 중산모를 썼고 감은빛 슈트를 차려입었으며 착용하고 있는 구두와 시계 같은 것들도 명품으로 보였다. 그러나 이번에는 전과 다른 복장이었다. 모자는 챙이 더러웠고 작업복은 색이 바랬으며 작업화 앞코에는 진흙이 묻어 있었다. 시계는 저번에 찬 것과 같았으나 그의 행색과 어울리지 않았다.

직원은 요금표를 보여 주면서 언제나처럼 설명했다. 가장 기본적인 서비스는 십 분 동안 안마를 받고 이십 분 이내로 섹스를 하는 것이었다. 안마 시간이 늘어날수록, 섹스 시간과 횟수가 늘어날수록, 그 외의 부가적인 서비스를 받으려고 할수록 요금은 높아졌다. 카드로 결제하면 현금가보다 십 퍼센트 가산된 액수를 지불해야 했고 얼마를 내건 간에 콘돔 착용은 필수였다. 중년이 고개를 끄덕이고 입을 열었다.

아이리스가 있느냐고.

직원은 고개를 저었다. 중년은 미간을 좁히더니 바지 뒷주머니에서 장지갑을 꺼냈다. 그가 꺼낸 지폐는 아홉 장이었고 가장 기본적인 서비스 요금이었다.

직원은 돈을 받고 401호 방으로 전화했다. 앤젤이 전화를 받는데 목소리에는 잠기와 신경질이 묻어 있었다. 그녀는 정시에 출근했을 때부터 복통을 느꼈고 손님을 받을 몸이 아니어서 조퇴를 바랐다. 직원은 그녀의 퇴근을 허락할 만한 권한이 없었고 오로지 사장만이 결정을 내릴 수 있었다. 사장은 최근 일정이 많아서 자정이나 새벽은 되어야 업소에 얼굴을 비쳤고 카운터 앞에는 손님이 대기 중이었다. 앤젤은 몸이 아프다고 하면서 전화를 끊었으나 직원은 그 말을 귀여겨듣지 않았다.

위층에는 욕실과 부엌과 창고가 있었다. 중년과 직원은 엘리베이터를 타고 위층으로 올라왔다. 업소에서 손님에게 제공하는 식사 종류는 두 가지로 백반과 라면이었다. 백반은 두 자리 수 이상의 지폐를 내놓는 손님에게만 제공되었기에 중년이 식사를 선택할 수 있는 권한은 없었다. 그는 실망을 감추지 못하면서 사물함 앞에서 옷을 벗었다. 직원은 물 채운 냄비를 가스레인지에 올리면서 중년을 흘긋거렸다. 가슴과 배에는 군살이 올라서 아래로 늘어져 있었고 엉덩이에는 튼살과 주름이 많았으며 등에는 살구색 파스들이 너덜거렸다. 운동과는 거리가 멀고 단것과 과식과 음주와 통증에 익숙해진 몸, 이곳에 찾아오는 중장년 남자들의 몸은 대체로 그러했다.

중년은 삼 분 만에 샤워를 마치고 욕실에서 나왔다. 직원은 냄비에 사리를 넣기도 전에 주방에서 나와서 가운을 챙겼다. 중년은 몸에 물만 끼얹고 비누칠은 하지 않아서 등에서 파스 냄새가 희미하게 풍겼다. 직원은 중년에게 가운을 입히고 끈으로 앞을 여민 뒤 물거품이 끓어오르는 소리를 들으며 부엌으로 갔다.

중년은 라면을 반도 먹지 못했다. 물을 제대로 조절하지 못해서 간이 싱거웠고 반찬은 백반이 나오던 때와는 다르게 단무지 말고는 아무것도 없었다. 그는 맛을 불평하지는 못하고 배부르게 먹으면 발기가 되어도 몸이 무거워서 허리를 쓰기가 힘들다고 했다. 직원은 발기력이나 허릿심은 식사량의 많고 적음이 아니라 나이의 높고 낮음, 건강의 좋고 나쁨에서 결정된다고 말하고 싶었으나 그 말을 속으로 삼켰다. 고객에게 절대로 싫은 소리를 하지 말 것, 그이가 이상하거나 개같은 소리를 하더라도 공감을 표할 것. 그가 업소에 처음으로 왔던 날 사장에게 들었던 말이었다.

두 사람은 아래층으로 내려왔다. 카운터에는 여전히 아무도 없었고 상무나 손님이 온 흔적도 보이지 않았다. 직원은 401호로 걸어가서 문을 두드렸다. 앤젤이 문을 열었는데 낯이 창백했고 이마 주름이 깊었으며 속눈썹 화장이 눈두덩에 번져 있었다. 그녀가 복통과 두통을 호소하자 직원이 물었다.

구토나 출혈을 한 적이 있느냐고.

앤젤은 입을 열지 않았다. 구토와 출혈은 눈에 띄는 것이었으나 통증은 그의 육안으로 보이지 않는 것이었다. 직원은 자신의 눈으로 본 것만 사장에게 보고해야 했고 그래야 그녀의 조기 퇴근을 말할 수 있었다.

문이 더 열렸다. 중년은 마른 체형의 여자를 좋아하는 편이어서 통통한 체형인 앤젤에게 호감을 가지지 않았다. 앤젤도 입술을 당겨서 웃고 있었으나 억지웃음에 가까웠다. 서로에게 호감이 없는 사람들이 삼십 분 동안 한방에 있을 것이었다. 직원은 방문을 닫으려다가 중년의 말소리를 들었다.

다음에는 아이리스를 불러 달라고.

2.

아이리스는 폭우가 내리던 여름날 업소에 찾아왔다.

오후 여섯 시였다. 주간에 일하는 아가씨들이 퇴근하고 야간에 근무하는 아가씨들이 오지 않아서 업소는 한산했다. 직원은 아가씨들 방을 청소하고 인터넷으로 쇼핑몰 사이트를 뒤지고 있었다. 일주일마다 돌아오는 주문일은 아니었으나 업소에 비치해야 하는 콘돔이 이틀이 지나면 바닥날 듯했다. 상무는 직원 옆에서 줄칼로 손톱을 다듬으며 푸념했다. 급여는 오르지 않는데 업무는 많아서 심신이 피곤하다는 것이었다.

엘리베이터 문이 열리면서 누군가가 장우산을 쥔 채 앞으로 나왔다. 남자가 아닌 여자였는데 이곳에서 일하는 아가씨가 아니었다. 그녀는 자줏빛 원피스를 입고 있었고 밑단과 샌들에서 물이 방울져 떨어졌다. 키는 작았고 화장이 옅었으며 반달형 눈매와 오뚝한 콧날이 인상적인 사람이었다. 직원은 순간적으로 상무의 오른발을 밟았다. 상무는 줄칼을 떨어뜨리고 서랍을 열어서 돈 봉투를 꺼냈다. 아가씨와 손님이 없는 어중간한 시간대여서 현장이 발각될 가능성은 없었다.

여자는 내벽에 붙어 있는 '매직'이라는 스카시 글자를 보고 고개를 수그렸다. 두 사람 눈에 윗머리에 있는 두 개의 가마가 보였고, 물기가 느껴지지 않는 저음의 목소리가 귀에 들렸다.

이곳이 매직이 맞느냐고.

직원은 생각했다. 단속반이라면 보통은 한 명만 오지는 않았고 이곳에 여경이 온 적도 없었다. 여경 한 사람이 오더라도 이보다는 체격이 크고 말투도 험악한 사람이 왔을 것이었다. 상무는 안도의 한숨을 쉬면서 돈 봉투를 서랍에 넣고 줄칼을 주웠다. 그녀는 자신이 누구인지를 찬찬히 소개했다. 그동안 네 곳의 업소에서 일했던 경력이 있고 사장과는 엊그제 만나서 계약을 했으며 근무는 오늘부터라도 가능하다고.

직원은 그녀가 무경험자일 것이라고 추측했고 사장과 만났다는 말도 믿지 못했다. 사장이 여자들과 직접적으로 만나서 계약하는 경우는 없었다. 사장과 친척뻘인 알선업자가 있었는데 그가 여자를 만나고 데려오며 선불금 주는 일까지 맡아서 처리했다. 그는 업소에서 단 한 번

보았던 알선업자를 기억했다. 얼굴이 두리두리하고 체구는 땅딸막하며 눈웃음을 수시로 보이던 인상 푸근한 남자였다. 그는 이곳에서 무료로 서비스를 받았던 유일한 남자이자 직원과 상무에게 고액의 팁까지 준 유일한 손님이었다. 직원은 그가 업소에서 나가기 전에 사장에게 주었던 종이 뭉치를 떠올렸다.

그것은 차용증 묶음이었다.

직원은 여자의 체중과 가슴둘레, 키와 나이를 파일에 옮겼다. 인터넷으로 찾은 어느 여자의 알몸 사진과 과장이 섞인 신체 정보는 성인 인증만 거치면 누구라도 확인이 가능한 성인 사이트에 게시될 것이었다. 직원은 거기에 리얼 여친, 초슬림 몸매, 천사 마인드, 인기녀, 최고 스킬, 아찔한 밤 가능과 같은 문구를 덧붙여야 했다.

직원은 파일을 저장하려다가 그녀의 양손을 보았다. 손등은 핏기가 엷어서 파리했고 손톱에는 보랏빛 매니큐어가 칠해져 있었다. 그는 한동안 손톱에 눈길을 고정했고 상무에게 허리를 맞고 난 뒤에야 시선을 돌렸다. 앞으로 십 분만 지나면 손님이 몰려드는 시간이어서 영업을 준비해야 했다. 그는 정신을 차리고 그녀에게 업소에서 쓸 닉네임을 물었다. 그녀는 입술을 달싹거리다가 말했다.

아이리스.

상무는 바지 주머니에 있던 열쇠를 꺼내서 직원에게 던졌다. 반구형 모양의 열쇠고리에는 410이라는 숫자가 고딕체로 적혀 있었다. 직원은 아이리스를 데리고 복도로 걷다가 가죽 샌들을 신고 있는 두 발을 보았다. 발은 그녀의 키만큼 나직했고 발톱에도 보랏빛 매니큐어가 칠해져 있었다. 그는 거기에 눈길을 모으면서 걷다가 다리가 꼬여서 앞으로 넘어질 뻔했다.

방문이 열렸다. 비너스라는 아가씨가 열흘 전에 그만둔 뒤로는 치우지 않아서 방 안은 휑했고 어디선가 좀약 냄새가 풍겼다. 넓이는 여덟 평이었고 침대와 화장대와 옷걸이, 협탁과 의자가 저마다 자리를 차지하고 있는 방이었다. 아이리스는 침대 가장자리에 앉아서 주변을 휘둘러보았다. 경력이 있다고 말하기는 했으나 눈에는 두려움과 경계심이 어려 있었다. 직원은 일하는 환경이 달라져서 저런 눈빛을 보이는 것인지, 아니면 경력이 없는 초심자의 감정을 눈에 드러낸 것인지 속으로 어림했다. 아마도 후자일 것이라고 생각했으나 전자이건 후자이건 간에 자신이 도울 만한 일은 없었다.

직원은 사무적인 목소리로 이 업소에서 알아야 하는

주의 사항들을 알려 주었다. 카운터의 지시와 요구에 반드시 따라 줄 것, 폭력을 당하는 경우만 아니면 항상 손님에게 친절하게 대할 것, 필요한 물건이 있거나 위급 상황이 발생하면 그 즉시 인터폰으로 연락할 것, 사장에게 하고픈 말이 있으면 그보다 먼저 자신이나 상무에게 말할 것. 아이리스는 그의 말을 듣다가 말했다.

이불과 전등의 색상을 보라색으로 바꾸어 달라고.

직원은 이유를 물었다. 아이리스는 전에 있던 업소에서도 그런 류의 물건을 썼으며 보랏빛이 남자의 성감을 자극하는 색이라고 했다. 직원이 주저하면서 확답을 주지 않자 그녀의 목소리 톤이 높아졌다.

큰돈을 선불로 받았으니 조속히 갚아야 한다고.

아이리스는 핸드백에서 녹색 주머니를 꺼냈다. 주머니에는 담뱃갑과 성냥갑 두 개가 들어 있었다.

직원은 성냥갑 하나를 받아서 카운터에 돌아왔다. 상무는 전에 있던 비너스보다는 성격이 괜찮게 보인다면서 반색했다. 직원은 아무런 말없이 인터넷으로 보라색 계통의 전등과 이불을 찾았다. 보라색 이불은 대부분 양모 재질이어서 가격이 비쌌고 전등은 흰색과 하늘색과 분홍색 말고는 보이지 않았다. 그는 상무가 듣지는 못하도록 혼잣말을 했다. 큰돈. 그것은 그녀 입에서 나왔던 말이었다. 그는 이곳에서 큰돈을 가지고 만지는 사람은 한 명뿐이라고 생각하며 입술에 담배를 물었다. 사장은 카운터에서 담배를 피우지 말라고 한 적이 있었으나 그 지시를 따르지 않고 있었다.

그가 업소에 들어와서 처음으로.

엘리베이터 문이 열리면서 저녁 손님이 모습을 드러냈다. 얼굴에 잡티가 많고 브이넥 티셔츠와 리넨 바지를 입은 삼십 대 중반으로 보이는 남자였다. 상무는 직원 입술에 물려 있던 담배를 빼앗고 허리를 굽혀서 인사했다. 그는 직원의 설명도 듣지 않고 지갑에서 스무 장의 지폐를 꺼내서 책상에 올려놓았다. 방에서 팔십 분의 시간을 보낼 수 있으며 본인이 원한다면 여자와 두 번까지도 관계할 수 있는 서비스, 이른바 업소에서 투 샷(two shot)이라고 부르는 서비스에 해당하는 금액이었다.

상무는 껄껄거리면서 410호 방으로 전화를 넣으려다가 멈칫했다. 직원이 그의 오른발을 밟고 있었다. 그는 발에 힘을 주면서 손님에게 말했다.

야간부 아가씨들이 한 명도 출근하지 않아서 한 시

간 정도는 기다려야 한다고.

　　손님은 고개를 저으며 돈을 챙기고 업소에서 떠났다. 상무는 직원의 등을 몇 차례 때렸으나 그 이상 폭력을 쓰지는 않았다. 그날 매상이 낮으면 사장은 그보다 형뻘인 상무에게 욕을 퍼부었고 주먹질도 서슴지 않았다. 한번은 앞니가 부러진 적이 있었고 두어 달 전에는 눈에 멍이 들어서 상처에 안대를 착용하고 다녔다. 그리고 지금은 하관에 상처가 있었다.

　　직원은 모니터를 보다가 연보라색 불빛이 나오는 등을 찾았는데 가격은 양모 이불만큼 비쌌다. 그는 사장이 주었던 카드를 주머니에서 꺼내려다가 흠칫했다. 가격은 문제가 아니었으나 이것을 샀다가는 아이리스가 오랫동안 여기서 일할 것이라는 예감이 들었다. 그는 이곳에서 장기간 일했던 여자들을 생각했다. 피부결은 거칠해지고, 눈 밑 그늘이 짙어지며, 머릿결은 푸석해지고, 몸살감기에 걸리는 경우가 많아지며, 탈모 기미가 두피에서 보이고, 성격이 업소에 오기 전과는 달라졌다. 말이 없어지고 대인 기피도 심해지며 직원과 상무에게 특별한 이유도 없이 짜증을 부리고 아주 드물게는 손님을 폭행했다. 비너스도 처음에는 장난기 넘치고 잔정과 웃음도 많았던 사람이었다.

그의 손에 땀이 맺혀서 카드가 젖었다.

3.

상무가 업소에 돌아왔다. 그의 왼손에는 비닐로 포장한 기둥들이 있었고 오른손에 쥔 봉지 안에는 도배 용품이 가득했다. 한파가 몰아치는 날이었으나 그의 얼굴에는 땀자국이 있었고 목덜미에서 소금기가 흘렀다.

직원은 위층 창고에서 베니어합판과 양동이, 철제 사다리와 코팅 장갑을 가져왔다. 상무는 사다리 위에 올라가서 곰팡이가 앉은 벽지를 뜯었다. 벽지는 낡아서 손에 닿자마자 바스러졌고 시멘트 벽에는 회황색 얼룩이 번져 있었다. 직원은 벽 앞에 합판을 깔고 초배지를 올려놓았다. 그들은 여름이 지나고 아가씨들 방을 도배한 적이 있어서 기초적인 작업 요령을 알았다. 직원은 무릎을 꿇고 물 채운 양동이에 지물용 본드를 풀어서 혼합물이 엉기지 않도록 귀얄로 저었다.

카운터에서 벨 소리가 들렸다. 업소에서 벨이 울리는 이유는 두 가지였다. 하나는 아가씨가 손님을 건드리는 것, 다른 하나는 손님이 아가씨를 건드리는 것.

전자의 사례는 비너스 하나였고 후자는 그 외 나머지였다.

직원은 귀얄을 합판에 놓고 일어섰다. 손에 장갑을 끼우고 카운터 바닥에 놓여 있는 야구 방망이와 보자기, 캔맥주를 챙겼다. 벨 소리는 고막이 아플 정도로 조금씩 높아졌다. 그는 비상키로 401호 방문을 열고 야구 방망이로 벽을 후려쳤다. 앤젤은 인터폰을 컨 채 바닥에 엎드려서 소리를 지르고 있었다. 그녀의 등에는 붉은색 선이 많았는데 어떤 선은 맞아서 생긴 상처 같았고 어떤 선은 낙서로 보였다. 직원은 눈을 지릅뜨고 중년에게 침을 뱉었다. 알몸인 남자 손에는 채찍과 립스틱이 있었다.

직원은 중년의 어깨를 붙잡고 복도로 끌어냈다. 체형이 작지는 않았으나 근력은 부족한 남자여서 힘으로 제압하기는 어렵지 않았다. 그는 맥주 캔을 보자기에 감싸서 중년의 아랫배에 세 차례 꽂았다. 통증은 생기나 눈에 띄는 상처는 남지 않는 방식이었다. 중년 입에서 침방울과 비명이 나왔다.

앤젤은 일어나서 중년이 입었던 가운을 바깥으로 던지고 문을 닫았다. 방에서 불빛이 꺼졌고 그녀가 우는 소리가 복도까지 들렸다. 한 달에 한 번쯤 여자들 방에서 나오는 소리였다. 직원은 중년의 손목을 비틀어서 약지에 끼워져 있던 금반지를 뺐다. 가운 주머니에는 장지갑이 있었는데 지폐 두 장, 카드 한 장 말고는 별다른 것이 없었다. 그는 카운터에 가서 기본 서비스 요금만큼 카드를 긁었으나 결과는 한도 초과였다. 중년은 속옷 차림으로 벽에 기대어서 울먹거리다가 직원에게 뺨을 맞고서 입을 다물었다.

상무는 위로 올라가서 중년이 사물함에 넣었던 옷을 가져왔다. 옷에서 나온 값나가는 물건은 손목시계뿐이었는데 시침과 초침이 움직이지 않았다. 직원은 시계를 받아서 가만히 뜯어보다가 모조품일 것이라고 생각하면서 찬웃음을 지었다. 예전에 보았던 회색 중산모와 감은빛 슈트, 고급 구두가 허상처럼 느껴졌다. 그는 중년이 복도에서 옷을 다 입자마자 멱살을 잡아서 엘리베이터 안으로 처넣었다. 철문이 닫히기 전에 비명이 들렸으나 그 소리에 신경을 쓰는 사람은 없었다.

앤젤은 삼십 분 정도 지나서 카운터에 나왔다. 손님에게 폭행당하는 경우에 한해서는 퇴근이 가능했으나 업소에서 일정한 치료비를 주지는 않았다. 폭행자에게 빼앗은 약간의 금품이 그녀가 받는 몫이 되었다. 직원은 주머니에 있던 것들을 책상에 놓았다. 지폐 두 장, 금반지, 장지갑, 손목시계. 앤젤은 책상을 내리쳤다.

저런 병신 새끼를 나한테 보낸 이유가 뭐냐고.

직원은 중년이 '저런 병신 새끼'인지 알지 못했다. 중년은 전에는 중산모를 쓰고 슈트를 입은 모습으로 이곳에 들르던 남자였다. 그때는 돈의 많고 적음에 따라서 자신의 욕망을 조절할 줄 알았다. 그런데 오늘은 그때와 같은 모습도, 조절력도 없었고 '저런 병신 새끼'만 있었을 뿐이었다. 그가 할 수 있는 말은 이것이 전부였다. 앤젤은 화난 목소리로 예전에 있었던 일을 말하기 시작했다.

언젠가 아이리스가 수표를 챙겼다는 일화였다.

직원은 입을 열지 않았고 상무도 스크레이퍼로 얼룩을 긁을 뿐 침묵하고 있었다. 앤젤은 눈물을 삼키면서 책상에 있는 것들을 핸드백에 담고 엘리베이터로 갔다. 철문이 닫히기 직전에 개새끼라는 소리가 나왔다. 그 말이 중년을 가리키고 있는지, 직원과 상무까지 포함하고 있는지, 단수형이 아니라 복수형인지 남자들은 알 수 없었다. 상무는 엘리베이터가 일 층에 도착한 것을 확인하자 스크레이퍼를 던지며 쌍소리를 했다. 직원은 화내지 않았고 앤젤의 '개새끼'가 누구를 가리키건 간에 잘못된 말은 아니라고 여겼다.

직원은 성냥을 그어서 담뱃불을 붙였다.

4.

아이리스를 호명하는 손님은 많았고 나이대도 다양한 편이었다. 적게는 이십 대에서 많게는 육십 대까지.

직원은 계산을 마치면 410호 방으로 전화를 걸었다. 그녀의 음성은 출근 시간에는 낮고도 무덤덤했으나 예닐곱 명의 손님을 받으면 짜증기가 배었다. 영업이 잘되어서 두 자리 수 이상의 손님이 410호에 들르는 날이면 퇴근할 무렵 목소리는 나오지 않았고 표정과 손짓으로만 의사를 전달했다.

금요일이었다. 주간부에 일하는 아가씨들의 방을 뺀나머지 일곱 개 방에는 손님들이 들어와 있었다. 상무는위층에서 식사를 차렸고 직원은 카운터에서 대기했다. 엘리베이터 철문은 십 분에 한 번꼴로 열렸고 나이대가 저마다 다른 남자들이 다가와서 그날 에이스가 누구인지 물었다.

여덟 시가 되면서 손님들은 응접실에서 한참을 기다

려야 했다. 직원은 퇴실 시간이 가까워진 손님들 목록을 점검하다가 엘리베이터 문 열리는 소리를 들었다. 상대는 스포츠형으로 깎은 머리에 목이 두껍고 어깨가 바라진 레슬러 같은 인상의 남자였다. 직원은 자신보다 머리 하나가 큰 남자를 보면서 입술을 맞다물었다. 체육계 종사자를 받았던 경험이 없지는 않았으나 이만한 거한이 손님으로 온 적은 없었다. 게다가 몸집이 커다란 사람일수록 성격도 거칠었고 자신의 완력만 믿고서 아가씨들에게 난폭하게 굴 때가 적지 않았다. 그는 그러한 인간까지 제압할 만한 힘은 없었다.

레슬러는 직원이 하는 설명을 건성으로 듣다가 아이리스를 불렀다. 410호 방에는 손님이 있었고 전화로 그녀를 예약한 사람도 두 명이나 있었다. 직원은 사정을 설명하다가 레슬러가 던진 요금표에 얼굴을 맞았다.

레슬러는 샤워를 마치고 카운터 뒤쪽에 있는 응접실에 갔다. 그곳은 손님들이 담배를 피우거나 티브이를 보며 시간을 보내는 장소였다. 그는 트림을 하면서 유리장이 덮여 있는 다탁을 수시로 발꿈치로 내리찍었다. 유리는 깨지지 않았으나 다탁이 울리는 소리가 커서 손님들은 레슬러에게 시선을 보내면서도 불만을 비치지는 않았다. 거기에 모여든 사람들 중에서 키가 백구십 센티미터 이상인 사람은 레슬러뿐이었다.

410호 방에서 무테안경을 쓴 노인이 나왔다. 달마다 연금을 받는 날이면 이곳부터 방문하는 사람이었다. 다음 손님을 이어서 받으려면 아가씨가 씻고 화장하는 잠깐의 시간이 필요했으나 그만한 여유가 없는 날이었다. 아이리스는 정시에 출근해서 손님을 여섯 명이나 받았고 앞으로도 최소한 세 명을 더 받아야 했다.

직원은 레슬러를 410호 방으로 보내고 카운터에 돌아와서 전기난로를 쬐었다. 응접실에 있는 휴지와 꽁초를 치워야 했으나 아무런 생각이 들지 않았고 손이 달아올랐다. 상무의 목소리를 듣고 난 뒤에야 손에서 감각이 느껴졌고 신음하면서 일어났다. 손바닥은 빨갰고 살갗이 벗겨져서 피가 비쳤다. 그는 약을 바르려다가 반고체 물질을 살갗에 묻히기가 싫어서 서랍에서 붕대를 꺼내어 손에 감았다.

벨 소리가 귓가에 울려들었다. 조금도 바라지 않던 소리이자 조금은 예상했던 소리였다. 직원은 비상시 필요한 물건들을 챙기고 410호 방으로 갔다.

아이리스는 침대에 앉아서 보라색 이불로 상반신을

가리고 있었다. 레슬러는 속옷도 걸치지 않은 알몸으로 눈을 부릅뜨고 씩씩거렸다. 직원은 방에서 일어났을 일을 순차적으로 짐작했다. 손님의 목과 어깨와 허리와 다리를 주무르는 일반적인 안마, 서로의 몸에 오일을 바른 채 맞대고 비비는 성적인 안마, 오일을 온수에 씻으면서 생겼을 유리벽과 천장에 어린 수증기, 콘돔 착용을 거부하고 강제로 여자에게 덤비려는 남자, 그는 바닥에 찌부러져 있는 콘돔 상자를 보았다.

직원은 뒷걸음을 치며 복도에 나왔다. 그는 임신과 성병을 막으려면 콘돔 착용은 필수이며 그러한 규칙은 이곳뿐만 아니라 다른 업소에서도 적용된다고 말했다. 이런 말이 그에게 먹힐 것이라는 생각은 하지 않으면서.

레슬러가 복도에 뛰어나와서 직원 콧등을 후려쳤다. 야구 방망이와 비상 키와 맥주가 바닥에 떨어졌고 코피가 터져서 인중과 입술에 흘러내렸다. 그는 통증을 느끼면서도 자신의 생각이 통했다고 판단했다. 그러다가 통증이 심해지면서 레슬러 머릿속에 있는 두개골 형태와 피의 양과 냄새를 알아보고 싶었다. 그의 바지 뒷주머니에는 커터가 있었다. 상대의 신체 부위를 자를 만큼 굵지는 않으나 살점이나 혈관 정도는 끊을 수 있는 칼. 그는 주머니를 더듬다가 입을 열었다.

천장에 있는 카메라를 보라고.

레슬러는 직원 멱살을 놓았다. 다리에 힘이 들어가지 않아서 제대로 서 있기가 어려웠고 입안에 피가 고였다. 그는 피를 바닥에 뱉고 말했다.

아가씨에게 상해를 입힐 경우 업소에서는 벌금을 물린다고.

직원의 설명이 느리게 이어졌다. 이곳을 유해업소라고 신고해도 사장이 지역 형사는 물론이고 시장 시의원 도의원 국회의원과도 친분이 깊어서 손해를 볼 일은 절대로 없었다. 카메라에 폭행 장면이 제대로 찍혔으니 신고를 할 경우 책임과 손해는 오로지 손님의 몫이 될 뿐이었다. 레슬러는 설명을 들으며 직원의 말에 뒤섞여 있는 진실과 거짓을 구분하지 못했다. 진실은 천장에 카메라가 있다는 것뿐이었고 그마저도 전날 고장이 생겨서 제대로 작동하지 않고 있었다. 그럼에도 레슬러는 한 줌 진실을 대단한 진실로, 새빨간 거짓을 거대한 진실로 이해하는 얼굴이었다. 직원은 인중을 닦고 처음으로 반말을 했다.

상황 파악했으면 자지나 가리고 꺼지라고.

레슬러는 속옷과 가운을 입고 지갑을 열어서 수표를 바닥에 뿌렸다. 열네 장이었다. 그는 서둘러 업소에서 나갔다.

직원은 아이리스가 옷을 입을 때까지 밖에서 기다렸다. 옷 입는 시간은 짧았으나 우는 시간이 길었다. 한 달에 한 번쯤 여자들 방에서 나오는 소리가 그의 귀에 파고들었다. 그녀는 십오 분쯤 지나서 직원에게 안으로 들어오라는 신호를 보냈다. 그는 발을 옮기려다가 엘리베이터 문 열리는 소리를 들었다. 회식을 마치고 취기가 오른 손님들이 오는 기척이 느껴졌다. 그는 방으로 들어와서 침대 가장자리에 수표 열네 장을 올려놓았다. 그녀는 그 돈을 가져가지 않았다.

업무는 다음 날 오전 다섯 시에 끝났다. 직원은 퇴근하던 중에 아침부터 문을 연 철물점에서 손도끼를 샀다. 원래는 둔기를 사고 싶었으나 마음에 당기는 것이 없어서 날붙이를 골랐다. 나무를 벨 만큼 크지는 않으나 손목은 단번에 끊을 만하며 누군가의 목을 절반 이상은 자를 법한 도끼였다.

직원은 출근하지 않는 날에는 가방을 메고 경사가 완

만한 야산에 올라갔다. 야산 인근에는 체육 대학과 두 곳의 체육관이 있어서 운동하는 사람이 많았다. 그는 줄넘기를 하거나 철봉을 붙잡고 오르내리거나 역기로 근육을 단련하는 남자들을 보면서 가방 지퍼를 만졌다. 레슬러와 비슷한 외모와 체형인 사람들은 몇 명 있었으나 레슬러는 아니었다.

하루는 아침부터 저녁까지 산을 돌아다녔다. 직원 가방에는 손도끼와 물통, 마늘빵 네 개와 팥빵 하나가 있었으나 땅거미가 지자 손도끼만 남았다. 그는 체력이 떨어지자 홈투성이 그루터기에 앉아서 다리쉼을 했다. 피로가 짙어지면서 졸음까지 느껴질 때쯤 청설모 한 마리가 그루터기에 다가와서 꼬리를 살랑거렸다. 그는 청설모 머리통을 도끼로 찍으려고 했다. 그러나 손길은 느렸고 청설모 움직임은 그보다 빨랐다. 살 오른 짐승은 날붙이를 피해서 나무 뒤쪽으로 도망을 쳤다. 그는 주위에 또 다른 생명체가 있는지 둘러보았으나 풀내가 녹아든 바람만 얼굴에 끼쳤다.

5.

직원과 상무가 초배지를 바르는 동안 업소에 찾아온

손님은 중년을 빼면 총 일곱 명이었다. 그들은 아홉 장의 지폐만 내면서 기본 서비스만 받고 업소에서 나갔다. 상무의 얼굴색이 갈수록 딱딱해졌다.

상무는 초배지 작업을 마치자 한쪽 벽에만 도배지를 바르자고 했다. 도배지는 보통은 초배를 하고 하루가 지나서 붙였으나 그러면 다음 날 할 일이 늘었다. 그는 벽의 너비와 높이를 줄자로 재고 합판에 있는 도배지를 치수대로 잘랐다. 직원은 지물용 본드가 풀어진 양동이에 물을 붓고 가루풀을 쏟았다. 물 양이 많아진 탓에 혼합물 농도는 묽어졌다. 상무는 물풀을 초배지에 바르고 도배지가 들뜨거나 접히지 않게끔 붙였다. 벽지는 바탕이 바다색이었고 여기저기 보라색 꽃과 연둣빛 야광이 있었다.

직원은 보라색 꽃을 응시했다. 그는 꽃의 종류를 잘 알지 못했고 좋아하지도 않았다. 그는 서정적인 풍경에 친숙감을 느끼지 못했고 희미한 빛이나 어둠 같은 것들에 마음이 쓰였다. 그럼에도 이상하게 기분이 야릇해져서 꽃 이름을 상무에게 물어보았다. 상무는 벽지 밑부분을 커터로 자르며 답했다.

붓꽃.

상무는 이마에 흐르는 땀을 닦다가 신음했다. 그의 이마에는 상처가 있었다. 사흘 전이었고 폭설이 내려서 세 명의 손님만 업소에 들렀던 날이었다.

사장은 아가씨들이 퇴근하자 직원 눈앞에서 반지 낀 손으로 상무를 때렸다. 그는 반항하지 못했고 이마에서 피가 나면서도 자신보다 다섯 살 어린 사장에게 굽실거렸다. 사장의 잘못은 없었고 그의 태만과 책임은 명확했다. 그로부터 열세 시간이 지나서 상무는 이마에 벌꿀색 연고만 바른 채 업소에 나왔다. 카운터를 지키며 전화를 받고, 위층에서 요리를 만들며, 여자들 방으로 손님을 보내고, 왈패 같은 손님에게 헤헤거리고, 응접실을 치우는 일은 평소대로 이어졌다.

엘리베이터 문이 열렸다. 직원과 상무는 카운터 앞에 나와서 허리를 수그렸다. 사장은 조깅복을 입고 있었는데 헬스장에서 운동을 마치고 온 것으로 보였다. 눈가와 입가와 목에 잔주름이 있었으나 쉰 살이라는 나이답지 않게 얼굴은 동안이었고 피부색도 좋았다. 직원 눈에는 사장과 상무가 한자리에 있으면 나이 차이는 적었지만 삼촌과 조카의 관계로 보였다. 당연히도 상무가 삼촌이었다.

커피포트에서 물이 끓고 있었다. 직원은 머그컵에 커피 두 스푼, 설탕 반 스푼을 넣고 더운물을 부었다. 사장은 상무 가슴을 주먹으로 툭툭거리면서 질문을 던졌다. 오늘 업소에 찾아온 손님들 수, 그들의 요구 사항 및 불만 제기, 아가씨들 출근 시간과 몸 상태, 단속반 방문 여부 등등. 그러한 질문은 매일 듣는 것이었으나 상무는 번번이 말을 더듬었다. 매상이 높은 날에도 말더듬은 있었는데 낮은 날이면 극도로 심해졌다. 직원은 김이 올라오는 컵을 가져왔고 업소에서 있었던 일을 보고했다. 손님 여덟 명 방문, 그중에서 한 명은 아가씨를 폭행해서 강제 퇴출, 아가씨 부상은 크지 않으며 조퇴 처리, 오후 열 시부터 도배 시작, 단속반 방문 없음. 그가 요점만 말하자 상무의 말더듬이 사라졌다.

사장은 상무를 때리지 않았다. 그는 치열이 보이도록 웃으며 도배지에 눈길을 주었다. 바닷빛 물결과 보랏빛 꽃들은 화사했다. 상무는 어둠 속에서 보아야 예쁘다고 하면서 복도 불을 껐다. 사방이 어두워지면서 보랏빛 꽃들 사이에 있는 감마(γ) 모양의 연둣빛 야광이 생생했다. 사장은 고개를 주억이며 아랫입술을 핥았다. 손님들 방문이 많거나, 손님이 많지는 않아도 고액 서비스를 이용하는 이들이 많거나, 자신의 마음에 드는 아가씨가 있으면 내보이는 버릇이었다. 사장이 박수를 치면서 말했다.

내달부터 두 사람 월급을 올리겠다고.

사장은 조만간 업소 아래층에 있는 가게들을 인수할 예정이었고 그곳을 여기와 비슷한 구조로 만든다고 했다. 두어 달 뒤에는 아침에도 문을 열어서 오전 손님도 서비스를 받을 수 있도록 업소를 이십사 시간 체제로 운영할 계획이었다. 그리고 손님에게 반응이 좋은 아가씨들에게 미용비 의복비는 물론이고 본인이 원하면 성형 비용까지도 일부분 지원할 것이라는 생각까지 밝혔다.

상무는 웃음을 감추지 못했으나 직원은 특별한 반응을 보이지 않았다. 자신의 급여를 올린다는 것은 얼마 전 욕탕에서 들었던 얘기였다. 업소 확장이나 영업시간 연장보다도 궁금했던 것은 비용이었다. 그동안 업소 매출은 나쁘다고 할 수는 없었지만 사업 규모를 확대할 정도로 높지도 않은 편이었다. 그렇다고 사장이 이 업소 말고도 다른 사업을 통해서 목돈을 버는 것으로 보이지도 않았다. 그는 머리를 굴리다가 차용증 묶음을 상기했고, 뒷목에 소름이 끼쳤다. 그것이 있다면 여기서 벌어들인 수익말고도 또 다른 큰돈을 어디에선가 끌어올 수 있었다. 이를테면 제이 금융권에 해당하는 몇몇 은행들이나 사인 (私人)이 운영하는 대부업체 같은 곳에서. 사장이 자신감 담은 음성으로 말했다.

자신은 은행 대출을 넉넉하게 받아서 사업하는 경영인이라고.

직원은 목이 마르다는 이유를 대고 더운물을 종이컵에 받아서 마셨다. 월급이 오른다는 것은 노동량과 노동 시간도 올라간다는 뜻이었고 이곳에서 일하는 이들의 건강 상태와 마음 상태도 앞으로 나빠진다는 뜻이었다. 그뿐만 아니라 방 안에서 일하는 여자들 전부와 앞으로 아래층으로 오는 사람까지. 사장은 업소 확장과 관련된 얘기를 떠들다가 아이리스에 대해서도 말했다.

조만간 좋은 곳으로 자리를 옮길 예정이라고.

6.

십이월의 첫 번째 월요일이었다.

직원은 가방을 걸머메고 역전 상점가를 지나고 있었다. 한낮이었으나 하늘에 눈구름이 몰려 있어서 사방이 어두운 가운데 눈이 내렸고 사람들은 저마다 우산을 쓴 채 서둘러 걸음을 옮겼다. 그는 우산 아래로 보이는 사람들 얼굴을 일일이 살펴보았다. 그의 가방에는 곰보빵 한 개와 손도끼가 들어 있었다.

직원이 대면하고픈 얼굴은 어디에도 없었고 출근 시간이 다가오고 있었다. 그는 조립식 부스 안에 있는 벤치에 앉아서 시간을 보내다가 스피커 음향이 나오는 쪽으로 귀를 기울였다. 그곳은 화장품 가게였다. 벽에는 신상품 종류와 일부 제품들의 가격 할인을 알려 주는 코팅지들이 부착되어 있었다. 그는 그때까지 화장품 가게에 갔던 적이 한 번도 없었다. 로션과 스킨 외에는 얼굴에 무언가를 바르지 않았고 그것이 동나면 인터넷 쇼핑몰을 통해서 염가에 나온 물건들만 샀다.

직원은 우산도 쓰지 않고 눈을 맞으면서 화장품 가게로 걸었다. 안에는 정장 차림의 여직원이 코트를 입은 중년 여자들에게 상품을 설명하고 있었다. 그는 우산을 플라스틱 통에 넣고 안으로 들어왔다. 디근자 모양의 진열장과 벽면에 있는 벽감들이 눈에 띄었다. 벽감과 진열장 모서리에 있는 꼬마전구들이 빛을 밝혀서 화장품 병마다 광택이 감돌았다. 그는 그쪽을 보면서 배 속에 온기가 차오르는 것을 느꼈다.

중년 여자들이 떠나자 여직원은 그에게 다가와서 찾

는 물건이 있는지 물었다. 그는 머무적거리다가 진열장 안에 있던 회색 매니큐어를 가리켰다. 그녀는 매니큐어를 포장하고 상자 모서리에 리본을 달았다. 검은색 바탕에 하얀빛 점들이 그려진 나비매듭 리본이었다. 그녀는 웃으면서 말했다.

애인이나 여동생에게 선물하는 것이냐고.

직원은 생각했다. 그러한 사람들이 그의 곁에 있었던 적은 적었다. 그도 이제는 그러한 사람들을 찾지 않았다. 그는 웃으면서 말했다.

그들은 이미 오래전에 세상에서 사라졌다고.

기온이 오르자 눈은 빗줄기로 바뀌었고 플라스틱 통에 넣었던 우산은 보이지 않았다. 비가 그치기를 기다렸으나 빗발은 화장품 가게 차양을 후려칠 정도로 드세졌다. 직원은 서슴거리다가 쇼핑백을 가방에 넣고 역으로 뛰었다. 가방 안에서 쇠붙이와 유리병이 덜그럭거리는 소리가 들렸다.

역 뒤에는 사차선 도로가 있었다. 도로를 지나면 여러 건물마다 붙어 있는 루비 사파이어 그랜드 플루터 다이나믹 같은 간판들이 눈에 들어왔다. 하나같이 매직과 비슷한 영업을 하고 있는 곳들이었다. 직원은 네 개의 빌딩을 지나서 작년에 리모델링한 건물에 다다랐다. 고개를 들어서 위를 보니 매직이라는 간판이 눈에 들어왔다. 비를 맞으면서도 느끼지 못했던 추위가 온몸에 끼쳤다.

직원이 엘리베이터에서 내리자 반만 아래로 내려온 셔터가 보였다. 셔터를 올리자 불 켜진 복도가 보였는데 카운터에는 아무도 없었다. 주간부 아가씨들이 퇴근하고 야간부 아가씨들이 출근하기 전까지 상무는 카운터를 지켜야 했다. 직원은 점퍼를 의자에 놓고 난로를 켜서 몸을 녹였다. 손발에 훈기가 감돌자 가방을 열어서 쇼핑백을 꺼내려다가 예전에 아이리스에게 했던 질문이 생각났다. 그녀가 곤욕을 당한 지 사흘이 지나서 몸을 추스르고 출근했던 날에 던졌던 질문을.

성감을 자극하는 색이 보라색이라면 성감을 줄이는 색은 어떠한 색이냐고.

아이리스는 그러한 것은 생각한 적이 없다고 말했다. 그러고는 고개를 기울이다가 아마도, 라는 전제를 붙이면서 천천히 답했다.

아마도 회색 계통의 색인 것 같다고.

직원은 410호 방을 비상 키로 열었다가 뒷걸음쳤다.

아이리스가 화장대 앞에서 머리를 묶다가 입술에 물고 있던 머리띠를 뱉었다. 이불은 어질러진 모습이었고 베개에는 콘돔이 놓여 있었다. 그녀는 야간부에 출근하는 사람이었고 주간부에 나왔던 적은 한 번도 없었다. 그는 레슬러가 이곳에 들어왔을 때처럼 상황을 순차적으로 짐작했고 가져온 쇼핑백을 화장대에 올려놓았다. 그녀는 수줍은 얼굴로 쇼핑백을 열어서 그 안에 있던 수표를 이번에도 직원에게 돌려주었다.

직원은 위층으로 올라와서 옷을 벗었다. 개인 사물함을 열어서 상하의와 속옷을 꺼내려다가 평상에 놓여 있는 것들을 내려보았다. 패딩, 조깅복, 운동화, 스포츠 양말, 속옷, 시침과 초침이 움직이는 시계.

욕탕 문틈으로 훈김이 나왔다. 사장은 욕탕에서 수건을 머리에 두른 채 스쿼을 하고 있었다. 직원은 욕탕으로 들어오면서 사장의 알몸과 운동하는 모습을 처음 보았다. 나이에 비해서 몸과 건강이 좋다는 것은 알고 있었는데 특이한 점이 보였다. 전신 제모를 해서 그의 얼굴 아래로 털이 난 부분이 하나도 없었다. 그의 몸과 다르게 직원 몸에는 길거나 꼬부라진 털이 여기저기에서 자라고 있었다.

사장은 직원을 보자 미소를 보이더니 머리에 둘렀던 수건을 의자에 깔았다. 그는 상무에게 걸핏하면 폭력과 폭언을 썼지만 직원에게는 목소리조차 높인 적이 없었다. 직원이 생각해도 사장은 지금껏 만났던 여러 고용주들 중에서 가장 신사다운 사람에 속했다. 어디까지나 그의 관점에서는.

　직원은 수건 깔린 의자에 앉아서 질문을 들었다. 급여가 적지는 않은지, 할 일이 많지는 않은지, 매번 밤샘을 하느라고 피곤하지 않은지, 무례하거나 심술궂은 손님은 없는지, 아가씨들과 사이가 원만한지, 날씨가 궂은데 눈이나 비를 맞지는 않았는지. 직원은 최대한 말을 아끼면서 웃는 낯으로 고개만 끄덕였다. 가끔은 말하지 않는 것이 말하는 것보다 그에게 도움을 주었다. 그는 도끼를 들고 있는 자신의 모습을 상상했다. 그것으로 사람 머리통을 부수면 기분이 나아질 줄 알았는데 그 생각이 흐릿해지고 있었다. 레슬러보다 온화하고 키도 작은 사장이 그의 어깨를 두드리며 다음 달부터 월급을 올리겠다고 약속했다. 너무나도 따뜻한 음성이어서 그의 고개가 저절로 숙여졌다.

　야간 영업시간이 가까워지고 있었다. 사장은 상체에

찬물을 뿌리고 기지개를 켰다. 오늘은 유람선에서 열리는 사교 모임에 그가 참석하는 날이었다. 수십여 명의 중년 자산가들이 한 달에 한 번씩 만나는 그들만의 모임이었고 그곳에서 사장은 수익성 높은 사업체를 운영하는 사업가이자 여러 사업에 자금을 대는 투자자로 소개되었다. 사장은 호걸웃음을 보이면서 욕탕을 나갔고 평상에 놓여 있는 것들을 하나씩 몸에 걸쳤다.

직원은 사장이 아래층으로 간 뒤에도 자리를 벗어나지 않았다. 의자 맞은쪽 상단에 창문이 있었는데 다시금 기온이 낮아져서 거기에 흘러내리던 빗물이 얼어붙고 있었다. 그는 빗물이 얼음으로 변하는 것을 주시했다. 증기가 콧속에 닿고 있었으나 뼛속으로 얼음 조각이 박히는 듯했다. 그는 의자에 깔았던 수건으로 몸을 문지르며 사장이 옷을 입으며 지었던 표정을 되짚었다.

그는 아랫입술을 핥고 있었다.

7.

새벽 다섯 시였다. 그때까지 업소에 방문한 손님은 중년을 빼면 스무 명이었다.

사장은 돈통을 열어서 지폐를 꺼냈다. 대부분 기본

서비스만 받아서 매상은 평소보다는 낮았으나 카드 결제한 사람이 한 명도 없어서 현금 양이 적지는 않았다. 그는 직원과 상무에게 지폐를 한 장씩 주었는데 그들의 아침 값이었다. 나머지 지폐들은 사장이 가져온 서류 가방에 들어갔다.

직원은 사장이 업소에서 떠나기 전에 보라색 빛깔 벽지로 도배하는 이유를 물었다. 사장은 심상한 어조로 답했다.

매상을 높이려면 이런 색 벽지를 써야 한다고.

사장이 떠나고 십 분쯤 지나서 아가씨들이 옷을 입고 카운터에 나왔다. 살결이 검고 팔다리는 가느다란 루비, 언제나 귓불에 귀고리를 세 개씩 다는 다이아, 눈 밑에 필러를 주입해서 애교 살이 있는 캐비어, 업소에서 키와 덩치가 가장 큰 그레이스 등등. 그녀들은 항상 닉네임으로만 불렸고 누구도 본명을 밝히지 않았으며 알선업자와 사장만이 실명을 알고 있었다. 상무는 아가씨들에게 드링크제를 한 병씩 주었지만 그 누구도 받지 않으려고 했다. 그녀들은 말없이 목례만 하면서 뒤도 돌아보지 않고 엘리베이터에 올라탔다.

상무는 여자들이 나가자 카운터에서 술상을 차렸는

데 안주는 손님들이 먹다가 남긴 것이었다. 직원은 복도
와 방 안을 돌아다니며 휴지통과 바닥에 있는 쓰레기를
모았다. 콘돔과 콘돔 상자와 휴지 뭉치와 머리카락, 초배
지 도배지 쪼가리가 봉지에 담겼다. 본드와 풀을 묻힌 탓
인지 손등이 간질간질했다. 그는 카운터에 돌아와서 손
등을 피가 나도록 긁었으나 가려움증은 가라앉지 않았
다. 상무는 안주에는 손대지 않고 강술만 들이켜서 취해
있었고 자꾸만 헛소리를 했다.

　직원은 맥주 한 병을 비우고 국물이 졸아붙은 라면
을 먹었다. 원래는 술을 즐기지 않았으나 단잠을 이루려
면 수면 유도제보다 알코올이 나았고 부작용도 적은 편
이었다. 상무는 손님용 가운을 덮은 채 의자에서 잠들어
있었다. 그는 역 근방에 있는 원룸에서 살고 있었으나 요
즘은 업무를 마쳐도 귀가하지 않고 여기서 지낼 때가 많
았다. 직원은 상무를 깨우지 않고 410호 방에서 보라색
이불을 가져와서 그의 몸에 덮어 주었다.

　직원은 자리를 치우고 가방과 쓰레기봉투를 챙겨서
건물에서 나왔다. 하늘은 번했고 길에는 여자 알몸이 그
려진 명함들이 흩어져 있었다. 여자들 서넛이 이십사 시
간으로 운영하는 식당에서 아침을 먹고 있었다. 매직에

서 일하는 사람은 없었고 다른 업소에서 일을 마치고 온 여자들로 보였다.

전신주 밑에는 네 개의 쓰레기봉투가 있었다. 직원은 쓰레기봉투를 거기에 내려놓고 가방을 열어서 매니큐어와 성냥갑과 지폐와 수표를 꺼냈다. 지폐와 성냥갑과 매니큐어는 쓰레기봉투에 들어갔고 수표는 망설임 끝에 버리지는 않았다. 진녹색 쓰레기차가 다가왔고 환경미화원이 차 꽁무니에서 내려서 봉투들을 압축기가 돌아가고 있는 화물칸에 넣었다. 그는 차가 떠나자 점퍼 주머니에 넣었던 수표를 꺼냈다. 그 돈은 자신의 몫이 아니었고 그녀를 만나서 이것만큼은 전달하고 싶었다. 그럼에도 그녀가 어디에 있는지 알 수 없었고 정확한 이름도 몰랐다. 사장이 한 말처럼 좋은 곳으로 갔는지도 알지 못했다.

진땀이 손과 얼굴에서 흘렀고 내달부터 월급을 올리겠다는 약속이 기억났다. 직원 손에는 큰돈이 있었고 앞으로도 돈은 더 생길 것이었으나 이제는 이 일을 그만두고 싶었다. 세상에 악마라고 불러도 마땅한 인간들의 목록이 있다면 거기에 자신의 이름도 당연히 있을 것이라고 생각하면서.

직원은 이마에 손차양을 하고 건물 외벽에 걸려 있는

간판을 보았다. 매직이라는 글자가 번쩍이고 있었다. 건물 중동에는 지금은 운영하지 않는 당구장 노래방 피시방 복권방 간판이 붙어 있었는데 두 달의 시간이 지나면 매직이라는 이름의 간판으로 교체될 것이었다. 숨이 막히면서, 입안에 시취가 고이는 듯했고 가슴 통증이 일어났다. 그는 이러한 냄새와 통증을 접했던 적이 없었고 수표가 바람에 날아가지 않도록 간신히 손을 주머니에 넣었다. 눈을 내리감고 잠깐의 시간을 보내자 호흡이 조금은 편해지면서 입안에 찬 공기가 흘러왔다. 그는 눈을 들었고 역으로 이어지는 사차선 도로를 보다가 한 가지 분명한 것을 생각했다.

이 냄새와 통증을 깊게 생각지 않는다면.

앞으로 열두 시간쯤 지나서 사장에게 돈을 받고자 여기로 돌아와야 한다는 것을.

직원은 쓴침을 삼키면서 가방 지퍼를 열었다. 거기에 들어 있던 것들은 대부분 버렸지만 도끼는 남아 있었다. 동물에게 한 차례 휘두른 적은 있지만 사람에게 사용할 기회는 한 번도 없었던 도끼. 그는 도끼날을 감싸고 있던 고무 덮개를 벗겼다. 날이 시퍼레서 사람 목을 반쯤은 자를 수 있고 손목 발목은 단번에 끊을 만했다. 그는 도끼를 오른손에 쥐고 왼손 엄지로 날을 만졌다. 자신의 살갗이 종잇장처럼 느껴졌다. 그는 자신의 이름이 들어간 목록을 생각하며 눈을 지르감고 손바닥을 그었다. 때마침 식당 출입문이 열렸고 여자들이 종종걸음을 치면서 나오다가 눈이 휘둥그레졌다.

악(惡)의 피가 바닥에 떨어지고 있었다.

그들의 가나안

그는 이곳에도 신이라는 것이 있다면 눈에 띄지 않거나,
저렇게 잘 보이지 않게 움직일 것이라고 생각했다.

1.

뉴질랜드(New Zealand)는 두 개의 섬, 북섬과 남섬으로 이루어진 나라였다.

뉴질랜드 국민의 칠 할은 도시들이 있는 북섬에서 살았고 나머지 삼 할은 자연경관이 보존된 남섬에서 살았다. 북섬에서도 도시가 차지하는 공간은 상대적으로 드물었고 다수의 지역은 개발의 손길이 덜 미친 산악과 평원으로 이루어져 있었다. 오래전 식민지 시대의 수도이자 현재 최대 도시인 오클랜드(Auckland)에도 중심부에만 사람들이 밀집해 있었고 주변부로 갈수록 인구밀도가 낮아지면서 양, 알파카, 포섬, 키위, 사슴과 같은 동물들이 머무는 영역이 많았다.

노스 쇼어(North Shore), 오클랜드 북쪽 권역에 속하는 도시였다. 그곳은 교육열이 높아서 학군이 형성된 지역이었고 시내로 출퇴근하는 사람들의 주거가 밀집해 있었다. 그곳의 인구는 약 이십삼만 명이었으나 주거지 근처로 자연의 정서를 간직한 초지와 바다가 있어서 공기는 맑았고 하늘에 매연이 드리우는 날도 적었다. 그리고 해안을 따라서 토 베이(Tor Bay), 머레이즈 베이(Murrays Bay), 마이랑이 베이(Mairangi Bay), 캠벨스 베

이(Cambbells Bay), 브라운즈 베이(Brawns Bay)와 같은
마을들이 들어서 있었다.

그중에서 중간 지대는 마이랑이 베이로 곳곳에 카페
와 식당, 펜션과 풀밭이 있었다. 앞뒤로 이웃한 바닷가 마
을들의 색채가 장밋빛이라면 마이랑이 베이의 빛깔은 석
양빛이었다. 모래톱에 깔린 모래는 수시로 바람에 흩날렸
고 바람막이숲에 서 있는 종려나무들은 통일감이 옅고
개체성이 강한 모습으로 군락을 이루고 있었다.

마이랑이 베이의 차도와 산책로에는 잡풀과 자갈이
많았다. 사람들은 바닥에 살얼음이 깔릴 정도의 날씨만
아니면 신발도, 양말도 벗고 맨발로 거리를 다녔다. 그들
은 스스로를 키위(Kiwi)라고 불렀고 그러한 이름을 가진
키위새와 과일 키위를 좋아했다. 미풍이 불어오는 산책로
에는 피케 티셔츠와 체크무늬 바지를 입은 아이들이 걷
고 있었다. 여자들은 금발에 눈빛이 새파랬으며 남자들
은 발육이 빨라서 키가 껑충했고 어깨는 튼튼했다. 온종
일 햇볕을 쬐어도 키위들의 피부는 붉어질 뿐 거뭇해지
지 않았고 발바닥에는 굳은살이 많아서 돌부리가 있는
바닥을 디뎌도 심하게 다치지 않았다.

그는 모래톱에서 걷고 있었다. 해풍이 코끝에 닿았고, 모래가 바람에 떠올라서 얼굴과 팔뚝을 스쳤다. 하늘에 구름이 덮여 있어서 날씨는 흐렸으나 주변이 어두운 날에도 바다 저만치에 떠 있는 무인도 랑기토토(Rangitoto)는 산책객의 눈에 띄었다. 그 섬은 구멍이 뚫린 회색빛 현무암으로 뒤덮여 있었고 정상과 가까운 곳에는 붉은 꽃을 피워낸 포후투카와(Pohutukawa) 나무들이 빽빽했다. 섬은 밤낮과 날씨에 상관없이 포후투카와를 지니고 있어서 언제나 불타는 모습으로 보였다.

날이 저물었다. 그는 운동화에 묻어 있는 모래를 털고 둑길에 올라왔다. 둑에는 벤치와 화덕이 있어서 날씨가 화창한 날이나 휴일 저녁이면 가족 단위의 사람들이 모여서 바비큐 파티를 열었다. 황톳빛 벽돌로 지은 아궁이에 장작을 넣어서 불을 붙이면 그릴에 열기가 모이면서 육즙이 맺힌 고기에서 연기와 향기가 올라왔다. 아이들은 고기를 그릇에 옮겨서 나이프로 잘라서 먹었고 어른들은 투이(Tui)라는 이름의 맥주를 마셨다. 어느새 밀물이 들면서 모래톱은 물에 잠겼고 파도 철썩이는 소리와 바람 부는 소리가 섞였다. 사람들은 고기 냄새와 맥주 냄새에 취했다.

둑길에 서 있는 가로등 몇 개에 불빛이 맺혔다. 그는 둑길을 지나서 주택들이 있는 동네로 걸었다. 복층으로 지은 회백색 가옥과 조립식 차고는 어디에나 보였고 마당마다 연둣빛 풀과 이 미터 높이의 소관목이 자라고 있었다. 그중에서도 정류장 근처에 있는 집은 푸른색 지붕을 얹은 디근자 모양의 펜션이었다.

주물 재질의 출입문 안으로 들어오면 배불뚝이 남자가 뒷짐을 지고 앞마당을 거닐고 있었다. 머리는 하얗고 얼굴은 주름투성이며 치수가 큰 남방과 허리 고무줄이 늘어진 백바지를 입은 주인. 주인 곁에는 귀가 늘어진 세인트버나드가 있었는데 온몸에 다갈색 털이 수북해서 걸음을 내디딜 때마다 솜 덩어리가 움직이는 듯했다. 그는 주인에게 고개를 숙였다. 주인이 웃음을 보이자 개가 손님을 향하여 앞발을 쳐들며 잠시나마 짖었다.

그의 방은 디근자 펜션의 왼쪽 끝부분에 있었다. 방의 돌출창 밑에는 광택이 감도는 반원형 테라스가 있었고 대문은 아치형 모양이었다. 그리고 방 옆에는 줄눈이 닳아서 희미해진 벽돌담과, 테두리에 그물을 두른 트램펄린이 있었다. 주인의 손자인 금발머리 소년이 트램펄린 안에서 뛰놀며 소리를 질렀다. 피부는 가맣고 해종일 맨

발로 길에서 노느라 발바닥에 붙은 각질이 두꺼워진 아이였다. 아이는 더 높은 허공에 머리를 닿으려고 다리를 오므렸다 펴기를 되풀이하는 중이었다.

방문이 열렸다. 디근자 펜션에서 가장 저렴한 방이었고 바닥에는 융털이 몇 가닥만 남은 카펫이 깔려 있었으며 창가 밑 침대에는 양모 담요가 놓여 있었다.

그는 담요를 어깨에 두르고 물병과 크림빵을 챙겨서 테라스로 나왔다. 마을에는 가로등이 적어서 주위는 어스름했고 하늘에서는 별과 달이 빛나고 있었다. 대도시에서는 찾아보기가 어려운 빛이었다. 그는 빵을 먹으며 목이 멜 때마다 찬물을 마셨고 소년의 발길에 눌려서 나오는 스프링 떨리는 소리를 들었다. 소년은 얼굴이 땀범벅이었으나 움직임을 늦추지 않았다. 수없이 날갯짓을 해서 하늘로 오르려는 우윳빛 닭과 같은 모습이었다.

빵 봉지와 물통이 비워졌다. 허기가 있지는 않았으나 배부름이 느껴지지도 않았다. 그에게 텅 빔과 꽉 참의 사이에 있는 이 기분은 나쁘게 여겨지지 않았다. 좋음이나 기쁨보다는 괜찮음이나 나쁘지 않음의 상태에 만족하는 순간이 많아지고 있었다. 그는 식욕을 참고 안으로 들어와서 침대에 누웠다. 창가로 파도 밀려오는 소리가 들렸다. 그는 어깨에 걸쳤던 담요를 다리에 덮고 눈을 감은 채 입소리를 내었다. 가나안, 가나안, 가나안, 그것은 그가 이 땅을 부르는 그만의 호칭이었다.

창가에 걸어 놓은 부채꼴 모양의 리넨 커튼이 미풍에 조금씩 흔들렸다. 눈으로 좀처럼 잡아내기 어려운 움직임 이었다. 그는 이곳에도 신이라는 것이 있다면 눈에 띄지 않거나, 저렇게 잘 보이지 않게 움직일 것이라고 생각했 다.

2.

핸드폰이 울렸고 꿈에서 깨었다.

이불과 베개에 누기가 져 있었다. 옥상 바닥에 빗물 이 고였는지 천장 벽지는 축축했다.

집주인은 올해 겨울에 옥상 공사를 했다. 일월 초에 한 차례, 일월 말에 한 차례. 나는 주말에 옥상으로 올라 가서 주인의 작업을 곁에서 도왔다. 건물은 이십칠 년 전 에 지어진 것이어서 몇 번을 고쳐도 손댈 부분이 많았다. 그는 처음에는 난간에 금이 갔다고 판단해서 스테인리스 를 그라인더로 잘라서 씌우는 작업을 했다. 옥상 테두리 에 철판을 씌우는 작업은 세 시간이 걸렸다. 그날은 한파

주의보가 이 나라에 발령되었고, 눈발과 어둠이 땅으로 내리던 시각에 우리의 피부는 얼어붙어 있었다.

우리는 삼 주가 지나서 다시 옥상으로 올라왔다. 그 동안 폭우가 내렸고 거실 천장에서 물이 방울져 떨어졌다. 우리는 옥상 바닥에 녹황색 페인트를 칠하고 그 위에 섬유 공장에서 가져온 플렉스 원단을 덮었다. 옥상에는 시너가 녹아든 페인트 냄새가 풍겼고 작업을 절반쯤 마쳤을 무렵에 나는 어지럼을 느꼈다. 그날도 한파주의보가 이 나라에 내려서 날씨는 추웠고, 피부는 얼어붙었다.

저녁이 되었다. 우리는 작업을 마치고 술집으로 가서 맥주를 마셨다. 집주인은 한때는 노동과 운동에 단련이 되었던 사람이어서 살빛이 적동색이었고 정수리 둘레에 난 모발과, 턱선을 따라서 난 수염은 가닥이 굵었다. 그의 나이는 쉰아홉이었으나 거기에 열 살을 더해도 어색하지 않을 외모였다.

맥주 세 병이 비워졌다. 주인의 입에서 조만간 나갔으면 좋겠다는 말이 나왔다. 높지도 낮지도 않은 말투였고 명령이 아니라 권고 같은 인상을 주는, 약간의 온기와 미안함까지 어린 듯한 말. 나는 말투와 말뜻 사이의 거리를 측정했다. 거기에는 사람에 대한 친절보다 그만의 욕구가 있었다. 아마도 확대나 이익과 같은 단어들과 관련이 깊은 욕구. 나는 유리잔을 붙잡고 생각에 잠겼다. 취기가 가셨고 작업할 때 느꼈던 구역질이 일었으며 코끝에서는 시너 냄새가 살아났다.

나는 자정이 되어서 집으로 들어왔다.

새벽에 술집에서 먹었던 술과 안주를 변기에 게우고, 두 개비의 담배를 피웠다.

나는 이불을 한쪽으로 치우고 물이 떨어지는 자리에 대야를 놓았다. 물은 십오 초, 때로는 이십 초 간격으로 떨어져서 대야에 고였다. 물방울 고이는 소리를 듣고 있으니 등허리가 차가워졌다. 몸속의 피가 비워지고, 고농도의 산성과 고건물의 시간을 간직한 물이 뼈마디를 채우는 듯했다.

오늘은 밖에서 소음이 들려오지 않았다. 나는 베란다에 나와서 담배를 물고 지상을 내려다보았다. 저멀리 보이는 건물들 둘레로 노란색 포클레인들이 있었고 모래와 쇄석이 여기저기 쌓여 있어서 먼지가 날렸다. 평소에 하늘에 퍼져 있는 먼지보다 더 짙고 유해한 먼지였다. 몇 개의 건물 대문에는 붉은색 래커로 칠한 엑스자 표시가 있었다.

반파된 건물을 가리고 있는 포장 천이 바람에 나부꼈다. 새벽에 내렸던 빗물을 머금은 천이라 이불 빨래를 터는 듯한 소리가 베란다 안으로 넘어왔다. 나는 필터까지 타들어 간 꽁초를 버리고 다른 곳으로 눈길을 돌렸다. 철조망 없은 블록 담들이 늘어선 곳으로 머리가 센 남자가 걸음을 옮기고 있었다. 코르덴 바지에 회색 점퍼를 입은 모습이었고 손에는 하늘색 비닐이 들려 있었다.

이웃집 대문이 열리는 소리가 들렸다. 덩치 큰 잡종이 짖는 소리가 들리자 머리에 고였던 잠기가 옅어졌다. 기운이 나지 않았으나 자리에 누워야 한다는 욕구는 누그러져 있었다. 나는 거실로 돌아와서 대야를 보았다. 천장에 스며든 물방울은 시간이 지나자 무게와 굵기를 키워서 대야에 떨어졌다. 또오옥, 또오옥 하는 소리를 듣고 있으니 머리가 멍해졌고 잠들어, 잠들어 하는 명령조의 목소리가 귓속에서 부풀어 올랐다.

핸드폰에는 다섯 통의 메시지가 도착해 있었다. 두 통은 스팸이었고, 나머지 세 통은 지인이 보내온 것이었다.

첫 번째 메시지는 '오늘 오후 다섯 시 대식당'. 사장의

모습이 떠올랐다. 사장은 키가 백육십 센티였고 뺨에는
광대가 불거져 있었으며 팔다리는 가늘었지만 배와 엉덩
이로 살집이 많아서 기형적인 생김새였다. 볼펜이나 분필
을 쥐고 연단에 서거나, 햇볕이 한 움큼 정도만 모이는 지
하실에 박혀서 연구를 하는 데 알맞은 외모였다. 하지만
그는 생김새와 걸맞지 않게 자영업자였다.

두 번째 메시지는 '오늘 밤 니 새끼 집에서 한잔'. 나는
책상으로 가서 친구가 육 개월 전에 주었던 인쇄물을 찾
았다. 책상에는 뉴질랜드의 풍광을 컬러로 인쇄한 종이
들이 많았다. 나는 종이들을 모아서 파일에 끼우다가 모
니터 뒤편에 있는 먼지투성이 인쇄물을 발견했다. 칠 개
월 전에 북국(北國)에서 발행했다는 《로동신문》이었다.
나는 손끝에 묻어난 먼지들을 입으로 불면서 인쇄물을
읽었다. '경애하는 우리의 원수님께서 송도 국제 소년단
야영소에 축사와 선물을 보내시었다', '경애하는 우리의
동지께서', '경애하는 우리의 수령께서', '경애하는 우리의
각하께서', '경애하는 우리의 위원장께서'…….

세 번째 메시지는 애인이 보내온 것이었다. 정확히 말
하면 올해 일월까지만 애인이었던 여자였다. 나는 그녀와
반년간 사귀었고, 헤어졌다. 처음에는 타인과 눈빛을 교

환하고픈 감정과, 다정한 접촉의 욕구를 원해서 만났으나 시간이 지나자 그러한 바람들이 희미해졌다. 우리의 성격은 서로가 기대했던 것보다 잘 맞지 않았고, 대화가 이어지지 않아서 침묵을 지키고 각자의 핸드폰을 보는 시간이 이어졌다. 싸우는 시간보다 말이 없어지는 시간이, 내 눈에서 열기가 희미해지는 순간이 그녀의 마음에 분노와 불안을 심은 것 같았다.

올해 일월 초였다. 나는 카페에서 잠시 일하는 중이었던 엔조이를 집으로 데려와서 소주와 맥주를 함께 섞어서 마셨다. 관계는 다음 날 아침에 가질 뻔했는데 과음을 했던 탓에 발기가 되지 않았다. 엔조이는 정오에 떠났고, 애인이 저녁에 집으로 찾아와서 누군가 다녀간 흔적을 알아차렸다. 나는 사과를 했지만 애인이 바라는 만큼의 사과를 하지는 않았다. 그녀가 바라는 '만큼'을 찾기란 나로서는 언제나 어려운 일이었다. 애인은 소리를 지르다가 울었고, 그동안 내 태도로 인해 느꼈던 마음속 상처들도 얘기했다. 나는 네 번째로 사과를 하다가, 그녀가 이 집에서 나가고 난 뒤에 생길 고요를 생각했다. 둘이서 보냈던 시간을 하루에 몇 번은, 어쩌면 몇십 번은 떠올릴 테지만 혼자서 지내는 시간의 온도와 무게를 아주 나쁘게는 여기지 않을 듯싶었다.

나는 메시지를 반복해서 읽고 지웠다. 이르면 오늘 초저녁에, 늦어도 내일쯤 연락하고 싶다는 내용이었다.

나는 주머니칼을 외투 주머니에 넣고 집에서 나왔다. 복도의 너비는 좁았고 벽에는 먼지와 낙서와 틈새가 있었으며 벽 틈에서 나오는 냉기가 얼굴에 닿았다. 귀기(鬼氣)가 녹아든 듯한 공기였다. 이웃집 대문은 반쯤 열려 있었고 잡종이 그르렁거리는 소리가 들렸다. 나는 열린 문을 보고도 이웃집 초인종을 눌렀다. 흰머리가 나왔는데 손에는 물기가 많았고 상의로 군용 방한 내피를 입고 있었다.

흰머리의 집은 추웠고 가구는 이불과 요, 러그와 다탁과 행어가 전부였다. 세간이 단출해서 새집처럼 보이다가도 벽지와 천장에 푸른곰팡이가 피어서 헌 집같이 보이는 집이기도 했다. 나는 신발을 털고 잡종의 머리를 쓰다듬었다. 털빛이 흰색인 개였는데 오른쪽 눈은 백태가 끼어서 뿌옜고 이는 다 빠져서 네 개의 고름집이 생겨난 잇몸만 남아 있었다. 잡종은 고개를 들었다가 다시 엎드려서 두 눈을 감았다. 나는 손바닥에 붙은 개털을 러그에

털고 천장을 쳐다보았다.

천장은 부푼 모습이었고 아래에는 물 고인 대야가 놓여 있었다.

흰머리는 일주일에 네 번씩 내 집으로 찾아왔다. 나는 카페를 그만둔 뒤로는 밤에는 술을 마시면서 뜬눈으로 보내다가 아침이 되면 이불에 누웠다. 여덟 시쯤이면 초인종 울리는 소리가 들렸고, 현관문을 열면 흰머리가 잡종의 목줄을 쥐고 서 있었다.

내가 기상하는 시각은 보통은 오후 두 시였다. 나는 일어나면 모자를 쓰고 잡종과 산책을 나갔다. 단지 밖으로 나가면 빵집과 술집과 편의점이 입점한 몇 동의 건물들과 정차하는 버스가 하나뿐인 정류장, 회백색 밭이 있었다. 밭과 밭 사이로 난 비포장길을 따라서 걸으면 적벽돌로 지은 역사가 나왔다. 평일 낮에는 무직자와 노숙자와 고령자가 시간을 보내는 곳이었다. 나와 잡종은 역사까지 걷다가 정류장으로 되돌아오기를 두세 번 반복했다. 우리가 왕복을 하는 동안이면 밭에서 나뭇개비들을 태우는 냄새와 허리가 잘린 야산에서 불어오는 바람의 냄새가 코밑에 닿았다.

흰머리는 오후 다섯 시 무렵에 귀가했다. 잡종은 엎드려 있다가 주인이 복도에 오는 기미가 느껴지면 일어나서 짖었다. 나이가 들고 외모가 추해져도 누군가로부터 귀염과 사랑을 받으려고 애쓰는 바보를 보는 듯했다. 흰머리는 잡종을 돌려받으면 나에게 사례금을 주려고 했다. 그의 행동에는 때 묻지 않은 진심보다 때 묻은 거짓이 엿보였다. 나는 손사래를 하면서 사례금을 받지 않았고, 그럼에도 흰머리는 지갑을 몇 번은 들척거렸다. 그는 그러한 행동을 통해서 최소한의 체면을 지키려는 듯했다.

흰머리는 다섯 시 반이면 저녁을 먹었고 나도 함께 먹을 때가 있었다. 흰머리의 집에는 언제나 쑥 타는 듯한 냄새가 풍겼고 벽에는 액자들이 걸려 있었다. 삼분의 이 정도는 흑백인 사진들이었고 나머지 사진들만 컬러였는데 흰머리의 얼굴은 주로 구석에 있어서 눈에 띄지 않았다. 내가 거실에 앉아서 기다리고 있으면 흰머리는 식사를 차렸다. 메뉴는 돼지 앞다리 살을 넣고 끓여낸 전골인 경우가 많았고 가끔은 북어와 된장을 우려낸 국도 다탁에 올라왔다. 주된 반찬은 새우젓을 넣어서 간을 한 달걀찜과 간장에 졸여낸 마늘종, 기름을 발라서 구운 김이었다.

우리는 식사를 마치면 베란다에 내놓은 나무 의자에

앉아서 담배를 피웠다. 베란다 창문 아래에는 원기둥 모양의 난로와 노을빛 액체를 담은 주전자가 있었다. 액체는 헛개를 넣고 달인 물이었는데 숙취 해소에 도움을 준다고 했다. 흰머리는 풍물 시장에서 사 온 민트색 도자기 찻잔에 물을 채우고 한 모금씩 마셨다.

우리가 담배를 태우는 동안 밖에는 땅거미가 내렸고, 건물을 부수는 공사가 멀리서 이어졌다. 포클레인들이 굉음을 일으키면 톱니들이 달린 삽날이 콘크리트 벽을 허물고 유리창을 부서뜨렸다. 벽이 쓰러지는 소리와 유리창 깨지는 소리는 담배 연기가 차오른 베란다 안으로 넘어왔다. 기계가 어느 순간부터 가동을 멈추면 푸른색 작업복을 입은 인부들이 슬레지 해머로 삽날이 다 허물지 못한 벽을 넘어뜨렸다. 유리와 벽이 땅바닥에 쌓였고, 먼지가 풀썩였다. 건물의 허리였던 골조들은 하늘을 향하여 삽날과 해머에 휘어진 머리를 들고 있었다.

상이 차려졌다. 된장을 풀어서 끓인 국에는 소고기가 들어가 있었고 반찬은 고등어구이와 잡채, 오징어젓갈과 멸치볶음과 감자조림이었다.

식사를 하는 동안 물 떨어지는 소리가 들렸다. 대야

의 수면에는 석회로 보이는 회색 가루가 흩어져 있었다. 행어에도 물방울 몇 개가 떨어져 있었고 경비복 상의와 외투와 바지는 조금 젖은 모습이었다.

우리는 식사를 마치고 베란다에 나왔다. 흰머리는 평소에 피우던 것과는 다른 담배를 손에 쥐고 있었다. 담배 공사에서 고가에 내놓는, 맛과 향이 부드러워서 소수의 부유한 애연가들에게 인기가 높은 담배였다. 나는 담뱃갑을 받아서 금띠가 둘러진 커버를 보았다. 눈 덮인 들판을 배경으로 가지와 몸통이 오른쪽으로 굽어진 소나무가 그려져 있었다. 나는 담배를 꺼내어서 불에 그슬렀다. 콧속과 목울대에 고급 연초 냄새가 밀려들자 잠시간 귀족이 된 듯한 느낌이 들었다.

주전자 안에는 오그라든 헛개 한 줌과, 빛깔이 흙빛으로 흐려진 물이 바닥을 적실 정도로만 남아 있었다. 흰머리는 마지막으로 남은 물을 민트색 도자기 찻잔에 따르고 창밖을 보았다. 오늘은 건물을 부수는 소음이 들려오지 않았고 텅 빈 고요가 우리를 둘러쌌다. 그렇게 답답하지도, 그렇게 편하지도 않은 고요가. 그는 민트색 도자기 찻잔을 손끝으로 문지르면서 최고급 연초를 종이에만 담배를 피웠다. 마시고 피우는 사람은 그가 사용하는 물품들 덕분에 일상과 거리가 먼 영역에, 잠깐이나마 도달하는 것처럼 보였다.

흰머리는 마시고 피우는 시간이 끝나자 난로를 껐다. 나는 그의 집에서 나오려다가 선물을 받았다. 소나무 담뱃갑에 남아 있던 담배는 열네 개였다.

오후 네 시였고 비는 내리다 멎기를 반복했다.

대학가는 산을 깎아서 만든 도시였다. 차도와 인도는 오르막이었고 가게들 앞에는 과일이나 채소를 파는 노점들이 있었다. 나는 노점에 들러서 사과 두 개를 사고 건물들이 밀집한 쪽으로 걸었다. 한동안 방문이 뜸했던 사이에도 술집과 밥집과 카페는 늘어나 있었다. 퀴클리(QUICKLY), 에디야(EDIYA), 할리스(HOLLYS), 커피 베이(COFFEE BAY), 원스(ONCE), 그루나루, 빽다방……

나는 예전에 일했던 카페 앞에서 걸음을 멈추었다. 영업을 하는 시간이면 테라스에는 원형 탁자들과 목제 의자들이 줄을 맞추어서 놓여 있었으나 오늘은 아무것도 눈에 보이지 않았다. 문에는 '휴점'이라고 쓰인 무늬목 명패가 걸려 있었고 유리벽에는 빗물이 묻어서 생긴 얼룩이 가득했다.

사장은 아침이면 잠기가 가시지 않은 얼굴로 그날 쓸 원두를 준비했다. 나는 하루나 이틀 전에 배달된 신문지를 찢어서 유리벽을 닦고 행주로 테이블과 조리대를 훔쳤다. 여덟 시가 넘으면 저마다 목적지를 향해 걸음을 옮기는 사람들이 유리벽 너머로 보였다. 그들 중 일부는 내가 일하는 카페로 들어와서 음료와 음식을 주문했다. 대부분 눈 밑에 그늘이 지고 살결이 까칠하며 목소리에 졸음이 묻어 있는 사람들이었다.

사장은 탬핑과 태핑을 거친 원두들이 담긴 포터 필터를 머신기의 그룹 헤드에 부착했다. 추출 버튼을 누르면 두 개의 추출구로 고온의 에스프레소가 나와서 예열된 컵들의 가장자리로 떨어졌다. 사장은 에스프레소 표면에 뜬 크레마의 색상과 두께를 눈으로 확인하고 맛을 보았다. 입가에 미소가 스쳐 지나가고, 오른쪽 눈이 작아지지 않으면 그 커피는 사장의 마음에 들었다는 뜻이었다. 나는 사장이 완성한 커피에 적정량의 물이나 우유를 배합해서 사람들에게 주었다.

아침 손님들은 보통은 열 시가 넘어야 줄어들 기미를 보였다. 그때는 탁자에 노트북을 올려놓고 시간을 때우

는 사람들만 몇 명 있었다. 사장은 일손을 덜어도 좋은 상
황이면 조리대 아래에 놓았던 도시락을 들고 창고에 들
어갔다. 반찬에 육류가 들어가는 경우는 좀처럼 없었고
밥과 장아찌, 두부와 콩장과 젓갈 같은 것들이 그의 식단
을 이루었다. 매장에서 먹으면 마늘 냄새를 풍길 법한 반
찬들이었다. 사장은 창고에 들어가면 가능한 한 십 분 이
내로 식사를 마치고 매장 맞은편에 위치한 꽃집으로 갔
다. 꽃집 여주인은 사장보다 나이가 두 살 어렸고, 과부라
고 했다.

대식당 안에는 마늘을 까는 할머니와 상자를 주방으
로 나르는 그녀의 딸만 있었고 손님은 없었다. 메뉴는 국,
찌개, 구이, 볶음, 튀김, 조림, 무침 등 너무나도 다양했으
나 주력이라고 할 만한 음식은 없었다. 미각에 감동과 기
쁨을 주는 음식은 없으나 다른 술집보다 가격이 저렴한
편이며, 혼자서 술을 마시기에 알맞은 곳이었다.

나는 창가 자리에 앉아서 담배를 꺼냈다. 차도 옆 길
가에서 큰소리로 떠드는 이십 대 초반의 남자들과, 우산
을 들고 웅덩이를 피해서 걸음을 옮기는 남녀가 눈에 들
어왔다. 모두들 어깨에 가방을 멘 모습이어서 학교에 다

니는 듯했다.

나는 학교에 일 년 동안 다녔고, 졸업을 하지는 않았다.

사장은 다섯 시 정각에 부슬비 내리는 큰길로 모습을 드러냈다. 키는 전보다 더 작아져 보였고 팔다리 두께는 그대로였으나 배와 엉덩이에 붙었던 살집이 줄어들어 있었다. 이제는 연구자도 자영업자의 모습도 아니라 아주 오랫동안 누울 자리를 마련해야 하는 사람처럼 보였다. 나는 술잔에 소주를 채우고 가스버너 불을 높여서 국물을 데웠다. 사장은 나를 보자마자 의자에 앉았고 서둘러 첫 잔을 비웠다. 갈증을 느끼는 듯했고, 오른손 검지와 중지에 흉터가 나 있었다. 그는 나에게 담배를 받았다가 담뱃갑에 그려진 소나무를 보고 왼쪽 입꼬리만 올려서 웃었다. 감탄과 무시, 아마도 두 가지 감정을 더불어 보여 주는 듯한 미소였다.

우리는 그동안 메신저를 통해 퇴직금 얘기를 나누었다. 나는 사용자가 노동자를 해고하는 경우에는 먼저 서면으로 한 달 전에는 통보해야 하며, 예고가 없을 시에는 통상 임금을 주어야 한다고 했다. 그리고 노동자가 직장을 그만둔다면 근속연수 일 년마다 평균 임금 삼십 일 분을 퇴직금으로 받아야 한다고 말했다. 내 말은 나의 생각과 감정에서 나온 것이 아니라 이 나라의 법에 근거하고 있었다. 보통은 소유자와 사용자에게 힘을 실어 주지만 내게도 약간의 권리와 혜택은 마련해 주는 법.

나는 사장에게 수치로 측정할 수 있는 것만을 얘기했다.

내가 카페에서 일했던 기간은 삼 년 팔 개월이었고 하루에 일하는 시간은 보통은 여덟 시간, 때로는 열 시간이었다.

사장은 신경질을 냈다. 그는 자영업자임에도 법에 어두웠고 금전적 손해를 보고픈 마음이 조금도 없었으며 노동자보다는 근로자라는 표현을 선호했다. 사장이 알고 있는 이 나라의 법적 이해도는 내가 태어나기 이전의 시간대와 공간대에만 머물러 있는 것으로 보였다. 장시간 노동과 저임금과 비위생적인 현장과 선임자의 폭행과 욕설이 있고 근로기준법이 누군가의 존엄보다는 최소한의 생존에 방점을 두고 있던 때. 사장은 매장 안에서 보였던 내 근무 태도도 지적했다. 상습적인 지각, 손님과의 트러블, 계산 실수로 인한 손실, 냉소적으로 느껴지는 말투, 미흡한 위생 관리, 어두운 말귀, 느릿느릿한 행동······.

　나는 사장이 언급한 사안들과, 내가 퇴직금을 받아야 하는 정당성은 서로 다르다고 말했다. 예컨대 전자가 A이고 후자가 B라면, A라는 문제가 있기에 B가 합당하지 않다는 논리는 말이 되지 않았다.

　A는 A이고, B는 B일 뿐이었다.

　논리의 우위는 나에게 있었다. 사장은 그곳에서 일하는 동안 나를 아들처럼 여기고 있었다는 말을 꺼냈다. 그것은 신경질을 내던 때와는 다른 말이었다. 내가 기억하는 사장의 태도는 친절과 냉대 사이에 있었고, 그 지점을 굳이 말하면 무심이라고 불러야 했다. 무심과 부성애가 같은 것인지 나로서는 알지 못했다. 그러나 그 둘이 같은 것이라고 하더라도, 앞서 말했던 A에 불과할 뿐이었다.

　우리는 합의점을 찾지 못했다. 나는 고용노동부에 퇴직금 체불을 사유로 민원을 넣었다. 우리는 이 주가 지나서 고용노동부 건물에 있는 근로개선지도과에서 만났다. 근로감독관은 뿔테 안경을 쓴 초로의 남자였고 손목과 팔뚝이 굵었으며 손톱에는 때가 없었다. 감독관은 사투리 억양이 센 목소리로 퇴직금을 미지급한다면 사용자는 무조건 형사 처벌을 받는다고 말했다. 사장은 얼굴이 사색이 되어서 두 손을 쥐었다 펴기를 반복했다. 그의 손목과 팔목은 가늘었고 손톱은 더러웠다. 감독관은 나와 똑같은 얘기를 했지만 그의 말에는 논리의 우위에 더해서 힘의 우위와, 법의 권위도 있었다. 그런 말들은 이해는 되었으나 감독관의 말투에 호감이 느껴지지는 않았다.

나는 일시불로 받기를 원하며 분할 지급을 하더라도, 세 번을 초과해서는 안 된다는 조건을 걸었다.

사장은 지급 기한을 두 달만 늦추면서, 지급 횟수를 네 차례로 늘려 줄 것을 요청했다. 목울대에 가래가 낀 목소리였다.

술병이 비워졌다. 나는 사장의 얼굴에 팬 주름과 머리털들 사이로 몇 올씩 올라온 새치를 보았다. 그에게 불만을 가져야 하는지, 동정을 가져야 하는지 알 수 없었으나 피 고인 상처로 소금 알갱이 몇 알이 뿌려지는 듯한 느낌을 받았다. 나는 지급 기한을 한 달만 늦추면서 지급 횟수는 세 차례로 늘려 주겠다고 했다. 사장은 내가 제시한 조건보다 더 나은 타협안을 찾으려고 했지만 그 이상의 양보는 없었다.

나는 사과를 꺼내어서 주머니칼로 껍질을 깎았다. 사

장은 평소에 과일을 잘 먹지 않았다. 나는 과일을 먹어야 건강에 좋다고 말하면서 사과를 빈 접시에 놓았다. 토끼 모양으로 깎은 사과 조각이었다. 그는 사과를 입안에 넣었고, 맛이 좋다고 대답했다. 나는 좋다, 라는 표현을 속으로 곱씹었다.

우리는 신호등 앞에서 헤어졌다. 나는 표면이 갈변하기 시작한 사과를 씹으며 정류장을 향해 걸었다. 노점은 두어 개 정도만 남아서 생김새가 별로인 떨이를 팔았고 카페들은 간판에 불을 밝혔다. 이곳에 카페들이 많아질 때부터 내가 오전과 오후에 맡았던 일감의 총량은 줄었고, 사장은 식사량이 줄지 않았음에도 살이 줄었다. 나는 버스를 타려다가 셔터를 윗부분만 내린 꽃집을 보았다. 내부는 불이 꺼져서 어두웠고 매일같이 유리벽에 비쳤던 꽃들과 진열대는 이제 보이지 않았다.

그곳은 문을 닫은 모양이었다.

단지에 어스름이 내렸다. 건물이 무너진 자리는 휑했고, 건물이 있는 자리는 불빛이 옅어서 어두웠다. 나는 캔 맥주를 마시면서 걷다가 모자를 눌러쓰고 봉지를 들고 있는 사람과 마주쳤다. 봉지는 밑바닥이 젖어 있었고 고소한 냄새가 풍겨서 붕어빵이거나 호두과자인 것 같았다. 우리는 한동네에서 살았으나 서로의 눈길을 피했다.

누군가가 불빛이 엷은 계단에서 쇼핑백을 들고 서 있었다. 나는 칼을 꺼냈다. 상대는 친구였고, 칼에 비친 광택에 놀랐는지 뒷걸음을 쳤다. 그의 목소리는 전보다 탁해서 말이나 소가 내는 소리처럼 들렸다. 쇼핑백 안에는 폐사된 닭들을 튀겨서 판다는 소문이 돌고 있는, 어느 브랜드의 저염식 치킨이 들어 있었다.

바닥은 대야에 고였던 물이 흘러넘쳐서 물바다였다. 나는 수건으로 바닥을 닦은 뒤 대야를 비우고 보일러를 틀었다. 친구는 속옷만 입은 채 냉장고 옆에 있던 소반에 술상을 차렸다. 그의 팔뚝과 다리는 전보다 홀쭉했고 목주름이 몇 개는 늘어났으며 얼굴은 기미와 부스럼이 덮여서 지저분했다. 예전에는 피부만큼은 깨끗했던 인간이었다. 남들은 일 년이 지나면 나이 한 살이 늘어날 때, 친구는 십 년의 시간을 몸속에 채우는 것 같았다.

친구는 등에 메었던 가방에서 스테이플러로 찍은 인쇄물을 꺼냈다. 가장 최근에 북국에서 발행한 《로동신문》이었다. 이번에는 사진이 컬러로 나와 있었는데 서른이 넘은 북국의 지도자가 인민복 차림으로 단상에 서 있었다. 고귀한 혈통을 가졌다고 알려진 고도 비만의 남자, 타인의 감정과 고민을 정확하게 이해할 줄은 모르는 것으로 보이는, 이 나라에서도 흔하게 마주치는 얼굴.

친구는 북국 관련 영상을 만드는 방송국에서 보조작가로 일했으며 하루도 빠지지 않고 북국에서 나오는 영상과 인쇄물을 보았다. 그러한 자료들 중에서 방송에 내보내기에 알맞은 원고를 만드는 것이 친구의 업무였다. 그가 말하기를 보기와 쓰기는 지루함을 버텨낼 수 있는 끈기와, 얼마큼의 수입이라도 없으면 하기가 어려운 일이라고 했다. 그는 주 업무 외에도 방송 녹화와 관련된 부수적인 일들을 맡아서 처리해야 했고 야근과 밤샘은 평일뿐 아니라 주말에도 있었다.

친구는 직장에 다녀도 학자금 대출을 다 갚지 못했다.

나는 학교에 다녔던 기간이 짧아서 큰 빚은 없었다.

담배 연기와 기름내가 거실을 채우고 있어서 베란다 문을 반쯤 열었다. 먼지내가 녹아든 밤공기가 밀려들었고 쇄석들이 쌓인 곳에서 고양이 우는 소리가 들려왔다. 아기 울음처럼 들리는 소리였다. 친구는 조만간 일을 관둘 것이고 날씨가 화창한 날이면 도시락을 들고 강으로 소풍을 나갈 계획이라고 했다. 햇볕이 내리는 둔치에 돗자리를 깔고 앉아서 맥주와 김밥을 먹으며 물위에 떠다니는 배들과, 도로를 지나는 자전거와, 얼굴이 예쁜 여자를 바라볼 것이라고 말했다.

저염식 치킨은 바닥났다. 나는 라면을 찾으려고 찬장을 더듬다가 전화를 받았다. 애인, 정확히 말하면 전 애인이었다. 그녀는 평소에 와인이나 맥주 정도만 마시는 사람이었는데 오늘은 취해서 혀가 꼬부라져 있었다. 다음 날이면 자신에게 수치와 짜증을 느낄 정도의 취기였다. 나는 그녀의 음성을 말없이 들었다.

이 점 오 톤의 덤프차가 그녀가 몰던 소형차를 측면에서 들이받았다. 새벽에 폭우가 내려서 도로는 빗길로 변했고 차들이 듬성했던 토요일 출근길이었다. 다른 이들에게 토요일은 휴일이었으나 그녀에게는 쉬는 날이 아니었다. 그녀는 사고가 난 지 삼십 분 만에 소방 구조대의 도움을 받아서 병원에 입원했고 전치 사 주의 진단을 받았다. 두 발목에 깁스를 해서 목발 없이는 거동을 할 수가 없었고 오른팔에도 타박상을 입어서 조금만 움직여도 온몸에 쐐기를 박는 듯한 통증이 생겼다. 어렵사리 퇴원한 뒤에도 밤이면 그날 사건이 떠올랐고, 회사에 출근하면 동료들은 여전히 환자다운 예후를 보이고, 주어진 업무를 다하지 못하는 그녀에게 예전만큼의 친밀감과 유대 의식을 가지지 않았다.

그녀는 누군가의 위로를 바라는 듯했다. 그 누군가가 좋은 놈이건 나쁜 놈이건.

나는 그날의 빗길을, 덤프차 운전자를, 그녀의 동료들을, 회사를, 그보다 더 높은 영역과 차원에 있는 것들을 말하고 싶었으나 입이 떨어지지 않았다. 비난을 하려는 욕구는 엷어졌고 특정한 종(種)에 대한 연민만 느껴졌다. 그녀는 아마도 내일 아침에 일어나면 숙취와 통증을 참으면서, 차가 뒤집혀서 혼절했던 순간을 상기하면서, 얼마 전 사고를 당했던 도로를 따라서 출근해야 할 것이었다.

나는 그녀를 위로해 주었다. 그러나 내가 전하는 위로가 그녀에게 별다른 도움이 될 것이라고 생각하지 않았다.

친구는 병나발을 불다가 신음 소리를 뱉더니 바닥에 엎드렸다. 아마도 허리 통증이 심해진 모양이었다. 나는 오른발로 친구의 허리를 밟았고 나중에는 등덜미까지 발바닥으로 눌렀다. 저체중이어서 살집은 적은데 뼈의 촉감은 생생해서 천 밑에 깔려 있는 나뭇조각들을 밟는 듯한 느낌이 들었다. 그는 바닥에 놓여 있는 파일을 주워서 사진들을 보았다. 나는 조만간 그곳으로 가서 살 것이라고 했다. 현무암이 지반인 화산섬, 붉은색 섬유를 뭉쳐서 만든 듯한 포후투카와, 비치를 휩쓰는 바닷바람, 통일감이 희미한 군락을 이루고 있는 방풍림, 둑길에 설치한 화덕과 가로등, 복층으로 지은 회백색 가옥들, 달과 별이 빛나는 밤하늘…….

나는 말했으나 친구는 내 말을 이해하지 못했다. 그는 발바닥 압력으로 통증이 조금이나마 엷어지고 있다는 데 안도할 뿐이었다.

외출은 이틀 동안 두 번만 했다. 한 번은 택배를 부치러 우체국에 갔고, 한 번은 생필품을 사려고 편의점으로 갔다. 전 애인은 그날 이후로 나에게 전화하지 않았고, 나역시 연락을 바라지 않았다. 나는 사진들을 보거나, 남아있던 소나무 담배를 피우거나, 아령을 들고 팔 운동을 하다가 땅거미가 지면 술을 마시고 잠들었다. 천장 벽지는 아직은 찢어지지 않았고, 가까스로 물의 무게를 견뎌내고 있었다.

집에서 머문 지 사흘째인 날에는 네 시간 만에 잠에서 깨어났다. 벽지가 찢어져 있어서 바닥은 축축했고, 여

자와 자는 꿈을 꾸어서 속옷도 축축했다. 그녀가 누구인
지는 기억나지 않았고 사정을 하고 난 뒤에도 욕구가 가
라앉지 않았다. 나는 핸드폰 주소록을 뒤져서 엔조이라
고 저장된 번호로 전화했다. 엔조이는 한참 뒤에야 전화
를 받았는데 오늘은 시간을 내기가 어렵다고 했다. 그녀
는 삼촌이 쓰러져서 버스를 타고 병원으로 가는 중이었
고 오늘 저녁까지 그곳에 남아서 간호를 할지도 모른다
고 했다.

나는 그녀의 삼촌과 대식당이라는 곳에서 만났다는
말을 하려다가, 입을 다물었다.

복도에서 발소리가 울렸다. 한 명의 발소리가 아니라
두 사람 이상이 내는 소리였다. 손끝과 발끝이 떨렸고 목
뒤로 얼음으로 만든 송곳이 꽂히는 듯한 느낌이 들었다.

나는 밖으로 나와서 복도에 모여든 사람들을 보았다.
세 명의 남자들은 방호복 차림에 입에는 방진 마스크를
쓰고 있었다. 고참으로 보이는 키 큰 남자가 마스터키를
사용해서 이웃집 대문을 열었다. 사람과 짐승의 살이 썩
고 세포가 분해되어서 나오는 냄새가 문 밖으로 빠져나
와서 복도에 고였던 냉기와 합쳐졌다. 귀기(鬼氣)와 이어
진 냄새였다. 세 사람 중에서 막내로 보이는 남자가 나에

게 장갑 낀 손을 내저었다. 집으로 돌아가라는 뜻이었고, 옷소매와 장갑 사이로 드러난 손목이 유난히 희었다.

나는 복도에 서 있었다. 시취가 몸의 신경을 자극했고 두 개의 사체에서 부패가 진행되고 있었다. 세 사람은 작업에 들어가기 전에 현관문 앞에서 추도식을 했다. 일회용 알루미늄 그릇 두 개에 북어포와 담배가 놓였고 종이컵에는 소주가 채워졌다. 남자들은 두 손을 배에 모으고 담배가 꽁초로 사그라질 때까지 고개를 숙였다. 삼 분 정도의 시간이 지나갔고, 나는 복도에 서 있었다.

며칠간 보일러를 틀어 놓아서 실내는 사우나로 변해 있었고 시취는 열기와 뒤섞이면서 농도가 짙어졌다. 방호복 남자들은 실내에 있던 물건들을 복도로 옮겼다. 이불과 러그와 요, 다탁과 행어와 난로와 주전자와 민트색 찻잔에는 흰머리 몸에서 나온 분비물이 굳어서 보랏빛에 가까운 막을 이루고 있었다. 행어에 걸어 놓았던 경비복 상의와 점퍼와 바지에는 살이 찐 구더기들 수십여 마리가 붙어서 오물거렸다.

나는 복도 창문을 열었다. 비가 내리지 않았고, 날씨는 화창했다. 봄옷을 입고 도시락을 챙겨서 둔치로 소풍을 가기에 좋은 날씨였다.

키 큰 남자가 복도로 꺼내 온 다탁에는 두 장의 봉투가 놓여 있었다. 하나는 두꺼웠고, 다른 하나는 얇았다. 막내로 보이는 남자가 세정제를 물에 풀려다가 두꺼운 봉투를 집었다. 그의 입에서 내 이름이 나오자 나는 고개를 끄덕였다. 봉투 겉면에는 내 이름이 쓰여 있었고 안에는 랩으로 포장한 돈 뭉치가 들어 있었다. 나는 잡종을 돌려받으려고 내 집으로 찾아온 흰머리를 생각했다. 그는 지갑에서 돈을 꺼내려다 말기를 반복했다.

다른 봉투는 방호복 남자들의 몫이었다.

엔조이는 회전문을 열고 밖으로 나왔다. 날씨는 포근한 편이었으나 추위를 타는 체질이어서 오리털 패딩과 기모로 짠 바지를 입고 있었다. 엔조이는 인사를 하고 패딩 옆구리에 붙였던 손을 주머니에 넣더니 시선을 옆으로 돌렸다. 침대에 눕기 전까지는 신체 접촉을 삼가라는 뜻으로 풀이가 되었다. 그녀의 태도는 우리가 구두로 맺은 계약의 조건들에 어긋나지 않아서 나는 이의나 불만을 가지지는 않았다.

우리는 패밀리 레스토랑에 도착했다. 외벽을 하얀 페인트로 칠하고 지붕 테두리에 붉은색 네온을 두른 가게였다. 그녀는 외양이 깔끔하고 품위가 느껴지는 공간을 좋아했으나 내가 그동안 들렀던 가게는 대체로 오래된 곳이었다. 의자와 탁자는 비좁고 벽에서는 냄새가 나며 주인은 친절하지 않고 중년 남녀들이 모여서 목소리 높여서 떠드는 곳. 나는 엔조이와 전 애인을 그러한 곳으로 데리고 갈 때가 많았다.

레스토랑 안에는 남는 자리가 없었다. 나는 직원에게 번호표를 받고 출입문 앞에 있던 의자에 앉았다. 대기 시간은 예상보다 길었고 주위에는 부모와 함께 온 아이들이 떠들고 있었다. 엔조이는 핸드백을 열어서 박하 맛 레몬 맛 사과 맛 사탕들을 꺼내어 아이들에게 나누어 주었다. 아이들은 입 속에 사탕을 머금고 레스토랑 둘레를 뛰어다녔다. 엔조이는 언젠가 아이를 낳아서 기르고 싶다고, 나에게 말한 적이 있었다. 육아의 고됨과 기쁨을 귀중한 가치로 이해하는 얼굴이었다. 나는 종(種)의 보존과 번식을 신성한 일로 여겼으나 그러한 신성을 이 나라에서 모두가 누릴 수 있다고 믿지는 않았다.

직원이 내가 쥔 번호표에 쓰인 숫자를 불렀다. 십삼이었다. 우리는 레스토랑으로 들어와 푸른색 갓등이 설치되어 있는 자리에 앉아서 직원이 추천하는 커플 세트를 시켰다. 몇 분이 지나서 라즈베리 소스와 초코 소스, 적갈색 호밀빵이 나왔다. 엔조이는 아침과 점심을 거른 탓인지 도마에 놓인 빵을 집어서 자르지 않고 먹었다. 나는 사장의 몸 상태를 물어보려다가, 생각을 접었다.

탁자 위에 새우튀김과 파스타, 맥주와 스테이크가 올라왔다. 엔조이는 스웨터 소매를 걷고 나이프로 고기를 세로로 썰었다. 누군가의 마디가 얇은 손가락과 실핏줄 드러난 손목을 보는 것은 오랜만이었다. 그녀는 열을 올리면서 먹다가 어느 순간부터 포크와 나이프를 움직이는 속도가 느릿해졌다. 나는 맥주만 마시고 있었기에 그녀가 아무리 먹어도 음식의 양은 넉넉했다. 그녀의 입에서 밭은기침 소리가 나왔고, 식사가 끝났다.

엔조이는 하루를 쉬려고 월차를 냈으나 삼촌이 입원하는 바람에 휴식할 시간을 가지지 못했다. 그녀의 삼촌은 가족과 떨어져서 혼자서 살았고 최근에는 중증 고혈압과 조울 증세를 보이고 있었다. 그녀는 환자복을 입고 몸에는 몇 개의 플라스틱 관을 주입한 삼촌과, 병실에 녹아든 누군가의 몸에 마비감을 불러일으키는 소독약 냄새를 말했다. 그곳에서 접했던 사람과 냄새가 그녀의 입맛을 떨어뜨린 듯했다.

우리는 냅킨으로 입술을 닦았다. 그녀의 입술에 칠해진 립스틱이 냅킨에 묻자 다리로 흥분이 전해졌다. 나는 그녀에게 뉴질랜드를 아느냐고 물었다. 엔조이는 고개를 끄덕거리면서 호기심과 의심이 뒤섞인 눈으로 나를 보았다. 나는 해안가와 화산섬, 바람막이숲과 포후투카와, 키위와 풀밭과 펜션과 소관목을 얘기해 주었다. 생활에 필요한 지출을 줄이면서 사치에 대한 집착을 버리면 노동을 적게 하면서도, 눈에 거슬리는 사람들을 만나지 않고, 자연 친화적인 공간에서 살아갈 수 있다고 했다.

내가 말하는 이야기는, 내가 아는 사실을 넘어서 있었다.

더 정확히 말하면 근거가 희박한 거짓일지도 몰랐다.

엔조이는 검지로 그릇을 두드리다가 전화를 받았다. 그녀의 남자 친구였다. 명목상으로는 애인이나 이제는 나보다도 사이가 벌어진 것으로 보이는 회사원 남자. 나는 사실에 상상을 덧칠하려는 시도를 접고 테이블 왼쪽에 놓인 계산서를 보았다. 메뉴에 나왔던 가격보다 십 퍼센트의 부가세를 더한 금액이 종이에 인쇄되어 있었다. 직원이 곁으로 다가와서 음식이 맛있었는지, 위생에 문제가 있었는지, 다른 직원들의 태도에 소홀함이나 무례함이 있었는지 물어보았다. 나는 가격만 빼면 다 좋은데, 이 좋음은 역시나 이만한 돈을 내야만 얻을 수 있는 것이라고 말하고 싶었다.

나는 입 속에 고였던 말들을 목울대 아래로 삼키고 미소를 지었다. 진심을 온전히 말하는 것보다 약간의 거짓말을 해야 그의 부담이 늘어나지 않을 것이라고 생각해서였다. 직원도 입술을 당겨서 웃고 다른 자리로 가서 좀 전과 똑같은 질문들을 했다. 그곳에 있던 손님들은 정장을 차려입은 중년 부부였다. 그들은 음식의 질과 대기해야 하는 시간, 직원의 친절도와 공기의 건조함 같은 것들을 탓했다. 그들의 말에는 진심이 배어 있어서 직원은 몇 번이고 고개를 숙이며 사과를 해야 했다.

엔조이는 전화를 끊고 일어났다. 나는 카운터에 가서 봉투에 든 돈으로 계산했다. 평소의 보름치 점심값이 사라지는 순간이었다. 엔조이는 덕분에 즐거운 식사를 했다며 앞니와 덧니가 보이도록 웃음을 지었다. 오늘 처음으로 내게 보이는 미소였다. 나도 미소를 보이고, 화장실로 가서 맥주를 한 움큼 토했다.

침대는 넓었고 벽에는 두 개의 가운이 가로걸려 있었다.

욕실에서 물 떨어지는 소리가 들렸다. 나는 손깍지를 끼어서 배에 올려놓고 천장을 올려다보았다. 천장 중앙은 오목했고 네모난 백열등 주위로 물결무늬 야광이 빛났다. 며칠간 폭우가 내려도 천장의 벽지는 젖지 않을 듯했다. 모노륨 바닥에는 잎맥이 선명한 나뭇결무늬가 새겨져 있었고 흠이 없어서 매끈했다. 누군가와 잠깐의 시간을 보낼 수 있지만 하루나 이틀을 지내기에는 나로서는 어려운 방이었다.

엔조이가 흰빛 수건을 가슴에 두르고 욕실에서 나오자 라벤더 냄새가 밀려들었다. 그녀는 침대에 누웠고, 나는 옷을 벗고 욕실로 들어갔다. 비누칠한 몸을 이태리타월로 문지르자 악취를 간직한 다량의 입자들이 살 속으로, 뼛속으로, 뇌 속으로 퍼지는 듯한 느낌이 들었다. 나는 비눗기를 닦고 하체에 수건을 두른 뒤 욕실 문을 열었다. 엔조이가 가운을 입고 침대에 누워서 티브이를 보고 있었다. 그녀는 티브이에서 나오는 소리와 색채에 조금도 반응하지 않았고 가만히 누워서 시간을 보내고 있을 뿐이었다. 그녀의 월차는 오늘까지였고, 우리는 자정 즈음 방에서 나가야 했다.

나는 침대에 누웠다. 엔조이는 일일드라마가 끝나자

티브이의 음량만 줄이고 내 곁으로 왔다. 전등불이 꺼지자 티브이에서 나오는 불빛만이 우리 곁에서 출렁였다. 그녀는 애무를 하다가 전에도 그랬듯이 자지가 발기되지 않자 손길을 늦추었다. 오늘은 살에서 땀 냄새가 난다는 말이 나왔다. 나는 그녀가 땀 냄새 이외의 냄새도 맡았을 것이라고 짐작했다. 방호복 남자들이 가고 난 뒤에도 나는 복도에 서 있었다.

앞으로 세 시간이 지나면 자정이었다. 우리는 섹스를 관두고 잠자기로 했고, 나는 그녀에게 기도를 해 달라는 부탁을 했다. 엔조이는 미간에 주름을 잡았으나 부탁을 거절하지는 않았다. 나는 눈을 감았고, 그녀의 입에서 소리가 나왔다. 오늘이 지나고 내일이 올 것이며 잠깐의 시간이 흐르는 동안 우리에게 안도감이 찾아들기를, 방에서 나간 뒤에도 서로의 삶에 어려움만큼은 생기지 않기를, 지금 이 나라에서 잠자는 우리와 적대적인 관계는 아닌 사람들이 오늘 밤 악몽만은 꾸지 말기를. 기도가 이어지는 동안 나는 가나안이라는 말을 반복했다.

오른쪽 가슴이 밍근해지면서 한쪽 눈꺼풀이 감겼다. 엔조이는 입을 벌린 채 코골이를 하고 있었다. 나는 엔조이가 깨지 않도록 소리를 내지 않으면서 입술만 움직이며 머릿속에 있던 내용을 되짚었다.

뉴질랜드(New Zealand)는 두 개의 섬, 북섬과 남섬으로 이루어진 나라였다.

뉴질랜드 국민의 칠 할은 도시들이 있는 북섬에서 살았고 나머지 삼 할은……:

3.

남녀는 잠들어 있었고 음향이 나오지 않는 티브이에서 저녁 뉴스가 나왔다.

영상의 화질은 전체적으로 흐렸고 누군가가 운전하고 있는 차 안의 풍경이 나타나 있었다. 카메라는 는개가 내리고 있는 바닷가 도시를 비추다가 소로에 접어들면서 조수석을 향했고 거기에 있는 물건들은 다음과 같았다. 소총 다섯 자루, 권총 한 자루, 총기 면허증, 헬멧 두 개, 성경책, 종이 뭉치.

운전자가 손을 뻗어서 조수석 가장자리에 있는 종이 뭉치를 쥐었다. 운전자의 얼굴이 드러났는데 코가 큼직하고 하관이 뾰족하며 눈매가 예리한 호전적인 인상의 백인 남자였다. 그는 전투복 차림으로 운전을 하면서 종이 앞부분에 쓰여 있는 문장을 읽었다. 소리가 나오지 않아서 그가 말하는 내용은 조금도 들리지 않았으나 화면 하단에 떠오른 자막은 이러했다.

　―백인들의 땅과 문화를 지키고 유색인종의 유입을 철저하게 막아야 한다.

　―우리의 신을 위해서 저들을 추방해야 한다.

　차가 멈추었다. 차 오른쪽에는 알밤 모양의 베이지색 지붕이 인상적인 사원이 있었다. 사원 너머에는 해안이 있었는데 방추형 모양으로 생긴 바람막이숲과 회황색 모래가 바람에 쓸려서 떠오르는 모습이 보였다. 백인은 헬멧을 쓴 채 두 자루의 소총과 한 자루의 권총을 챙기고 차에서 내렸다. 총구는 비에 젖은 노면을 향하고 있었고 철제 울타리 안에는 두 대의 차들이 있었으나 차내에는 사람이 없었다. 피케 티셔츠를 입은 아이들이 잠시간 화면 한쪽에 작게 보였는데 그들의 표정은 알 수 없었다.

　백인 남자가 사원의 갈색 출입문에 이르자 총구가 위로 쳐들리면서 문이 열렸다. 사원 안에는 히잡을 쓴 여자들과 얼굴이 황갈색에 가까운 남자들이 바닥에 앉아서 예배를 드리고 있었다. 총구에서 연속적으로 불이 뿜어져 나오면서 사람들은 놀라서 우왕좌왕했고 곧이어 화면이 까매지면서 아무것도 보이지 않았다.

화면이 환해지자 화질이 전보다 나아지면서 얼굴을 싸쥐고 있는 히잡 쓴 여자가 나타났다. 그녀는 외상을 입지는 않은 것으로 보였으나 옷은 피가 튀어서 새붉었고 얼이 빠진 듯했다. 사원 안에는 수사 진행 중임을 알리는 노란색 테이프가 이어져 있었고 바깥에는 구급차들이 대기 중이었다. 연녹색 조끼를 입은 구조대원들은 상처 입은 환자들을 들것에 실어서 날랐다. 누군가는 얼굴이 피범벅이었고, 누군가는 팔목 살갗이 찢어져 있었으며, 누군가는 피가 낭자한 복부를 붙잡고 울고 있었고, 누군가는 미동도 하지 않았다. 머리에 터번을 두르고 있는 움직이지 않는 남자가 구급차 안으로 옮겨지고 있었다. 그의 눈에는 초점이 없었고 콧수염에는 피가 묻어 있었으며 천 바깥으로 드러난 발등이 검었다.

　　경찰들이 손목에 수갑이 채워져 있는 남자의 양팔을 붙든 채 걸음을 옮기고 있었다. 남자의 무장은 해제된 상태였고 얼굴은 모자이크로 처리되어 있어서 제대로 보이지 않았다. 수십 개의 네모난 조각들로 분절된 얼굴이 경찰차 안으로 들어갔고, 하단에 자막이 나타났다. 그가 죽인 사람은 이십 명이었고 사망자 연령은 두 살 아이부터 팔십 대 노인까지 다양했으며 부상자 숫자는 정확히 집계되지 않은 상태라고 했다. 그리고 희생을 당한 사람들의 국적은 대부분 아시아권에 있었다.

화면이 바뀌면서 여성 총리가 단상 위에 서 있는 모습이 나왔다. 그녀의 얼굴에 그늘이 비껴 있었고 목소리는 들리지 않았으나 연설의 요점은 이번에도 자막으로 전달되었다.

—총리는 사건이 일어나기 십여 분 전에 범인으로부터 테러 선언문을 받았다는 것.

—현재 자국의 총기법은 적잖은 사람들이 제약 없이 무기를 소지하는 것을 사실상 허용하고 있다는 것.

—테러 재발 방지책으로 소총의 판매를 금지할 것이며 총기 관련 잡지들의 발간을 앞으로 불허한다는 것.

—총리 본인은 이번에 희생된 사람들에게 심심한 애도를 표한다는 것.

뉴질랜드(New Zealand)에서 발생한 참사였다.

해설

구역질, 혹은 소설적 진실과 아이러니

임정균(문학평론가)

1.

조영한의 소설은 불쾌하다. 이를테면 이런 장면.

회색 방역복을 입은 남자들이 축사 안으로 들어가서 돼지들을 밖으로 끌어냈다. 돼지들 우짖는 소리가 봄의 공기를 뒤흔들고 있었다. 방역복 남자들이 넉가래와 전자 충격기를 사용해서 돼지들을 구덩이가 있는 쪽으로 몰았다. (…) 그들은 비닐을 타고 올라온 돼지들 얼굴이나 몸통을 넉가래로 후려갈겼다. 삼백여 마리의 돼지들은 구덩이 안에서 나오지 못했고 동물들 몸에는 석회가 뿌려졌다. 구덩이는 흙이 덮이면서 평평해졌고 세상은 아무 일도 없었던 것처럼 고요해졌다.

여름이 되었고 축사가 있던 자리에는 공장이 생겼다. (…) 바람이 몇 차례 불어서 냄새가 공장 마당까지 건너오자 둘은 구역질을 했으며 평소에 얌전했던 누렁이는 고개를 쳐들고 소리 높여서 짖었다. 공장 안에서 흐르는 냄새보다 몇 천 배는 지독한 짐승의 살과 뼈가 분해되어서 생기는 악취였다.

— 「묻혀 있는 것들」 67~68쪽

전염병에 감염되었거나, 감염될지도 모를 동물을 살처분하는 과정은 인간이 가축을 사육하는 과정의 비인간성을 적나라하게 보여 준다. 하지만 조영한 소설에서 느껴지는 불쾌함은 단순히 폭력적인 장면 때문만은 아니다. 오히려 그런 폭력의 과정을 통해 "세상은 아무 일도 없었던 것처럼 고요해"진다는 점이 문제다. 방역 수칙과 통제선은 위험하고 불쾌감을 유발하는 대상을 사회 바깥으로 추방함으로써 마치 그런 일이 없었던 것처럼 위장한다. 추방은 방역의 대상으로만 한정되지 않고, 방역을 수행하는 사람들 역시 포함한다. 방역이 인간의 손을 빌려야만 하는 일종의 필수 노동임을 떠올리면, 생계를 위해 "요즘에는 죽일 것들이 없느냐고"(「그들이 눈을 감는 시간에」 133쪽) 묻는 이의 삶은 가축 방역의 비인간성을 인식할 겨를도 없이, 인식하더라도 어쩔 수 없이 역겨운 현장에 함께 매몰된다.

사회가 외면한 삶을 살아가는 이 인물들은 자주 '토기'를 느낀다. 이들의 구역질은 사르트르의 로캉탱이 느끼는 그것과는 결이 다르다. 로캉탱의 구토가 실존적 부조리의 인식, 요컨대 이름과 실재 사이의 결코 봉합할 수 없는 간극으로부터 이성이 느끼는 아찔한 현기증이라면, 이 소설집 속 인물들의 구역질은 즉물적인 불쾌감으로부터 촉발된 것이다. 구제역이나 조류독감으로 생매장

당하는 동물들의 울음소리와 부패한 사체에서 흘러나오는 침출수, 그리고 지독한 악취. 이러한 살풍경을 마주하면 누구든 고개를 돌리거나 몸 깊숙한 곳에서부터 올라오는 참을 수 없는 욕지기를 느끼기 마련이다. 이 불쾌감은 사회적 위계나 이성의 개입 이전의 다분히 본능적이고 생리적인 것이다. 위험을 직감하는 몸의 본능. 눈앞의 불쾌한 현실을 외면하고 회피하고자 하는 단순 무구한 신체의 욕구. 그럼에도 이들은 덤덤하게, 아니 불가피하게 구역질을 참으며 역겨운 삶의 현장에서 살아간다. "별다른 희망도, 보람도, 기대도 없이."(「S대」 204쪽)

2.

현실을 적나라하게 재현하고 있는 것에 비해 이 소설들은 서사의 비중이 그리 크지는 않다. 그로 인해 인물들이 처한 현실의 부조리가 더욱 도드라져 보인다. 「식탁 위의 사람들」과 「S대」에서는 시간강사나 조교와 같이 학내 구성원들 가운데 어느 쪽에도 완전히 속하지 못한 인물들이 등장한다. 「매직」의 직원이 하는 일은 표면적으로는 폭력적인 '고객'으로부터 성매매 여성들을 보호하는 것이지만, 한편으로는 그러한 폭력이 생산되는 현장을 보호하는 일이기도 하다. 「검은 쥐」의 매점 판매병은 "부적응자나 비정상" 혹은 "환자나 열외자"(243쪽)

로 가득한 군부대에서 자신을 일종의 예외적 존재로 여긴다. 그의 눈에 폭언을 일삼는 관리관과 과체중의 고문관은 매점에 종종 나타나 소시지를 갉아먹는 쥐 같은 존재다. 덫에 걸린 쥐가 발버둥치는 소리에 "연민과 불쾌감"(248쪽)을 느끼며 쥐를 밟아 죽인 것처럼 그는 간부에게 살의를 느끼는가 하면 고문관에게는 자살을 권하기도 한다. 오지에 출몰하는 멧돼지들에게서 "나이가 어린 인간"(255쪽)의 눈을 마주한 뒤 구토를 한 판매병은 토사물을 뒤집어쓰고 죽은 검은 쥐 앞에서 "두려움과 혐오감"(255쪽)을 느낀다. 자신 역시 검은 쥐와 다를 바 없다는 현실을 직시한 까닭이다.

이들은 자기 삶에 도사린 부조리를 얼마간 인식하고는 있지만, 현실에 맞서 투쟁하기보다는 대체로 무기력하게 일상을 이어 갈 뿐이다. 저항의 목소리가 사회의 중심에 닿지 않을 만큼 자신들이 소외되어 있음을 또한 분명히 알고 있기 때문이다. 일용직을 전전하는 청년인 「오늘」의 '나'는 "어느 때부턴가 기쁨을 얻으려는 마음보다는 불쾌를 피하려는 마음이 더 커진"(31쪽) 상태로 그저 무한히 반복될 것만 같은 오늘을 살아간다. 「그들의 가나안」의 '나' 역시 "좋음이나 기쁨보다는 괜찮음이나 나쁘지 않음의 상태에 만족하는 순간이 많아지"(305쪽)는 일종의 체념 상태에 놓여 있다. 희망도 기대도 없이 더 나빠지지 않는 것만으로도 다행인 일상으로부터 돌파구를 찾아내기란 쉽지 않아 보인다.

　독자 역시 이러한 이야기에서 서사적 긴장감을 느끼기는 어려울 것이다. 만일 이 소설들이 부조리한 현실을 단순히 사실적으로만 재현하고 있다면, 독자들은 이 소설집 속 불쾌한 장면들을 그저 외면하고 싶어질 것이다. 하지만 독자가 느끼는 불편함의 본질은 그 적나라한 장면에 의해 오히려 한 꺼풀 은폐되어 있고, 조영한 소설은 바로 그 장막의 존재를 폭로한다. 그 실마리는 우선 다음과 같은 진술 방식에서 찾을 수 있다.

　　오후 네 시였고 비는 내리다 멎기를 반복했다.

　　대학가는 산을 깎아서 만든 도시였다. 차도와 인도는 오르막이었고 가게들 앞에는 과일이나 채소를 파는 노점들이 있었다. 나는 노점에 들러서 사과 두 개를 사고 건물들이 밀집한 쪽으로 걸었다. 한동안 방문이 뜸했던 사이에도 술집과 밥집과 카페는 늘어나 있었다. 퀴클리(QUICKLY), 에디야(EDIYA), 할리스(HOLLYS), 커피 베이(COFFEE BAY), 원스(ONCE), 그루나루, 빽다방……

　　나는 예전에 일했던 카페 앞에서 걸음을 멈추었다. 영업을 하는 시간이면 테라스에는 원형 탁자들과 목제 의자들이 줄을 맞추어서 놓여 있었으나 오늘은 아무것도 눈에 보이지 않았다. 문에는 '휴점'이라고 쓰인 무늬목 명패가 걸려 있었고 유리벽에는 빗물이 묻어서 생긴 얼룩이 가득했다.

—「그들의 가나안」 317~318쪽

이 일인칭 화자는 자신이 인식하고 지각하는 세계에 대해 가치 판단을 하거나, 논평하기보다는 그저 지각된 세계의 면면을 나열하듯 진술한다. '또는'이나 '혹은'으로 연결된 문장은 좀처럼 찾아볼 수 없다. '그리고'로 연결된 문장들이 연거푸 이어지는 서술 방식은 미래의 가능성을 탐색하거나 추측하기 어려운 희망 없는 현실 탓이기도 하지만, 표면적으로는 사태를 있는 그대로 전달하려는 의도로 보인다. 하지만 아이러니나 모순은 양립하기 어려운 것들이 하나의 문장 혹은 일련의 체계 내에서 양립할 때, 말하자면 '또는(or)'이 아니라 '그리고(and)'로 연결될 때 발생한다. '그리고' 다음으로 자주 보이는 접속사 '그러나(-으나)'는 그 자체로 아이러니를 표현한다. 이러한 문장 구조는 이 소설집 속 모든 소설에서 반복해서 쓰인다. 이는 조영한의 문장이 현실의 아이러니를 재현하기에 적합한 구조를 의도적으로 구사하고 있다는 뜻으로 이해해 볼 수 있다.

3.

한편 「오늘」과 「그들의 가나안」을 제외하면 이 소설집의 화자들은 삼인칭으로 이야기를 서술하고 있다는 점도 주목해 볼 만하다. 집요한 삼인칭 시점의 활용은 작가 스스로 밝혔듯 소외된 인물들의 "외면과 내면을 제대로 그려내야 한다는 욕구"(2013년《경향신문》신춘문예 당선 소감)에서 비롯했을 것이다. 이는 일견 사실주의 혹은 객관성의 확보로 이해된다. 삼인칭 시점은 다른 시점에 비해 서술상의 제약이 적고 여러 인물의 내면을 넘나들거나 사건을 속속들이 서술하기에 유리하기 때문이다. 또한 삼인칭 시점을 통해 화자는 자신의 개체성을 숨길 수 있고 인식적 제약에서도 자유로워지며, 실제 작가 혹은 소설 세계의 규범에 가까운 위치에서 자신의 진술을 공식화(公式化)한다. 말하자면 삼인칭 시점은 화자를 소설 세계에서만큼은 믿을 만한 존재로 보이게 만든다.

그런데 사실주의를 표방하는 듯한 조영한의 소설은 오히려 화자가 전달하는 소설 세계의 사실성에 의문을 제기한다. 일례로 「식탁 위의 사람들」의 영목을 제외한 나머지 인물들은 고유명이 아닌 남편, 아내, 기사, 사장, 고졸, 조교, 직원, 판매병 등으로 지칭된다. 개체성이 지워진 가축 방역 노동자'들'은 구덩이로 내몰린 수백 마리의 동물'들'과 자연스레 겹쳐지고, 아르바이트나 일용직을

전전하는 청년 노동자'들', 천막 농성 중인 조교'들'과 성
매매 여성'들'의 삶 역시 안전한 사회로부터 소외된 인물
의 전형성을 재현한다. 이러한 재현 방식은 보편성을 지
향한다는 점에서 근대 리얼리즘 소설과 맥을 같이 하고
있지만, 그렇게 주어진 소설의 사실이란 언어가 사물들
의 무덤인 것과 마찬가지로 추상화된 것이다.

그뿐만 아니라 조영한은 보여 주기(showing)를 극도
로 제한하고, 거의 모든 장면과 대화를 다음과 같이 화자
의 목소리를 통해 전달한다.

> 관리관은 손실액이 많다고 투덜거렸다. 이곳에서 생긴
> 손실은 관리관이 다음 부임지로 떠나기 전에 자신의 돈으
> 로 메워야 했다. 판매병은 말했다.
> 최근에 도둑이 많아지고 있다고.
>
> —「검은 쥐」 232쪽

> 아이리스는 그의 말을 듣다가 말했다.
> 이불과 전등의 색상을 보라색으로 바꾸어 달라고.
> 직원은 이유를 물었다. 아이리스는 전에 있던 업소에서
> 도 그런 류의 물건을 썼으며 보랏빛이 남자의 성감을 자극
> 하는 색이라고 했다. 직원이 주저하면서 확답을 주지 않자
> 그녀의 목소리 톤이 높아졌다.

큰돈을 선불로 받았으니 조속히 갚아야 한다고.

—「매직」 269쪽

　이처럼 강박적으로 인물의 발화마저 화자의 목소리를 통해 전달하는 방식은 화자의 목소리와 존재를 더욱 강조한다. 이 삼인칭 화자들은 자신의 이야기에 신빙성을 강화하기 위해 소설의 규범 뒤에 숨기보다는 이야기를 매개하고 전달하는 자신의 존재를 의도적으로 노출하고 있는 것이다. 소설은 화자에 의해 중개된다는 점에서 태생적으로 한 꺼풀의 막을 갖고 있다. 삼인칭 시점 역시 누군가에 의해 중개된 이야기이며, 그런 이야기란 회화나 사진처럼 장면을 구상적으로 모사하지는 않는다는 점에서 온전히 객관적이고 사실적일 수는 없다. 소설에서 사실이란 어디까지나 사실'주의'에 그칠 뿐 결코 사실 자체에 이르지는 못한다. 흔히 소설이란 현실 세계의 사실을 그대로 가져오는 것이 아니라, 허구적 사실을 통해 소설적 진실을 말한다고 일컬어지듯 어쩌면 조영한의 소설은 사실주의가 은폐하고 있는 사실, 그럴듯해 보이는 소설적 사실 이면의 어떤 진실에 대해 말하고 있는 게 아닐까.

4.

그렇다면 조영한에게 소설적 사실이란 무엇이며, 외면과 내면을 제대로 그리는 것은 무엇을 의미할까. 우리가 살아가는 현실 세계는 이해할 수 없는 아이러니와 모순으로 가득하다. 인간은 그러한 아이러니를 신화나 종교, 철학이나 과학과 같은 설명 체계를 통해 이해 가능한 범주로 재해석한다. 현실 세계를 반영한 허구의 이야기인 소설 역시 현실의 아이러니에 대한 하나의 설명 체계다. 따라서 소설이 외면과 내면을 제대로 그린다는 것은 우연적이고 불가해한 현실 세계에 총체성과 일관성, 그리고 이해 가능한 형태를 부여하는 일과 같다. 현실에 존재하는 아이러니를 형상화하되 인간 이성의 정합성의 원리를 따라 세계의 모순과 아이러니를 교정하려고 시도하고, 그 일련의 과정을 거쳐 이야기가 나름의 인과성을 갖출 때 소설의 '그럴듯한' 사실성은 획득되는 것이다.

조영한의 소설 세계를 가장 집약적으로 보여 주는 「그들이 눈을 감는 시간에」는 그러한 소설적 사실에 대한 작가의 비판적 시각이 잘 드러난다. 부부는 여러 가지 이유로 아이를 낳아 기를 형편이 아니다. 그렇다고 성욕을 참아낼 것까지는 없으므로 부부 생활을 이어 간다. 하지만 피임에 부주의했고 뜻하지 않은 아이를 갖게 된다. 아내와 남편은 각각 낙태 수술과 정관 수술을 받는다. 낙태가 불법인 현실이지만, 아이를 지울 수밖에 없는 것 또한 그들의 현실이다. 더구나 이 세계는 태어난 아이들조차 안전하게 키우기 쉽지 않아 보인다. 이웃의 아이를 성추행한 혐의를 받는 남자는 교통사고로 생을 마감했고, 죄의 판단은 그의 죽음과 함께 영원히 묻혀 버린다. 이처럼 아이러니한 상황은 그들 부부를 둘러싼 일상 도처에 널려 있다. 어린이날과 어버이날에 낙태 수술과 정관 수술을 한 것이라든지, 어디서나 쉽게 볼 수 있는 교회 건물에 걸린 "생육하고 번성하여 땅에 충만하라"(88쪽)는 성경 구절은 안정된 생활을 위해 아이를 지운 부부의 선택과 대비를 이룬다. 한쪽에서는 "행정 편의식 살처분과 야만적인 생매장을 즉각 중단"(95쪽)하라는 시위가 한창일 때 남편은 생계를 유지하기 위해 "산 것과 죽은 것을 가리지 않고"(103쪽) 오리를 마대에 몰아넣는다. 그런가 하면 육고기를 입에 대지 않는 아내는 정육점에서 동물의 살을 팔고, 수술로 몸이 허해진 뒤에는 "육류를 먹어야 힘이 생길 것"(139쪽)만 같다.

　아내는 빵과 과일은 먹었으나 닭죽을 먹지는 않았다. 기력이 좀처럼 회복되지 않았던 탓에 남편의 권유로 유월부터 고기를 조금씩 먹고 있었다. 소와 돼지는 식탁에 올라올 수 없었고 그나마 닭고기가 입에 맞았다. 그녀는 우윳

빛 접시를 만지다가 눈을 감았다. 여물을 먹고 있는 암소의
눈이 떠오르다가 창가에서 보았던 감은빛 두 눈이 나타났
다. 그녀의 입에서 소리가 나왔다.

　　끽뀨우.

—「그들이 눈을 감는 시간에」 92쪽

　　그처럼 아이러니한 상황에 처한 아내의 입에서 기
이한 소리가 흘러나온다. 그 소리는 부부가 사는 집 뒤
편 학교에서 기르는 암탉의 울음소리와 같은 것이다. 그
러나 그 소리는 우리가 익히 알고 있는 닭 울음소리와
는 조금 다르다. '꼬끼오'가 언어화된 닭의 울음, 실재하
는 닭 울음의 표상이라면, 장난감 인형에서 무기력하게
바람이 빠지는 소리 같은 '끽뀨우'는 언어화되지 않은 음
성, 비인간-동물의 울음소리다. 생매장당한 동물의 울음
소리가 인간 사회의 안전한 내부에까지 도달하지 않은
것처럼 아내의 울음 역시 누구에게도 닿지 않을 것이다.

　　그런 점에서 "죄도 없고 구원도 없으며 원인과 결과
만 있을 뿐"(97쪽)이라는 남편의 현실 인식은 문제적이
다. 소설의 인물에게는 소설 세계가 곧 현실이다. 그러므
로 실상 남편의 현실 인식은 굉장히 비현실적인 것이다.
인과율을 따르는 합리성은 항상 사후적으로 재구성되
기 때문이다. 이 소설들이 재현하는 불합리한 현실의 한

가운데에서 인식된 인과적 합리성은 오히려 불합리한 현실을 수용하기 위한 합리화에 가깝다. 아내의 울음이 들리지 않는 까닭은 그녀가 비인간—동물이 되었기 때문이 아니라, 남편의 귀 탓인지도 모른다. 진실을 외면하는 남편에게 아내의 울음은 자신이 매장한 동물들의 울음처럼 들릴 것이고, 그 소리는 그의 귀에 유의미한 음성으로 가닿지 않을 것이기 때문이다.

소설에 재현된 세계의 아이러니와 소설 속 인물이 인식하는 세계의 합리성은 그 자체로 모순이 아닐 수 없다. 아이러니한 세계에 대한 인물의 인식과 그 교정이 그저 '그럴듯한' 것에 불과한 것이라면, 우리가 소설에서 사실적이라고 부르는 것 역시 현실의 아이러니를 은폐하고 있는 장막에 불과한 것이다. 조영한이 재현하는 역겨운 삶은 소설 속 인물에게는 피할 수 없는 현실이다. 그렇기에 그들은 현실을 애써 외면하거나 체념한 채 살아간다. 그와 달리 독자는 작가가 보여 주는 불쾌한 장면 앞에서 잠시 고개를 돌리거나 책장을 덮으면 그만이다. 조영한 소설의 불편함은 현실 자체의 역겨움보다 바로 그 고개 돌림, 혹은 외면의 욕구가 역겨움을 회피할 수 있는 권력 없이는 충족될 수 없다는 진실에 있지 않을까. 혹은 그러한 혐오를 생산하고 은폐하는 사회적 구조의 역겨움이 아닐까. 이를 통해 조영한이 들려주는 소설적 진실은 이런 것이다. 이 소설들에서 우리가 불편함을 느낀다면 그건 독자가 텍스트 바깥의 안전한 곳에서 이들의 일상을 바라보고 있고, 그렇기 때문에 언제든지 이 세계를 외면해 버릴 수 있다는 사실에 있는지도 모른다고. 그러니 우리 역시 구역질 나는 현실을 마주 보고, 이들의 울음을 들어야 한다고.

작가의 말

첫 번째 책이다.

그간의 노정과 관련해서 긴말을 보태고픈 마음은 적다. 내가 지금도 좋아하고 존경하는 작가는 나에게 이처럼 말한 적이 있다. 작가는 작품으로 말하는 것이 언제나 가장 정당하다. 나는 이 말이 지금도 유의미하다고 생각한다.

작가의 말을 써내지 않으려는 마음까지 다잡았다가 실행에 옮기지는 못했다. 작품에 대해서 말을 보태지 않더라도 나에게 인정을 베풀었던 사람들까지 잊어서는 안 된다는 생각이 들었기 때문이었다. 나는 지금까지 많은 사람들의 도움을 받았고 앞으로도 그러할지도 모른다. 그렇기에 이 지면은 독자들 눈에는 대수롭지 않거나 심하면 '노잼'으로 읽히겠으나 나에게는 소중한 이들을 호명하는 뜻깊은 자리이다.

이재웅 선생님께 감사의 마음을 전한다. 이분을 만나지 못했다면 나는 소설 쓰기의 길에 접어들지 못했을 것이다. 그는 나에게 글쓰기의 가치와 보람뿐만 아니라 문학가의 고투와 의지, 세상 읽기의 어려움과 괴로움을 가르쳐 주었다. 예리하게 보고 성실하게 살며 치열하게 쓰라는 당신의 당부를 언제나 마음에 담고 있다.

임철우 선생님과 최수철 선생님이 무척이나 뵙고 싶어진다. 대학을 졸업한 뒤로는 두 분을 거의 찾아뵙지 못했기에 감사의 마음보다 큰 것은 부끄러움이다. 내가 임철우 선생님께 배운 것이 윤리와 인간애였다면 최수철 선생님을 통해서 깨달았던 것은 갱신과 각성의 중요성이었다.

걷는사람 출판사에 진심으로 감사드린다. 출판사의 호의가 없었다면 이 책은 세상의 빛을 보지 못한 채 자그마한 용량의 문서 파일로 언제까지고 방치되어 있었을 것이다. 그리고 추천사를 쓰신 정지아 선생님과 해설을 맡으신 임정균 선생님께도 머리 숙여서 감사의 뜻을 전한다.

핸드폰을 켜서 주소록을 보며 지인 몇 사람을 찾는다.

김경수 김두민 김정호 박영진 박윤혜 박재우 박재형 선유진 설혜원 신선미 안정은 양혜정 엄태한 오대근 원예지 원찬희 이예찬 이호경 정수운 정의택 주재범 한우람 허민희(허태연) 황성진(어진 아빠) 황세현.

이들에게 고마움을 전하며 감사의 이유를 알고 싶다면 나에게 전화 주기를 부탁드린다.

마지막으로.

나의 가족에게 고마운 마음과 미안한 마음을 전한다.

2022년 7월

조영한

수록 작품 발표 지면

오늘 ………《문장웹진》 2016년 1월호

묻혀 있는 것들 ………《문학들》 2021년 봄호

그들이 눈을 감는 시간에 ……… 미발표작

식탁 위의 사람들 ………《경향신문》 2013년 신춘문예
(발표 당시 제목은 「무너진 식탁」)

S대 ………《글틴웹진》 2014년 11월호

검은 쥐 ………《문장웹진》 2013년 8월호

매직 ………《소설문학》 2014년 봄호

그들의 가나안 ………《문장웹진》 2021년 9월호

그들이 눈을 감는 시간에

2022년 8월 31일 초판 1쇄 펴냄

지은이	조영한
펴낸이	김성규
편집	김은경 김도현
디자인	신아영
펴낸곳	걷는사람
주소	서울 마포구 월드컵로16길 51 서교자이빌 304호
전화	02 323 2602
팩스	02 323 2603
등록	2016년 11월 18일 제25100-2016-000083호

ISBN   979-11-92333-24-3 03810

* 이 도서는 2020년도 아르코 문학창작기금 지원사업에 선정되어 발간된
  작품입니다.